亦夫 著

南方出版传媒 花城出版社

中国·广州

图书在版编目（CIP）数据

咬你 / 亦夫著. -- 广州：花城出版社，2021.1
ISBN 978-7-5360-9239-6

Ⅰ．①咬… Ⅱ．①亦… Ⅲ．①长篇小说－中国－当代
Ⅳ．①I247.5

中国版本图书馆CIP数据核字(2020)第225560号

出 版 人：肖延兵
责任编辑：蔡　安　李珊珊　欧阳蘅
技术编辑：凌春梅
封面设计：李晓玉

书　　名	咬你 YAO NI
出版发行	花城出版社 （广州市环市东路水荫路11号）
经　　销	全国新华书店
印　　刷	佛山市浩文彩色印刷有限公司 （广东省佛山市南海区狮山科技工业园A区）
开　　本	880毫米×1230毫米　32开
印　　张	6.5　1插页
字　　数	158,000字
版　　次	2021年1月第1版　2021年1月第1次印刷
定　　价	39.80元

如发现印装质量问题，请直接与印刷厂联系调换。
购书热线：020－37604658　37602954
花城出版社网站：http://www.fcph.com.cn

目录
Contents

1 1
2 6
3 11
4 15
5 20
6 25
7 30
8 36
9 41
10 45
11 50
12 55
13 60

14 65
15 70
16 75
17 79
18 84
19 89
20 94
21 99
22 104
23 108
24 113
25 118
26 123
27 128

28	133
29	137
30	142
31	147
32	152
33	157
34	161
35	166
36	171
37	176
38	181
39	185
40	190
41	195
42	200

1

我曾经一度对自己的主子秦五常怀有愧疚之心。尽管他在秦王镇德高望重，但总有极少数表面上点头哈腰、一口一个"秦长老""秦老板""秦老大"叫着的小人，一转身却总是立即变了脸，一边"呸呸呸"地往地上吐痰，一边恶狠狠地骂人。在总是花样翻新的脏话中，最让我感到心虚的，就是那句其实算不上太恶毒的"狗杂种"。一声狗杂种，远比他们咒骂我主子为"王八蛋""老叫驴""臭畜生"之类的话让我惶惶不安。因为这让我觉得正是自己卑贱的身份，给了他们侮辱主子的口实，人家的咒骂不过是含沙射影。因为，我知道自己的身世，我的确是一条不折不扣的狗杂种。

关于我的身世，是在我将近两岁的时候，一个偶然的机会从原来主子的嘴里听来的。而正是我独特的身世，造成了我和我的狗娘永远的离别。我记得非常清楚，那是去年初秋的一个黄昏。金红色的夕阳铺满前主子秦瘸子家门口的空场。我娘蹲在门墩旁，看着我快乐地在空场上撒欢嬉戏。那个秋天的黄昏，至今留在我记忆中最深刻的印象，是我娘的眼神。我娘是一只本地产的土狗，一向忍辱负重而不失对生活热情的她，在那个黄昏里显得心事重重。她看着我的眼神不像往常那样充满疼惜和爱意，而是明显带有一丝秋天式的忧伤和苍凉。当时少不更事的我并没有觉察到那是我娘对于即将到来的离别的预感，而是以为与她那阵子的食欲不振有关。我甚至恶作剧地从草丛中叼起一条上午被我咬死的花草蛇，出其不意地扔在了我娘的眼前。素来见蛇就惊慌失措的她吓得尖叫一声，箭一般地蹿出去几十米才狼狈地停住了脚步。

我出身贱微的狗娘之所以在万分慌乱中停住了逃窜的脚步，并非她终结了内心对那条死蛇的恐惧，而是有更大的恐惧挡住了去路：秦五常和他的两个跟班横在了她的眼前！在整个秦王镇，不光是我娘，可以说几乎所有人畜万物，没有见到秦五常不腿脚发软的。小的恐惧被更大的恐惧所替代，我娘立即就忘了那条死蛇的存在，低眉顺眼地退回了我的身边。看见我娘委曲求全的样子，我气不打一处来，立即恶声朝秦五常咆哮起来。吓得我胆怯的狗娘一边拿爪子扇我耳光，一边浑身开始哆嗦起来。

秦五常那天是临时路过这里。他根本没有拿正眼瞅诚惶诚恐的我娘，倒是我不知轻重的狂吠，让他将目光停留在了我的身上。他一胖一瘦两个状若胖猪和瘦猴的跟班见状，其中那个胖猪笑了起来："真是初生牛犊不怕虎啊，你狗眼也不瞧瞧是谁，就敢出声？我一脚踢死你个狗日的！"但秦五常一个眼神就让他乖乖地立在了一边。他惊讶地上下打量着我，脚步随即也停了下来。秦五常嘴里"啧啧啧"地一边叫好，一边高声喊道："瘸子！瘸子！"我的前主子闻声一边殷勤地应和着，一边一瘸一拐地打开木门走了出来。

秦瘸子当然是有本名的，这个判断基于常识：因为天下哪个当父母的，都不会给自己的儿子取名"瘸子"。但在我短暂的有生之年里，秦王镇男女老少都只喊我的前主人为"瘸子"，甚至包括他那个趾高气扬的老婆任汪馥。任汪馥是秦王镇有名的泼妇，貌丑腹黑，生性多疑，极度迷信。她当年能嫁给秦瘸子，是因为我前主人当年并不瘸。据说两人结婚的第三年，前主人遭遇了一场惨烈的意外，虽然勉强保住了性命，但却从此变成了瘸子。那次意外后，这个结婚三年尚未开怀的女人，固执地将自己的名字由任红梅改成了任汪馥。她私下对人说，红梅再红也是霉，家里出下这档事，就是因为自己的名字触了霉头。汪馥是"旺夫"的谐音，她相信改名后家运一定会好转起来。

这个金红色夕阳铺满场院的初秋的黄昏，是我狗生与秦五常的初见，也是我与我的狗娘及前主人的初次离别。尽管在以后的日子里，在秦王镇这块土地上，我偶然还会与他们遥遥相见，也会在第一时间知晓他们的遭遇、甚至生死，但在这个初秋的黄昏，我的身份和命运一瞬间便被改变了。

秦瘸子以为我们狗娘俩惹下了什么乱子，一边战战兢兢地看着秦五常，一边厉声呵斥道："不长眼的杂种！看我不把你们两个都杀来吃了狗肉。"秦五常并不看瘸子一眼，他眯缝着眼睛一直在上下打量我，半天才说："瘸子，这小狗哪儿来的？"秦瘸子说："秦老板，是我家土狗下的崽儿。"秦五常说："狗爹是哪里的？"瘸子便唉声叹气起来："我人活得气短，连狗都遭人欺负。大前年初春的一天下午，我到镇上的诊所去挖鸡眼。走到半途，碰上一辆汽车停在道边，两个男人下来撒野尿。我和我家红梅刚走到车前，忽然从车上蹿出一条豆眼黑鼻的白狗，大得像条牛犊。我和红梅都吓坏了。那畜生倒是没有伤人，却一下子把我家红梅摁在地上，旁若无人地就干起那事来……"不等瘸子说完，秦五常一脸疑惑地打断了他："你个瘸子！说的什么没头没脑的昏话？你家红梅让别人的狗给日了？怎么可能的事！"瘸子这才意识到别人误解了，连忙指了指我狗娘说："我说的是它，我家大黄。我媳妇改名后，就把她的旧名字给狗安上了。"秦五常听罢，哈哈哈大笑起来，声音洪亮而快乐，在安静得有些古怪的这个黄昏让我记忆尤为深刻。他笑了半天才停下来："你媳妇是个人物！你说你说，接着说狗的事。"

就是从前主人瘸子的嘴里，我第一次知道了自己令人羞耻的身世：我的狗娘被一条前来参加地下斗狗的猛犬明目张胆地就地强奸了。我便是这次强奸的结果，两个月后以一条杂种狗的身份来到了这个世上。瘸子讲起往事，一脸羞愤之色："当时见状，我找大狗的主人理论，不料那两个外地男人倒让我出两千元配种费,说他们狗金贵得很,两千元都是照顾我。我气不过和他们吵起来,最后竟被他们打得毛头血嘴的。"瘸子说着说着,昔日的屈辱让他起了一丝哭腔。他过来踢了我狗娘一脚:"你个骚货,让野狗白日了不说,那两个男人打我,你居然躲得远远的。"可怜我狗娘可能也觉得自己理屈,战战兢兢地伏身在地,嘴里发出类似人类暗泣的呜呜声。秦五常见状便笑眯眯地说:"那你怎么不把这狗崽子杀来下酒?"

我狗娘委屈的窝囊模样本来就让我不爽,此刻听见秦五常居然如此口出狂言,我立即气血冲顶,"嗷"地叫了一声冲过去,一口就咬住了他的脚脖子。没想到这狗日的皮肉生硬且发出一股难闻的腥臊之气,弄得我一口嫩牙像咬在了一块生锈的钢铁上。瘸子被我的举动吓坏了,他趔趄着抢前一步,嘴里大叫:"你狗眼不识泰山,太岁头上也敢动土?我今晚就剥了你的狗皮。"说罢就欲上来抓我,却被秦五常摆手制止了。他蹲下身来将我用双手托起来,举在眼前仔细端详。我也第一次如此近距离地看清了这个男人:虽然他的声音听上去冰冷深沉,但眼前这张方方正正的脸倒是有几分周正慈祥,尤其是那双被夕阳映照成金红色的眼睛,洋溢着一丝让我瞬间有些感动的柔情。这是我从来没有从任何人,包括我的前主人瘸子和他老婆眼睛里见到过的。

"瘸子说你居然敢在太岁头上动土,他不知道你就是太岁,以后没有人敢在你头上动土了。"秦五常一边笑眯眯地看着我,一边转身对瘸子说:"两千元人家没跟你多要,这是你家大黄的造化啊!秦王镇世世代代人造人,狗生狗,你哪里见过这样特别的串子?你说个价吧,这狗崽我养了。"

秦瘸子没有想到事情居然会以这样的结局收场,他几乎是下意识地说:"您能不嫌弃,已经是这条狗崽子的造化,谢您还来不及哩,要什么钱啊。"秦五常看看瘸子,嘴角浮起一丝不易觉察的微笑:"我在秦王镇的名声,就是让你们这样的人给毁了。嘴上说不要钱,不要钱,真不给钱了,又在底下嘀嘀咕咕个没完。我也不跟你啰唆了,反正你也拿不了任红梅,哦,对了,是任汪馥的主意。你回家和她商量商量,哪天到我家里来取。我还有事,先走了。"

我挣扎着大叫起来,但秦五常充满控制力的大手和他让我慌乱不已的眼神,让我的身体和意志瞬间被囚禁了起来,鬼使神差地就安静了下来。夕阳的颜色变得越来越暗红,从抓着我的秦五常的指缝中望过去,我看见秦瘸子一直愣愣地原地站着。一直没敢吱声的我的狗娘压抑地低吠了一声,却被瘸子泄愤地又踢了一脚,立即顺从地保持了沉默。

在一片暗红色的夕阳中,我看见两行眼泪顺着我狗娘的长脸流了下来。

这个画面在日后的岁月里,经常会出现在我的记忆中。尽管它像一幅老照片一样,越来越色彩暗淡,模糊发旧,但当时我复杂的心情却永远清晰如新。既悲伤、恐惧、愤怒,又新奇、兴奋、充满期待……好像一切都有,一切又都无法确定。我心中那不断翻涌的复杂的情绪,不知道冲谁而去,是身边这个意志不容有半点妥协的矍铄的老人,是前主人秦瘸子,是我那可怜的狗娘,抑或是我自己,我说不清。在这个忽然一切都变得似是而非的初秋的黄昏,我心中能确切记起的,就是我娘那两行长流不止的泪水。

"太岁!太岁!"秦五常慈祥地冲我叫道,目光柔情似水。

我居然认贼作父般地"汪"了一声,我不知道"太岁"是什么,但我知道它是我新身份的认证。

2

我敢肯定，没有任何一个人能比秦五常更熟悉秦王镇了。大到方志历史、山川河流，小到家长里短、一草一木，对这个在方圆百里皆能呼风唤雨的男人而言都了然于胸。这个认识，在我第一次踏入秦府的时候，就有强烈的预感。随后虽短暂却独特的走狗生涯，不过是不断地用事实和经验坚定了这一判断。

在那个我与前主人及我的狗娘骨肉分离的秋天的黄昏，我被秦五常带着，第一次走出了自打出生后就没有拓展过的生活半径。从瘸子家门前的场院上往西走了约三百米路，下一道长长的慢坡，就是那条宽阔的柏油马路。我过去常常蹲在崖畔上，看马路上各种各样的车子和行人来来往往，消失在看不到尽头的两端。每当此时，我总是感慨世界之大，而我却注定只能跟随我的狗娘，为秦瘸子家看护院门和场院地苟且一生。我万万没有想到，一个偶然的机会，我的命运就发生了如此剧烈的扭转。从慢坡上下来，当我随着这陌生的三人一行钻入停在路边的一辆越野车时，我已经从与亲娘分离的悲伤中渐渐缓和过来，涌上心头的更多的是兴奋和对未来的憧憬。

"杂种的优势，就是总在不断地进步，而不会后退，甚至不会止步不前。"这是后来我经常从新主子秦五常嘴里听到的话，可惜我当时懵懂愚昧，自己并没有意识到这一点。

车子在平坦的马路上疾驰着。夕阳渐沉，随着暗夜降临，道路两旁的人家，依次亮起了灯光。坐在副驾驶位的秦五常将我抱在怀里，一边疼爱地抚摸着我，一边兴致颇高地和两个跟班大汉聊着闲天。从三个人的对话中，我隐隐约约地知道了他们与我相遇的机缘巧合：秦五常下午去参加秦王镇老人院一项什么活动，从院长嘴里听说一个外号"六疯子"的孤寡老人从院中无故失踪，多日寻找无果。六疯子原来独居的家就在与我前主人相距不远的原上，放心不下的秦五常特意在仪式结束之后，来他的旧居一探究竟。虽然没有见到六疯子，却不意在归途中与我相遇……

那天车子在半道上出了事。

天越来越黑了，马路上的车辆越来越少。路旁没有路灯，在越野车两道灯光的照射下，黑黢黢的路面飞速地向后驰去。凭着天生的非凡视力，我老远就看见路当中有一对同类在卖力地交配。它们陶醉在不期而遇的快乐中，对正在飞速逼近的危险毫无察觉，或不屑一顾。"汪！汪！汪汪！"我浑身开始紧张，冲着车前叫了起来。秦五常朝前方看了看，一边用肉乎乎的大手安抚着我，一边说："嘿，安静！离到家还远着哩。"我更加大声地狂吠起来，并不断挣扎着想摆脱他。就在这时，那两只正风流快活的狗出现在了车灯光中，随着几声惊呼和一声刺耳的刹车声，车子和同类的肉身猛烈地撞在一起。我看见两只狗被抛向半空，然后重重地落在地上，血流一地，没有了半点气息……

司机大概是吓着了，呆坐在车内半天没有任何反应。秦五常抱着我下车查看一番，倒笑了起来："果真是发情的季节，这也算是为爱而死啊。畜生无智，为爱而死也就罢了，想想那些因风流韵事而丢了性命的痴人，该笑他们有多么愚蠢才是。嘿，你们俩发什么愣？拿两个塑料袋子下来，将死狗装进去放进后备厢，明天送去给老人院改善生活。"两个一直面面相觑的跟班这才缓过神来，赶紧七手八脚地忙活起来……我被吓坏了，在秦五常的怀里瑟瑟发抖。不知何故，我虽然想极力叫出声来，以表达我内心的恐惧和惊骇。但我无论如何都无法正常吠叫，而是发出一阵类似婴儿哭啼一般不伦不类的声音，这让我深感羞愧。这是我平生第一次直面鲜血，更是第一次直面同类的死亡。秦五常对我的反应颇为诧异，他一脸狐疑地打量着我，那眼神我当时并没有能力解读。在以后漫长的日子里,我才慢慢知道了那眼神所代表的困惑:我秦某人该不是走眼了吧?这才多大点场面,就把你吓成了这个熊样!

在秦府的第一夜,是我有限生涯中最度日如年的一个夜晚。我第一次离开我的狗娘,第一次离开出生地,第一次目睹爱情所致的惨烈死亡,第一次身处四周充斥着陌生声音的无边黑暗之中。尤其院子里不时传来多只藏獒低沉威严的吠声,令我整夜胆战心惊……天麻麻亮的时候,好不容易有了些睡意的我被一阵响动惊醒了。昨天进来时黑灯瞎火的,此刻我才看清关自己的狗笼被放置在一个阔大的厨房一角。四个穿白大褂的人抬着两只剥完皮的死狗走了进来。他们三男一女,三个男人皆清瘦,高挑,面相凶恶,那个女人有些年纪了,肥胖臃肿,行动缓慢,看上去倒是一副慈眉善目的样子。他们也不说话,将两只死狗在对面的大案板上放好,由其中一个四十来岁的男人用利斧剁成四块,然后每人一块地切将起来。立即,一股浓浓的同类的肉腥在偌大的空间里弥漫开来,让我立即有了一阵想呕吐的欲望。我想此刻在案板上正被大卸八块的,应该就是昨天晚上那对爱情的牺牲者。按照秦五常的旨意,它们将被做成一锅香喷喷的红烧狗肉,然后送去孝敬老人院里那些在秦王镇似乎无限珍贵的老人。

我干呕了两声,没有人理睬我。就在这时,秦五常推门走了进来。他被五只身形壮硕的藏獒簇拥着,众獒看见我,立即兴奋地拥到笼子四周,一边高声咆哮,一边又是伸爪子,又是从铁丝缝中挤脑袋,它们个个眼露凶光,大有把我拖出来撕成碎片之意。我浑身瑟瑟发抖,尽可能地躲避着随时可能碰到的利爪尖牙。我不断求助地望着秦五常,可他却置若罔闻地站在那里一动不动。我看见他的眼神飘忽不定地四处游移着,意味让人捉摸不定。就在我绝望到几乎窒息的时候,秦五常冷不丁地一声断喝,五只藏獒立即惊骇地停止了对我的围攻，蔫头耷脑地退在主子的身后，顿时由猛兽变成了温顺的羔羊。秦五常打开笼舍，见我依旧蜷缩在里面抖个不停，便弯腰将我拽出来放在了众藏獒的面前。我一动不动地趴在那里，膀胱发紧，紧张得差点尿了出来……

"哈哈哈，你个小孬种！连我都敢下口咬，却被几只大狗吓成了这个熊样。"秦五常这样说完，手指门外吹了声口哨，五只藏獒闻声便齐刷刷地冲出去了。

"老蜜，老蜜！拿几片肉过来。"秦五常朝那个切肉的胖女人喊道。

被叫作老蜜的女人将几片肉放在一个碟子里端了过来，一脸疑惑地问："是要喂这只半大的狗崽吗？这可是生狗肉啊，哪里见过狗吃狗肉的？"秦五常说："别说狗吃狗肉了，逼到份上，人吃人肉也不是奇事。把碟子放在地上。太岁，过来，太岁，别让人小瞧了你，吃给他们看看。"

说实话，我虽然以那种屈辱的方式来到这个世界上才短短两年左右，但在前主人的家里，我却早早地学会了察言观色。秦瘸子虽然咋咋呼呼的，但他不会真因动怒而惩罚我。而女主人平日尽管待我亲若儿子，但一旦因任何琐事而生气，拳打脚踢，针扎杖责，什么事都干得出来。真正无怨无悔爱着我的，只有我懦弱而善良的狗娘。此刻，我仰脸看着秦五常，我并不害怕他有些阴阳怪气的神情。但我心里明白，如果招惹了这个男人，只要他一声口哨，门外那些比虎狼还凶猛的藏獒就会立刻冲过来，将我撕成碎片。

"太岁，吃肉，吃下去，我知道你行的。"秦五常慢吞吞地说，口气很有耐心，似乎对自己的判断充满自信。

我的眼泪流了出来。这一刻，我对我亲爱的狗娘充满了思念。尽管我知道即便此刻她在我的跟前，也会和我一样无助。我把嘴伸向了碟子里的那些生狗肉，恐惧遮蔽了那些本来让我恶心欲呕的同类肉块的腥臭，新主子脸上浮起的宽慰的微笑又给了我莫大的勇气，我夸张地狼吞虎咽起来，很快就将那碟生狗肉吃了个精光……当我努力咽下最后一口的时候，不知是出于悲壮，出于委屈，还是出于什么别的心理，我昂起头来，发出长长的一声类似困兽般的长鸣。

"太岁就是太岁，那可不是随便叫的。"秦五常将我从地上抱了起来，他满脸堆笑，像个赢了大局的赌客。就在他双手举着我向厨房外面走去的时候，我听见胖女人老蜜在背后不无惊讶地低声咕哝道："太惊悚了，莫非是个狼崽吧。"

秦五常带着我参观了偌大的秦府。与秦瘸子寒碜的土院相比，这里所到之处，不是飞檐朱栏的华屋，就是花繁草碧的园林，房屋连着房屋，长廊接着长廊，远远超出了我一条没有见过任何世面的幼狗的想象。看见秦五常过来，所有正在忙碌的人都会立即停下手里的活儿，恭恭敬敬地垂手立于一旁。我跟在新主子的身后，刚才被群犬围攻的恐惧、强吃生肉的屈辱和离别亲娘的孤寂，都渐渐被这份让我心潮澎湃的荣耀代替了。我趾高气扬地跟在新主子的身后，不时情不自禁地发出一阵欢快的吠叫。

就是在这一天，我第一次看到了秦府的镇府之宝：建在中庭玻璃穹顶下的一个巨大的沙盘。这不是秦府的微缩景观，而是整个秦王镇的！那些山川河流，那些镇街屋舍，那些大路小道……一切都比例准确，造型逼真，看上去真有栩栩如生之感。秦五常仔细俯瞰着这个沙盘，像在用目光的梳子梳理它的每一根细发。他沉默了半天，才无比深情地说道："太岁啊，这就是咱们的地盘！"

从那一刻，我就坚信不疑，没有任何一个人比秦五常更熟悉这片土地，也没有任何一个人能取代他成为秦王镇的主宰。

3

秦王镇虽地处偏远而孤立，却以旅游和斗狗而闻名于方圆百里，一年四季都吸引着大量的外地人来此流连盘桓。前者是秦王镇的名片，是各级政府用以招商引资、发展地方经济的招牌；而后者则被明令禁止，属于不受保护的非法活动。但尽管如此，地下斗狗却一点也不比旅游业冷清，甚至很多人名义上到秦王镇来旅游，实质就是冲着斗狗而来的。他们白天游览景点，吃喝玩乐，到了晚上则齐聚多家地下斗狗场，或携狗赌博，或押注观战，喧声盈天，通宵达旦。从这个意义上说，旅游和斗狗这两个项目一明一暗，互为补充，互相提携，给秦王镇带来了丰厚无比的收入。

自从进了秦府，在很长一段时间里，我都以为秦五常收留我，就是要把我训练成一条超级斗狗，以便在地下斗狗场为其赚来成沓的钞票。但在我秦王镇有限的生涯中，我从来都没有参加过一次斗狗比赛，这是不争的事实。

秦五常没有任何官方身份，但他却既是精神领袖，也是正义的化身，是秦王镇真正的王，这是不容任何人否认的。既然地下斗狗为官方所明令禁止，作为正义化身的秦五常当然就不会与之有涉。但没有人知道，其实秦五常拥有一家斗狗训练基地，其拥有斗狗的种类和数量，都远非他人能比。当然，这个秘密是我后来才知道的。秦府里的许多秘密，都是在我成为秦五常的随身走狗之后，随着时光的流逝我才渐渐晓得的。

在被秦五常收养的前半年，我度过了自己为狗生涯中情绪最纠结的时光。

我被交给了一个外号叫"烂人"的驯犬员。烂人三十来岁，生得眉清目秀，身材高挑而匀称。他不苟言笑，除非必须说话，大部分时间都是沉默不语的。至于"烂人"这个外号的来历，有一次厨娘老蜜奇怪地问其原因，他也只是羞怯地说："不晓得。"老蜜惋惜地说道："以后谁再叫你烂人，你就对他翻白眼，或吐口水。你人长得精神，性子又好，叫你'烂人'的人，才是真正的烂人。"

烂人看上去生性羞怯又沉默寡言，其实这只是他在同类面前的表现。我却见证了他性格中完全不同的另一面。

秦五常第一次把我交给烂人的时候，他穿着一身黑色带白道的运动服，上面沾满了多种颜色、长短不一的狗毛。秦五常仔细交代了一番，让他负责上午对我进行体能及品格训练，午饭后带回秦府，并要求他制定营养食谱、训练计划，等等。"你时时得把眼睛瞪圆，太岁要是出了半点差池，你知道后果。"秦五常说。烂人一直诚惶诚恐地听着，不住地点头哈腰。但等他提起装着我的狗笼，刚一出门，就回头恶狠狠地瞪了一眼，嘴里骂骂咧咧地说："狗日的又认下了一个爹！早晚你得死在他们手里。"他做人阳奉阴违的态度让我很是气愤，便冲着他"汪"地吠了一声。烂人回头看看我，倒笑了："小杂种！才来几天就这样忠心，看来老王八蛋还真没有白疼你啊。"

烂人第一天带我去狗场，算是彻底让我开了眼。烂人开着一辆满是狗腥气的面包车，在山道上七绕八拐地跑了两个多小时，就在一片幽静中听到了各种各样的犬吠声。对人而言，这些吠声也许大同小异，但传进我天生灵敏的耳朵，我立即就分辨出这些吠声全部来自体形硕大、性情凶猛的犬种。车子从一道被茂密的蓬草遮挡得几乎看不见的铁栅栏门中开进去后，四周的犬舍中、院子中间宽阔的空场上，果然到处都是各种各样的猛犬。它们或被关在笼中，或在接受各种技能训练，吠声一片，数里可闻。当时我还无法叫上它们的名字，但在随后的日子里，我学会了逐一识别它们并谙熟了每一种的习性。这个驯犬基地由两个隔开的院子组成，一个院子里是可以用来租借或下注的、已经能够参加斗犬比赛的成年犬，另一个院子里则全部是幼犬，有代为他人早期训练的，也有基地繁殖的可供买卖的斗犬苗子。

烂人提着装我的狗笼，直接进了成年犬舍所在的院子。他将笼子放在地上，喊了声由几个数字组成的于我而言意义不明的号令，正在场上忙碌的驯犬员们，立即带着各自的猛犬从四周跑了过来，随即人犬共同整齐列队，像是即将接受检阅的仪仗队。我看见许多猛犬因训练强度太大而累得舌头伸得老长，呼哧呼哧地喘着粗气。烂人打开了我的笼门，脸上挂着一缕明显带有轻蔑的暗笑。我知道烂人的把戏：他是想用这些猛犬镇吓住我，然后博得我对他的臣服。我说过我是个善于察言观色的角色，在秦府短短十来天的日子，早已让我明白了人世间的王权法则：秦府那群凶悍无比的藏獒，尽管其中任何一只都能轻易将秦五常撕成碎片，但秦五常是它们的王，唯有无条件地臣服和效忠。而我，不过是一只没有见过世面的半大的杂种幼犬，也能因为得宠于秦五常而受到它们的竞相奉承。那段时间里，藏獒们的表现给了我极大的信心，只要我不失宠于秦五常，我便可以对曾经使我浑身颤抖的藏獒们颐指气使，让它们随时变成我成群的奴仆……我"汪汪"地叫了两声，从狗笼中最大限度做出器宇轩昂的姿态走了出来。我看见那些猛犬看看驯犬员，驯犬员们看看烂人，烂人看看我，眼睛中刚才的那丝轻蔑便很快变成了愤怒和无奈。烂人说："你们都听清了。这条狗叫太岁，据说是极为罕见的品种，是咱们老大花费重金从特殊渠道求得的。太岁按说应该先进二号院，等成年后再转咱们这里。但老大说了，特殊人才需要特殊教育，从今天起，太岁就是一号院的特等生。你们时时得把眼睛瞪圆，太岁要是出了半点差池，你们知道后果。"我站在人和猛犬排列整齐的队伍面前，禁不住得意地"汪"了一声，这是我忍俊不禁的大笑。我的判断没有错，就连烂人给这些驯犬员最后所说的话，都一字不差地重复了秦五常对他的叮咛。

从那天开始，在半年的时间里，我每天上午都是在驯犬基地度过的。我之所以说这半年的日子非常纠结，就是源于自己对烂人的疑惑。他似乎是一个集中了所有矛盾于一身的怪人：人前沉默寡言，狗前喋喋不休；当面俯首帖耳，转身趾高气扬；时而冰冷无情，时而柔情似水……不光是我对烂人越来越失去判断，同样的纠结也来自王米兰，和烂人同居了整整六年的一个美丽女人。只要我有机会见到王米兰，就会听见她那如同被秋天的重雾洇湿了般的一声叹息："满腹心事有谁知，有谁知啊！"

我也坚信烂人是个内心藏匿了重重心事的人。因为他对事物的反应，越来越多地出乎了我的判断。在秦五常将我托付给他照顾和训练后，他尽管在背地里经常牢骚满腹地抱怨，甚至咒骂秦五常，但不得不承认他的工作做得非常认真而出色。他查阅大量资料，为我定制了特色食谱，而且坚持每天事无巨细地记录有关我成长的一切：体重、脉搏、血压、心跳、毛长等，甚至连粪便的颜色都记录在卷。他的付出得到了秦五常的首肯，他那天一时高兴，便大手笔地犒赏了烂人："你这个烂人，自己的事总要别人操心。你和王米兰睡在一起这么长时间了，也不知道给人家一个家。"然后随手递过来一把钥匙，"这是刚竣工的秦王阁的一套房子。首付已交，作为对你最近工作的奖励。月供也由公司按期支付，前提是你的工作不能出任何乱子。"烂人似乎犹豫了一下，但还是接了过来，对秦五常连鞠了三躬，诚惶诚恐地道："谢谢老板，您日理万机，还惦记着我的破事，实在是太让我感动了。小的能受您托付照顾太岁，真乃三生有幸啊！"秦五常笑了："你个烂人，平时闷葫芦似的，到关键时候嘴也很甜嘛。好啦,去吧,把太岁给我调教好,以后你的一切难事都不叫事。"

烂人点头哈腰地提着狗笼出来了。面包车从秦府开出去后,他就一路沉着脸一言不发,不像平日里总是自言自语般向我倾诉。我在笼子里"汪汪"地叫了几声,他居然回过头来恶狠狠地瞪了我一眼,然后把车子停在进山的入口处,伏在方向盘上呜呜地哭出了声来。开始我以为他意外被天上掉下来的馅饼砸到了脑袋,属于喜极而泣,但很快我就否定了自己的判断。一是他刚才回头恶狠狠的眼神让我不解,刚才还说能照顾我是他的三生之幸,再说了,确实他的新房缘我而得,不感激倒也罢了,他为何要向我投来仇人般的眼光?二来他在低沉地痛哭了一阵之后,竟疯狂地用拳头砸向方向盘,在方向盘不断急促的鸣笛声中,我听见了烂人歇斯底里得有些陌生的咆哮:"太折磨人,我要疯了!老天啊,我要疯了!"

哭过一场的烂人平静了下来,他整理好自己的情绪,继续开车上路。当在深山中开始能听到驯狗场那些猛犬此起彼伏的吠声时,他已经彻底恢复了常态。他回头看了我一眼,淡然地笑了一下说:"人间的事,你狗日的根本弄不懂。"

从那天开始,我就知道烂人心里一定装着什么不为人知的心事。尽管我无法猜测这心事究竟是什么,但我相信那对烂人来说,一定是铭心刻骨的。

4

再一次见到我的狗娘,是入秦府三个多月后的一天下午。

这天是秦王镇入冬以来所下的第一场雪。在驯狗场吃过烂人精心为我准备的午餐之后,他开着面包车送我回秦府。刚出了大铁门,一直阴云密布的天空就开始飘起了雪花。我初见下雪,兴奋莫名,一直在狗笼里叫个不停。烂人今天的情绪看上去很不错,他自言自语地说:"雪天总会有意想不到的事情发生的。"

车快到秦府大门的时候,我忽然听到了两声熟悉的狗叫声。啊,是我娘,是曾和我朝夕相处、给予了我无限疼爱的我的狗娘!我踮起脚来,从车窗望出去,果然看见在秦府的大门前,前女主子任汪馥正站在那里和看门人说话,而我娘大概早早就闻见了我的气息,冲着车子一边叫,一边飞快地跑了过来。女主子见状,回头厉声喝道:"红梅,红梅!你给我回来,这里也是你敢撒野的?"我看见我娘前爪下意识地一收,猛然跌倒在地,在湿漉漉的地面上一下子滑出两米多远,到了车轮前才停了下来。烂人踩了一脚刹车,嘴里不骂狗却骂人:"死婆娘,一看就不是个好东西,你看把狗儿吓得!"

我看见我狗娘艰难地站了起来。她身上的毛发被泥水纠结成团,看上去肮脏而狼狈。她的目光估计看不到高高在上的我,她的眼神看上去焦虑而灰暗。不知是因为下雪的缘故,还是她流了眼泪,我娘眼睛下的狗毛精湿一片。她一边频频回头,一边听话地朝女主子走去,这一幕让我既心疼又有些难堪。

烂人进秦府大门时停住了车,朝看门人问道:"什么事啰嗦个没完?"看门人说:"这个女人是来找主家要钱的,说是主家抱养了他们家一条狗崽。"我在笼子里"汪汪汪"地叫了几声。任汪馥立即说:"我们家的狗崽就在车里,我一听就知道是它的声音。"我懦弱的狗娘也叫了一声,明确地表达了自己的附和。

烂人笑了:"满嘴谎话!太岁是千金难求的珍稀名犬,岂是你家寒窑能出的?这女人果然是个刁民。"我抗议地"汪汪"了两声,却被烂人误解为是认同,竟得意地冲我挤了挤眼睛:"骡子下不了马驹,土狗生不出太岁。是吧?"他对看门人说:"这个女人还真胆大,你就放她进去,让她直接跟主家说吧。"不料看门人却说:"你不知道,出事了,老板真的去了医院。我跟她说了半天,她就是不信,以为我是在搪塞。"烂人说:"出什么事了?我说雪天总是要出事,还真是出事了?"说罢,也不等看门人回答,一踩油门就冲进了秦府的大门。我看见我的狗娘试图追过来,但最终还是畏怯地停住了脚步。

这个冬天的第一场雪越下越大,秦府的屋顶、花园、雕塑、甬道都渐渐地变白了。我狗娘悲伤的哀鸣,也立即被院子里传来的藏獒们洪亮而威武的吠声遮蔽了。

看门人没有说谎,秦五常真的没在家。秦王镇确实出事了,而且是出大事了:镇长赵永和被人下毒了!当时奄奄一息的他正在镇医院进行抢救,本来在家和来客喝茶的秦五常听到消息后,第一时间就赶去了医院。烂人问清了情况后,脸上的表情有几分复杂,沉默了半天才说:"吓死我了,我还以为是谁对老大下了黑手。"

这件事在当天就传遍了秦王镇的每一个角落,成了人们津津乐道的热点话题。事件的细节虽然有许多不同的版本,但大致经过基本上没有存疑:一向廉洁奉公的赵镇长整个上午都在听取秦王镇镇街改造计划的说明,和几个项目承包人讨论有关细节,临近中午,他谢绝了企业老板宴请的请求,坚持去政府食堂打了午饭。午饭是两个馒头和一荤一素两个菜,荤菜是菜花炒肉片,素菜是蒜蓉山蕨菜。据证实,赵镇长打菜的时候还和食堂师傅有说有笑,结果回到办公室后,一个馒头还没有吃完,就一头扎进了菜盆里。要不是被随后进来换暖壶的勤杂工及时发现,他怕是连抢救的机会都没有了。

因为赵镇长在医院里被确诊为"毒鼠强"中毒,所以,对是自杀还是被害、是过失还是故意投毒、如果被害是因仇还是因情等细节的不同猜测,成了这段时间秦王镇男女老少全民辩论的焦点,甚至因为对立尖锐而发生了数起斗殴事件。当然,凡事都有例外，有些自以为不同凡响的家伙则开始分析事件的深层原因，认为虽然表面上的受害者是赵镇长，实际却是冲着秦王镇真正的王秦五常去的。而庸俗不堪的无聊之徒则把关注的重点放在了类似这样的细节上：中毒后的赵镇长大小便失控，急救车上的医生把他从办公室抬下来的时候，都被熏得一脸痛苦不堪的表情。

那天晚上秦五常彻夜未归。他回来的时候，已经是第二天天亮时分了。那段时间里，陪寝的是一个被秦五常叫作章鱼姑娘的女子。她是秦五常出差时以引进人才的名义带回来的。但他俩从进秦府的第一晚就睡在了一起，这是大概除了他们本人外只有我知道的一个秘密。白天在人前，章鱼是一个标准的淑女，一副不卑不亢、见过大世面的样子。但到了夜里两人赤裸相见的时候，她则浪荡得花样百出，让秦五常忍不住大喊"妖精啊，妖精"！白天她管秦五常叫"秦爷爷"，床上则称他为"夜五郎"。秦五常知道这是"一夜五次郎"的简称，尽管这样的豪举只在初夜发生过一回，但秦五常还是忍不住得意扬扬。秦五常在不同时期总有不同的女人，有短期寓居秦府的，也有多年的常客。她们之间现在都已经不言自明，晚上哪个女人把我的寝具提进了自己的卧室，就意味着秦老爷晚上会歇在那间房中。她们有时会百般讨好我，希望能和我培养起超乎别人的感情，以此来留住秦五常的心。我说过了，我虽然生而为狗，但却天生就善于察言观色，我认准了自己只能唯秦五常的意志是从，别的一切都是浮云。

赵镇长被"毒鼠强"毒倒的那天，秦王镇下了今年的第一场雪。雪从午后开始飘落，渐下渐大，到黄昏时已经天地一片银装素裹了。屋子里开了空调，暖融融的，让我困倦不堪。章鱼晚饭后一直斜靠在床上看书。尽管她在秦五常面前表现得对我很好，但我知道她很讨厌我。她其实不光是讨厌我，她讨厌所有的动物。只要一背过人，她对我的厌恶就一览无余地表现在脸上。

有一次我因为好奇用鼻子嗅了嗅她的化妆包,她居然像野兽一样露出两排牙床吓唬我,并咬牙切齿地说:"总有一天,我会让姓秦的把你做成一碗红烧狗肉。"我不怕这个背地里张牙舞爪的女人,但我害怕她的话。她真的有魅力让秦五常为她做任何事,而秦五常是我的王,是那群藏獒的王,是烂人的王,是一切能轻易置我于死地的对手的王,所以他毫无疑问也是我的王。在秦五常不在的时候,我在章鱼面前总表现得很乖巧,远离、安静、不去打扰,所以一般情况下我们都相安无事。

我又听到了一阵熟悉的沙沙沙滑动的声音,那是一条草绿色的蛇。它是黑暗世界里的主宰。我来秦府不久就知道了它的存在。它出现在夜间的每一个地方,若隐若现,所到之处,寒风四起,万物噤若寒蝉。在一个月光明亮的晚上,我甚至看见它悄然从獒舍的栅栏前爬过,被惊醒的群獒肃然而立,嘴里发出一种类似梦魇般的呜呜声。现在,它就在距我仅有两米左右的章鱼姑娘的床下。但我看不清它,我只看见一团令人眩晕的淡绿色的荧光,模糊地在对面游移。屋外雪下得正猛,落雪的沙沙声和蛇滑动的声音美妙地交融在了一起。虽然我知道不可能,但我还是希望它此刻能爬上床去,让章鱼这个可恶的女人花容失色地尖声惊叫起来,打破这雪夜令人压抑的静寂。

章鱼的手机尖厉地响了起来。从谈话中我知道是秦五常打来的,他说自己有事要晚回,让章鱼先睡。章鱼撒娇地说:"不,我等,不管多晚,我都要等我的夜五郎。"挂断电话,章鱼长嘘了一声,然后放下书本,掏出另一个手机拨通了电话:"哥哥,是我,你现在有空吗?"……章鱼经常背着秦五常打这个电话,开始我还以为真是她的哥哥,听得多了,我早就知道对方是她已经谈婚论嫁的恋人。章鱼今天跟"哥哥"说,因为工作出色拿到一笔不菲的奖金,明天又跟他汇报,集团给员工配赠了股份,一转手就能值多少钱等，其实这都是秦五常送章鱼的，我清清楚楚地看在眼里……出于对主子的忠心，我"吱"地叫了一声，表达对她的抗议。章鱼厌恶地瞪了我一眼，依旧煲她的电话粥。

我难过地把头伏了下去。我不怕恶狠狠的目光，但章鱼厌恶的眼神太让我受伤了。我忽然觉得自己内心里涌上一丝仇恨的感觉，对章鱼，对床下悄无声息的蛇，甚至对外面发出匀称的沙沙声的落雪。但很快我内心那丝让我陌生的仇恨就消失了。说要等待秦五常的章鱼打完电话后，没读上几页书就睡着了，在落雪的夜晚发出一阵均匀的呼吸声。年轻女人轻盈而均匀的呼吸，在沉重而巨大无边的暗夜里是一种让我怜惜的声音，是一种让我会轻易忘记仇恨的声音。

我一直没有睡。一来今天我娘的遭遇让我难过，二来我是一只忠诚的走狗，必须等待着主人的归来。

天放亮的时候，我听见了汽车由远而近的马达声，听见了秦府大门缓缓开启的声音，听见了主人熟悉的脚步声。在绝大多数情况下，我能从他步伐的轻重和快慢中准确判断一件事的结果，但那天，我却没有听出和平常不一样的任何变化，因而我也无法判断赵镇长的生死。

5

几乎所有秦王镇的人都说，今冬是秦王镇历史上最寒冷的冬天。

地处南方的秦王镇在冬天很少下雪。往年即便偶尔落雪，大部分时候也是即下即消，很少有积雪成景的现象。但今年因为一股罕见寒流的影响，一场大雪足足下了半月。秦王镇被厚厚的雪褥彻底覆盖起来，放眼之处皆是一片白茫茫。

这是秦王镇难得清静的一段日子。通往外界的道路都被大雪封死了，没有了那些从四面八方来秦王镇旅游和斗狗的外地人，秦王镇忽然呈现出一场似瘟疫过后的冷清和萧条：道街空旷，行人稀少；景点关闭，餐厅打烊；公交停运，商品歇业……秦王镇人若有所思地感叹道："平日并不觉得，一场大雪才让我们知道，秦王镇的好日子，原来都是拜外地人所赐啊。"这令他们忽然开始怀念外地人，怀念那些他们总是抱怨弄脏了环境、搞乱了秩序、败坏了风气、带来了动乱的成群结队的外地人。

但这段时间里，真正让秦王镇人牵肠挂肚的外地人只有一个，那就是生死未卜的赵镇长。

"毒鼠强"中毒的赵永和镇长，对秦王镇人而言，是个标准的外地人。秦王镇，顾名思义，就是由秦姓和王姓这两支人组成的。秦姓人多居于镇南，王姓人则聚集于镇北。由于秦姓人口是王姓人口的两倍还要多，所以势力大，发展快，在秦王镇很早就形成了"南贵北贱""南富北穷"的格局。镇上除了从不同地方嫁过来的女人，个别杂姓之人多为几辈子都在此地做生意的外来人口。镇长赵永和就是已经在镇上开店三代的赵裁缝家的后人。他出生于秦王镇，也成长于秦王镇，除了姓氏特殊，他和本地的孩子并没有什么区别。比起屡屡被秦姓欺负的王姓孩子，赵永和由于只是个过客，他在异乡的童年也算过得如鱼得水。只是在他上初中三年级的时候，他一家人，包括爷爷奶奶、爸爸妈妈死于一场灭门惨案，因闹肚子而起夜的他虽逃过一劫，却也从此成了一个孤儿。他没处可去，而且赵家的裁缝手艺还没有来得及传到他手里，靠着秦王镇人的慷慨施舍，他艰难却也算顺利地长大成人了。

在秦王镇的历史上，由于人多势众，几乎都是秦姓之人执掌政权。这虽然招致了王姓人长期不满，甚至为此发生过几次严重的抗争，虽然每次都动静不小，但终未能翻牌。镇长一职能落于赵永和一个外姓人之手，完全是秦五常让贤的结果：在十几年前，前一任秦姓镇长任期已满，不管出于民意还是上头安排，当时在秦王镇早已德高望重的秦五常都是最合适的人选，但出人意料的是他拒绝了。他在一次镇民代表大会上说："秦王镇历来招致混乱的原因，皆因两大姓氏比例失衡。本次换届，我提议选举一个外姓人主政秦王镇，不偏秦姓也不倚王姓，这样既显公平也能持久。"尽管此提议被众多秦姓之人视为放权而极力反对，但秦五常力排众议，最终，赵裁缝的后人赵永和如愿当选镇长，翻开了秦王镇历史上崭新的一页。秦五常深明大义之举，也让他更赢得了全镇人们的敬仰与拥戴。

而此刻，平衡秦、王两族轻重、维持古镇平稳运行十多年的镇长赵永和，却躺在镇医院的重症监护室里，因尚未查明原因的中毒而陷入重度昏迷，至今生死未卜。

这是秦王镇最混乱、最人心惶惶的一段时间。各种各样关于这次事件的原因和细节的争论，最终都统一为秦、王两大姓氏的对立：王姓人认为外来者赵永和占据镇长一职时间太长，引起了历来习惯于掌控政权的秦姓人的不满，欲除之而后快，于是策划了这次残酷的谋杀。而秦姓人则指责是王姓人得寸进尺，觊觎镇长职位已久，故而实施了赤裸裸的杀人计划。但相互指责归指责，因镇派出所对此案一时找不到半点线索，所有这些指责都变成了无聊的吐口水。

我只是一条正在适应秦府大院生活、努力从幼稚迈向成熟的狗而已，外界和人间的变数和纷扰，我本来只是看在眼里、听在耳里而已，不应该和我发生多大的关联。但事实证明，中毒事件的发生，无论直接还是间接，都对我和新主人秦五常之间的关系，产生了决定性的重要影响。

中毒事件发生的第二天，在驯犬场吃过午餐后，烂人并没有像往常那样送我回到秦府，而是把我关进了一间空闲的犬舍。

鹅毛大雪依旧不知疲倦地飘落着，四周在平日看上去高耸入云的群山此刻消失在一片白色里，让我恍惚间以为身处陌生之地。我趴在犬舍的栅栏后面，看见几个教练员在冒雪驯犬。烂人也在其中。他今天训练的是一只白色的大狗，通过命令它反复上下台阶来训练其耐力。白狗体形高大，双耳竖立，小眼睛，黑鼻梁，尾巴粗大，形似马刀。这是一种优雅而安静的猛犬，在纷纷扬扬的落雪中，它身姿敏捷地闪转腾挪，看上去像一个幻影。我看着它，忽然想起了秦瘸子对我那个强奸犯狗爹的描述：豆眼黑鼻的白狗，大得像条牛犊……"莫非？"我疑惑地想，"莫非强奸我狗娘的，就是这种狗？"但我很快就否定了自己无由头的猜测。因为一是从我身上一点都看不到它的优雅和安静，二是我根本就不相信这样一种长相和品格都高贵无比的猛犬，就算再情欲难耐，也不可能看得上土生土长的我的狗娘……我想着自己可能一生都无法揭秘的身世，悲从中来，一时眼眶湿润，伤感无限。

烂人在结束驯犬任务后，没有开车送我回秦府，而是去了他和王米兰位于镇北的出租屋。烂人本属秦姓，与王姓的女人搞在一起本来在秦王镇就不多见。即便偶然男女结秦晋之好，也都是人往高处走地移居去了镇南的秦姓聚集区。像烂人这样跟随对方跑去镇北生活的，实在是秦王镇人眼中不可理喻的另类。雪还在下着。面包车在一条逼仄弯曲、被小孩子们踩得污水四溢的巷子里东拐西绕了半天，才在一排平房前停了下来。米兰从一扇绿色的木门中闻声走了出来。她看见烂人从车厢中提下了狗笼，吃惊地说："咦，你怎么把太岁带回家了？这么金贵的玩意儿，要是有个闪失怎么办？"烂人说："老板的吩咐，我能有什么办法。"正说着，附近几个游狗见状跑拢过来，围着我的狗笼七嘴八舌地嚷嚷个不停。这种自来熟的热情和爽朗，立即让我想起了我的狗娘和曾经生活过的瘸子家，我有些感动，又有些尴尬。烂人轰跑了所有游狗,将我带进了屋子。

烂人和米兰的租屋是一间足有三十来平方米的房间。右首角落摆着一张双人床,被褥未叠,凌乱不堪;右边角落是简易灶台和案板,上面胡乱地放着一些锅碗瓢盆。令我惊讶的是,并非只有烂人这对恋人是这间屋子的主人,显得有些空荡荡的屋子的地面上,居然有着一堆活物:一只羽毛华丽的孔雀,一只虎皮鹦鹉,两只珍珠鸡,一只肥胖得走不动道的兔子,关在笼子里的六只刺猬,甚至在窗户框上还拴着一只猴子。这些动物看见我进来,只是侧目看了一眼,全然一副无动于衷的样子。那只孔雀站在一架穿衣镜面前,长时间地端详着自己,表情古怪莫测。整个屋子里飘荡着一股浓烈的奇怪的味道。这味道我是熟悉的,因为从见到烂人第一面起,他的身上永远都除不去这种味道。

"镇长被人下毒了,估计这事让老大忙得焦头烂额了。"米兰说。她是个漂亮的女人,我在驯狗场见过三次,还有一次是在镇街的路边,她等在那里给烂人送了一朵野花。米兰一年四季表情恹恹的,看不出情绪上的喜怒哀乐。她对我不冷也不热,就如同是认识了很多年的老熟人。我环顾了一下屋子里他们所养的所有这些动物,觉得它们都和米兰有着共同的气质。

"反应过分,必有蹊跷。"烂人"哼"了一声,把我放在地上。

"算不得过分,他是秦王镇的垂帘之人,出了这么大的事,台前幕后的都得查个水落石出才是。"米兰说。

"那你觉得是我们秦姓人干的,还是你们王姓人干的?"

"我既不觉得是秦姓人干的,也不觉得是王姓人干的。刺客一定来自外人。"米兰语气依旧淡淡的。

"哼!"烂人鼻子里又发出不屑的一声,道,"你不说我都知道你的答案:二十多年前发生在赵裁缝家的灭门惨案,是老冤家寻仇的结果。当时凶手就知道赵永和成了漏网之鱼,如今又找上门来斩草除根。你是不是就这么想的？我告诉你，那只是表象，事情可能要远比这复杂。"

米兰的想法果然被言中了，但她的表情既不惊讶，也不沮丧。她歪着头想了一会儿，说："你总把问题复杂化，我不猜了，太累脑子，等着时间给出一切答案吧。"然后她就去灶台边准备晚饭了。那只表情冷漠的孔雀从镜子旁走到她身旁，不明其意地"啊哦"了一声。

这场罕见的大雪下了半个月。在这十几天的时间里，我一直都跟烂人住在他的租屋里。刚开始的几天，我不习惯这里的一切：那些像哑巴一样沉默而冷漠的动物，表情恹恹的米兰，情绪难以捉摸的烂人，凌乱的房间，古怪的气味……我怀念秦府里养尊处优的生活，我怀念那群讨好我的藏獒，怀念神秘出没于夜间的那条绿蛇，怀念那里永远井然的秩序。那段时间我心里空落落的，总有一种被新主子遗弃的忧虑和哀伤。

大雪终于停止的那一天，已经进入腊月了。我再次被烂人送回秦府时，秦五常正一个人站在那个巨大的沙盘前抽着烟斗。他看见我跑过来，平静地叫了一声"太岁"，就如同这半个月的分离并不存在一样。他脸上流露出一丝老谋深算的微笑，对此我是那样熟悉。

尽管心里既有激动又有委屈，但我没有像往常那样轻薄地摇动尾巴或吠出声来。我走过去蹲伏在他的身旁，显得沉稳而坚定。那一刻我觉得秦五常的意念进入了我的灵魂，让我瞬间臣服于他强大的意志。

6

一进入腊月，各种各样与过年有关的事情一天天多了起来。

由于秦王镇地处僻远,冬天,尤其是年关前后,一直是旅游的淡季。但每年镇上通过组织特色庙会、社火比赛、民宿体验等活动,还是能吸引来不少外乡人。今年由于一场罕见的大雪,通往外界的道路中断多日,使得这些活动都不得不临时中止。那些长年在秦王镇务工或做生意的外乡人,在交通恢复之后,也都纷纷回老家过年去了。今年的秦王镇真正成了镇民的天下。人们杀猪宰羊,置办年货,清扫屋舍,祭祖敬天,悠闲地等待着年关的来临。

腊月十一日,是秦五常六十九岁的生日。在这一天,我作为生日礼物,正式成为新主人的贴身走狗。

仪式是在午后三点举行的。这天从一大早,前来秦府祝寿的人就络绎不绝。秦王镇男女老少,不分秦姓王姓,或单枪匹马,或三五成群地来到秦府。祝寿的仪式很简单,来客不许携带任何礼物,也不能和寿星相见,而是在摆放在大院长桌上的签名簿上写下自己的祝词和名字,然后领取一份赠礼。这是秦五常亲自定下的规矩,而且早已经成了秦王镇的传统。秦府的生日赠礼每年不同,但皆价值不菲,这几乎成了镇民们的年前福利,没有人会轻易放弃这个机会。秦王镇甚至有一个喜欢舞文弄墨的穷酸书生,因为兜售自己撰写的生日祝词而赚取了远高于稿酬的钱财,成了秦王镇少有的靠写作脱贫致富的人。

据说当初秦五常刚做出这个决定时,遭到了许多亲朋的反对,尤其他的两个儿子秦小麦和秦高粱更是抵触。他们说一向智慧超人的父亲真是鬼迷心窍了,怎么会做出这样有悖常识的事。如此安排,别说贪图便宜的草民布衣,就是有钱人,甚至怀有敌意的死对头,也会一边在心里骂娘,一边假惺惺地以祝寿的名义来领取赠礼。秦五常听完,平静地说:"能为小利而藏起仇恨,放下身段到我府上来祝寿的人,都不是能构成威胁的仇家。为人处世,最重要的是心气要高,格局要大。"事实证明了秦五常超前的眼光,他此举不但为自己赢得了秦王镇人由衷的敬佩,而且每年所发放的赠礼,都是镇上许多有名企业找上门来,为能获得独家赞助权而削尖了脑袋。

当日下午三点,我终于迎来了自己走狗生涯正式开始的重要时刻。这时,只有家人和亲信参加的寿宴刚刚进入尾声。老寿星开口说:"我生日向来不受任何人的礼物,但今年我想破例,自己送自己一件生日礼物。"说罢,他带领大家离开宴会厅,来到了后院一间阔大的屋子。屋子的正中已经垒起一个二十米见方的高台,四周设有半人高的围栏。擂台四周,有一高高的座椅,旁边的茶几上,摆放着饮料、水果和香烟。此刻,我和一只白色的猛犬分别被关在两只铁笼里,置于屋子的两个不同的角落。那只猛犬就是给我印象非常深刻的小眼黑鼻、尾如马刀的狗,我现在已经知道它的名字叫杜高犬,是我今天决斗的对手。我的铁笼旁站着烂人,杜高的笼前那个低矮敦实的驯犬员,也是我在驯犬场多次见过的。

待侍者招呼众人坐定,秦五常脸上喜悦地开口道:"我收养太岁半年多,它也已经满两周岁了。别人以为我收养的,定是身价不菲的名犬。其实不然,这是一条串儿,是尚不知种类的外地斗犬和本地土狗的杂种。我相信它既有本地土狗的忠诚,又有猛犬的无畏,低调而实用,非常符合我的人生选择。"他停顿了一下,朝我和烂人的方向看了看,目光充满期待,"不过太岁能否成为我给自己赠送的生日礼物,全然在于它自己今天的表现。"

秦五常的话于我而言是一纸宣判:表现好则留,表现差则弃。我望着对向角落里的那只杜高犬,内心一阵忐忑不安:平日在驯犬场,我尊贵而特殊的身份让几乎所有同类对我都礼让三分,但我从来没有和它们在一决胜负,甚至生死的擂台上相遇,对于对手是否还能保持敬畏心里没底。但我知道自己没有退路，只有拼命一搏，否则只有死路一条。烂人似乎看出了我的心思，他用手在我脖子上揉捏了一下，我心里顿时生出一缕赴死的悲壮。

矮子和烂人带杜高和我进入擂台，各占一角。裁判正弯腰和秦五常耳语。虽然离得很远，但他们的谈话我听得一清二楚。裁判说："秦爷，是按红活走，还是按绿活走？"这是秦王镇斗狗的术语，红活就是直到一方咬死一方为止，绿活则是一方认输便告结束。我心怦怦地跳着，不知道秦五常会做出怎样的决定。秦五常似乎犹豫了一下，才开口道："保太岁一命吧，输了拿去送人。"

一声哨响，我和白杜高同时冲向了擂台中央。秦五常的话既刺激了我，也给了怕死的我足够底气。既然无论如何都会留我一命，我更应该背水一战了。想到自己如果输掉后被逐出秦府、送给一个未知的陌生人的命运，我觉得那远比眼前的白杜高可怕。我扑上去就和白杜高撕咬混战在了一起，一时吠声四起，狗毛乱飞。在驯犬场对我敬畏有加的白杜高，上了战场却完全是一副六亲不认的模样，龇牙咧嘴，口口见血。尽管我拼死应战，但我心里却禁不住一阵绝望：无论个头还是力量，我都和白杜高差得太远了，别说三个回合，恐怕一个回合没有完，比赛就该宣布结束了……但令我诧异的是，每当我精力即将不支、眼看就要败下阵来的时候，白杜高似乎也恰恰到了精疲力竭的时候，我们彼此分开，片刻再战。一连三个回合下来，虽然我和白杜高都被对方咬得血嘴毛头，竟然没见输赢……最后裁判宣布了此战的结果为平局。

四周的看客们都拍着手叫起好来。镇派出所所长秦三大扯着破锣一样的高嗓门说道："咱们老大就是独具慧眼，你看看太岁，个头比杜高小了一圈，愣是战成了平局。再过个半年，来一群狼都不是个事儿。"此话一出，一群马屁精更是跟着高声叫起好来。

我眼睛被狗血糊住了，但我一点自得的心思都没有，我赶紧把目光投向秦五常。在一片红色之中，我看见秦五常站了起来，一边欣然微笑着，一边颇有风度地轻拍着手掌。"嗷呜——"我激动地发出一声连我自己都感到陌生的长鸣，对命运的眷顾感激涕零。我知道自己最近越来越强烈的愿望和越来越清晰的目标终于达成，我将如愿成为德高望重的新主子的一条贴身走狗。

我被烂人带去清洗伤口和敷药，我趴卧在一个精美的瓷盆里，像个躺在功劳簿上的功臣一样睥睨四周，心里翻涌着遏制不住的自得和豪迈。烂人用碘酒给我清洗着伤口，见状笑了起来："你这小杂种，一点皮肉伤，居然装腔作势起来了？要不是我罩着你，大白早就要你的小命了。按说我本不该帮你这个狗仗人势的东西，谁让我跟你处久了，还真有些狠不下心呢。"烂人的话证实了我的猜测，白杜高果然是在他的指令下有意让着我，否则我根本不可能和它战成平手。这让春风得意的我心里感到无地自容，顿时萎蔫了精神。

胖厨娘老蜜端着一个食盒走了进来。她总是笑眯眯的，一副没心没肺的傻样。她将食盒往烂人眼前一递："帅哥，你看看合格吗？他娘的，一条破狗，比给人做饭还麻烦。"烂人说："这可是老大的心肝，你也不怕被人听见告密？"老蜜嘻嘻哈哈地说："你当我真缺心眼啊？也只有在你帅哥跟前，我才敢这么放肆，我知道你并不像别人那样拿他当神敬。"烂人不置可否地笑笑，闻了闻食盒里的泥鳅酱拌米粉，满意地点了点头。

"嘿，你知道吗？给镇长下毒的案子破了。"老蜜说。

"听谁说的？"

"省台中午的新闻就播了，我就估计你忙着弄狗，没时间看。"

"你先别说，让我来猜猜看。"烂人来了兴致，"凶手是多年前赵裁缝家灭门惨案的后人，找上门来就是为了斩草除根。警方已经将该人逮捕，犯人对自己的犯罪过程供认不讳。是不是这个结果？"

老蜜"啧啧啧"地咂着嘴唇道："你骗我！你一定是看电视新闻了。你看上去是个实诚人，原来也是谎话说来就来啊。嘻嘻，怪不得人家喊你烂人呢。"

烂人说："我什么时候骗过你？我真的没有看，新闻上这样报，只能说明案子或者根本没有破，或者真正的凶手背景太深，根本不敢曝光，搞这么个说辞出来欺骗大众。派出所秦三大那货，你看像能破得了案的人吗？"

我"汪汪"地叫了起来。烂人说："小杂种，你还真跟着老大长脾气了。好了好了，我这就给你弄完。"说罢他又继续给我清洗皮肉伤。其实他没有理解我的好意，我灵敏的耳朵清清楚楚地听见，派出所所长秦三大刚上完厕所，正从外面的窗下向前院走去。

老蜜盯着烂人，毫不掩饰内心的崇拜和喜欢。她说："我喜欢听你说话，你就是比一般人想得远。我就不明白了，你这么一个聪明人，人长得又精神，干什么不好，非得跑去当驯狗员？"烂人沉默了片刻，说："现在不明白的事，往往以后就明白了。哦，对了，我家的虎皮鹦鹉孵出雏鸟了，你下次去我家玩时可以逮走一对。"老蜜得寸进尺地说："谁说要鹦鹉了？我要孔雀。"烂人说："我家就一只母孔雀，没有公鸟踩蛋，哪里会孵得出小孔雀。"

老蜜愣了一下，然后两个人都不怀好意地笑了。

7

人世间不管多么离奇古怪、神秘莫测的事，引发的热议和猜测往往都只能持续很短的时间，随后即被冷落和淡忘。秦王镇镇长赵永和被人下毒一事所引起的骚动，也很快就像水中的涟漪一样消失了。公安部门所做的结案通报，根本没几个人在乎真伪。这个意外事件，倒是让秦五常在秦王镇风头出尽，又一次赢得了绝大多数镇民极高的敬仰和拥戴。

在秦王镇作为公平正义的象征而存在的秦五常，又一次表现出了他高尚的德行：作为非秦姓镇长的赵永和中毒当天，老人家第一时间赶到医院，指示院方要不惜一切代价尽力抢救。当夜他让赵妻回家照顾第二天还要上学的孩子，自己在重症监护室门外守候了整整一夜。镇长陷入重度昏迷，政权处于真空状态，人多势众的秦姓镇民乘机要求更迭镇长人选，以使秦姓重新掌权。在此大是大非的问题面前，秦五常力挽狂澜，终未让秦王镇因此事而生变乱。秦五常以自己德高望重的地位，呼吁广大镇民为派出所积极提供破案线索，明言要让一切黑暗和罪恶见光，还秦王镇一片朗朗乾坤……秦五常极大地赢得了广大镇民的心，无论男女老少，不管秦姓王姓，几乎都发自肺腑地感慨：天高地远没有王，多亏出了秦五常！

这年冬天特别冷，腊月初所下的那场大雪，到接近年关了仍没有全部融化。山头、河畔、农田及房前屋后的背阴之处，还积存着成片成片的残雪。腊月二十四过小年。这一天，我第一次跟在秦五常身后，公开亮相他参加的一次盛大的公益活动。

这天，是秦王镇给老人院提前拜年和发放慰问金的日子。

秦王镇老人院位于镇南的驼峰山下，左边是荷溪公园，右边是一片阔大的桃林，山清水秀，安静清幽。这里原本是秦氏祠堂，因历年扩建修缮而规模浩大。多年前，在秦五常力主"不分宗派，秦王一家"的呼吁之下，位于镇南的秦氏祠堂和镇北的王氏祠堂同时被弃用。秦氏祠堂被改造成了老人院，而王氏祠堂则被彻底推倒，在其上建起一座三层楼，将原来破旧不堪的镇文化馆和图书馆搬了过去。

过小年给老人院的老人提前拜年和发放慰问金，是已经延续了多年的秦王镇的一项传统。由镇政府各部门的头头脑脑组成的拜年团，于当天到老人院和老人团聚，给老人们拜年、发放慰问金、一同包饺子、做游戏等，一直要从上午八点忙到午饭以后。今年由于赵镇长被人下毒而陷入重度昏迷，迄今仍躺在医院生死未卜。群龙无首，主管此项工作的副镇长只好去请示秦五常。老人家说："越是在遇事的时候，越要稳住阵脚。传统贵在一年一年、一代一代地往下传，断了还叫什么传统？今年不但要继续办，而且要大办。"有了老人家的明确指示，镇长缺席的镇政府便有了主心骨。经过反复推敲，今年拜年活动增加了一个过去从来没有过的项目：送上一台地方戏，让老人们开开心心过大年。

这天是个大晴天。早饭后秦五常让人给我脱去了保暖背心和毛线袜子，他说："在家里你是宠物，出门则是斗士，矫情不得。"我知道自己今天要作为主子的走狗正式亮相，掩饰不住内心的激动和兴奋，忍不住发出了几声洪亮的吠声。但立即遭到了主子的批评："会咬人的狗不叫，会叫的狗不咬人。教过你多少遍了，低调稳重，沉默是金！"

七点过十分，平日秦五常出门时常伴左右的胖猪和瘦猴准备好了车子。等主子坐上去后，紧张虽然有些让我手忙脚乱，但我还是尽量仪态端庄地蹲上车子，呈半蹲状紧靠在主子身旁，昂首挺胸，目不斜视。只可惜负责开车的胖猪起步不稳，差点让我一头栽倒。车子穿过镇街，又走了一段弯弯曲曲的土路，于七点四十五分停在了老人院门前的空场上。早有一批镇上的头面人物等在那里，他们等到车子停稳，纷纷地围拢过来，个个脸上或多或少、或明或暗都带着几分阿谀谄媚之相。秦五常对胖猪和瘦猴说："以后出门，你俩就等在车里，没有情况不要出来。"说完就拉开车门，和我一前一后地下了车。

尽管被一遍又一遍地调教过，但没有见过大世面的我，仍被"犬因主贵"而收获的尊敬和爱戴搞得志得意满。众人不但虔诚地赞美和恭维我的主子，也纷纷对我褒奖有加。大家说我善良友好、稳重低调，简直就是上天为秦五常量身定制的爱犬。我跟在主子的身后，被一群秦王镇的头面人物簇拥着，进入老人院的大门。院子西侧搭起了一个戏台，下面已经坐满了身穿簇新衣裳的老人们。看见我们一群人进来，老人们齐刷刷地鼓起掌来。秦五常等人在院长的带领下，一面微笑着向老人们招手致意，一面在前排铺有红绸布的桌前落座。我训练有素地半蹲在主人座位的旁边，警觉地观察着四周的一切。

上午八点钟，活动正式开始，副镇长、老人院院长、老人代表等简单地讲过话之后，随着一阵乐器的吹吹打打声，大戏便拉开了序幕……戏唱得再热闹，我此刻却心无旁骛。因为我的注意力被一种奇怪的声音彻底吸引了过去：那是一种我一时无法判断的声音，既像是人发出的，又像是动物发出的；既像是阴沉的暗笑，又像是无助的低泣。我专心致志地听着，辨别着，判断着。最终，我确信无疑地认定这声音是从老人院东北角那间房屋里传过来的，由于那声音中后来开始夹杂着咆哮声和咒骂声，我确信那是一个情绪濒临崩溃的老人发出来的。舞台上戏唱得正热闹，别说在这样锣鼓喧天、吼腔雷动的嘈杂声中，就算此刻让一切声音戛然而止，除了我这样天生听力灵敏的狗，也不会有任何人听得见从很远的那间屋子中传来的声音。

在确信自己的判断准确无误之后，我立即冲着秦五常"汪汪汪"地叫了起来。我的叫声不但把四周的人吓了一跳，也让秦五常颇为吃惊。我管不了那么多，又冲着他洪亮地吠叫了几声后，箭一般地朝那间发出声音的屋子冲去。

秦五常虽然不知道究竟发生了什么,但他明白了我的意思,立即站起来跟在我的身后向院子东北角小跑过去。穿着制服的秦三大、老人院院长秦世录等,也赶忙聚拢了过来。那间屋子的木门紧锁着,我站在门前,奋力朝里面叫着。众人面面相觑,不知何意。秦五常对秦世录说:"赶紧打开门,看看什么情况。"秦院长一边掏钥匙,一边疑惑地说:"这间屋子是原来堆放煤饼的,自从改用装了电暖器后,就一直废弃不用了。"可等他打开屋子时,众人都倒吸了一口凉气:空荡荡的屋子里,一个衣着邋遢、蓬头垢面的人悬梁自尽了!他大概刚刚踢倒了脚下的凳子,身子正剧烈地晃动着……

"快,快!赶紧救人。"秦五常一边急促地喊着,一边跨步跑进屋子,抱住那人的脚就往上抬。众人见状,赶紧一拥而上,抱腿的抱腿,解绳子的解绳子,不几下就将上吊者放下来平躺在了地面上。秦五常也顾不得那人脏得像个叫花子,亲自上阵为其既是按压胸部又是口对口地人工呼吸,很快,那人就咳嗽了几声,渐渐地恢复了知觉。

"咦,这不是六疯子嘛!他失踪好几个月了,怎么会在这里?"秦院长忽然惊诧万状地叫了起来。

秦五常看了看,笑道:"还真是,脏得像从茅坑中捞出来似的,不仔细看还真认不出来。先别说了,赶紧弄个车送到镇医院去吧。"话音刚落,六疯子忽然坐了起来,一把揪住了他的脖领子,瞪着一双血红的眼睛骂道:"日你先人啊!连寻死你都要管,老子活够了,老子不想再在这个世上受罪了。你是哪里来的野种,我日你先人啊。"众人大惊,秦三大上前就是一记耳光:"不可理喻的老疯子,你真是狗咬吕洞宾啊!"但他很快就被秦五常制止了:"老人精神有问题,你跟他一般见识,不是把自己也划到疯子的圈里了？赶紧安排送医院。"

此时，外面舞台上一出戏正演到了高潮，传来观众们一片热烈的叫好声……

把上吊的六疯子从鬼门关抢了回来这件事，很快就超越给老人院送温暖活动而成了人们热议的话题。秦五常当然是这个话题的主角。秦王镇人津津乐道，他们尽情地描述着秦五常不惜玷污自己的尊贵之躯，亲自为肮脏的疯子嘴对嘴地做人工呼吸的义举，无不感动得热泪盈眶。我作为事件的发现者，当然是故事不可忽视的内容。但人们对我这个神奇的"灵犬"的所有赞美，最终也都归功在了主子的身上：果然是什么人玩什么鸟，什么人养什么兽啊。大慈大悲的秦老板收养的小狗能出息成这样一只通人性、富爱心的灵犬，不光是因为老人家的眼光，而更是他的高德大行对太岁耳濡目染的结果。人们被秦五常的爱心之举感动着，甚至都忽略了一贯的好奇心，对诸如失踪数月的六疯子为何会把自己关在老人院一间废弃的屋子里，一个孤独活了大半生的疯老人，为何会忽然情绪崩溃到要去上吊之类的疑问，反倒没有人有兴趣探究了。

这个冬天发生的一系列意外，让本来就德高望重的秦五常，在秦王镇人的眼里几乎成了一个圣人。

那天下午活动结束后回到秦府，我跟着主子走到了那个巨大的沙盘跟前。他长时间默默地注视着上面的每一处细节，半天才喃喃地说："人心顺服，天下方治，谋略才是真正的腕力啊。"

我没心思琢磨秦五常的话，此时我内心洋溢着一条走狗的自得：初战告捷，主子看我的眼神已经告诉了我有多么得宠。

8

腊月二十八日，我在分别后第二次见到了我的狗娘。

上次在秦府大门口，我隔着车窗看见我娘在雪水中跌倒、弄得一身精湿的狼狈相，很有一段时间一想起来就隐隐心疼。但数月的训练让我深知自己作为一条走狗的使命，我对狗娘的思念只能深埋心底。我有时不无遗憾地想，近在咫尺都只能擦肩而过，我这辈子大概无缘再见到我的狗娘了。所以当腊月二十八日下午，我看见管家领着任汪馥和我娘走进秦府的会客室时，我一下子愣住了。以至于我娘热泪盈眶地扑上来抵住我的头时，我竟然半天没有反应，一时不知道这是真实还是梦境。我娘身上久违却熟悉无比的味道让我从恍惚中清醒了过来，我失态地"汪汪汪"高声吠叫起来，和我狗娘头抵头、脸蹭脸地亲热在一起，全然忘了自己的身份和所处的环境。当我无意间看见秦五常向我瞥来的目光时，我立即从我狗娘的身边走开，表情庄重地静静立在了主子的身旁。我狗娘尴尬而又胆怯地低叫了一声，一边恋恋不舍地看着我，一边讪讪地回到了任汪馥的身边。

秦五常礼貌而慈祥地让任汪馥在沙发上坐下，一边让人上茶，一边抱歉地说："这段时间尽是些意想不到的乱子，忙得我焦头烂额的。上次我听说你来过，我本来打算抽空去你家，把钱送过去，结果没顾上。抱歉啊，让你又跑一趟。"任汪馥欠着身子坐在沙发上，忙不迭地接嘴道："您真是大善人啊。我知道您不会忘了这事，我之所以两次上门，一是我家瘸子忽然患了重病，手头一时倒腾不开；二来自从您老上次将狗崽抱走之后，我家红梅一个星期不吃不喝，瘦成了个皮包骨。后来虽然渐渐有所好转，但总是一副心不在焉的样子，几次家里进了贼，它眼睁睁地看着人家把东西偷走，居然一声不吭。我知道它是在惦记自己的崽儿,也就顺便带了它过来看看。"

秦五常脸上一直带着平静的微笑。他看看我的狗娘,又看看我,然后对任汪馥说:"看来我把太岁带走,给你家添了不少麻烦啊。你和瘸子商量好价格了吗?现在我就付给你。"

任汪馥的表情看上去有些忐忑不安,她吞吞吐吐地说:"要不是瘸子忽然生病,一条小狗要什么钱?送给您既是它的造化,也是我们的荣幸……这个,这个,我还真不好意思开口。"秦五常说:"你说,你说,你是卖家,总得说个数啊。"任汪馥便说:"那我就不客气了,咱们秦王镇也有狗市,虽然太岁的身世来路不正,可就算再不正经的串儿,也值个两千三千的吧?再说了……"还不等她说完,秦五常就打断了她:"不用再说了。这样吧,我给你五千。但有一个附加条件,那就是你干脆把红梅也留在我这里。既然这条土狗见了贼都没心思防,基本上就是废物了。你和瘸子再去买一条狗,养大了起码能看家护院才成。你觉得怎么样?"

我一眼就看出了任汪馥脸上闪过的一丝窃喜,这让我为我的狗娘既感到难过,又感到庆幸。难过的是,为区区几千块钱,相伴多年的我娘就被主子毫不留情地抛弃了。而庆幸的是,母子团聚这种我想都不敢想的事,居然在一瞬间就要变成现实了。任汪馥内心窃喜,嘴上却说:"红梅我养了多年,跟家人一样,还真是不舍……"秦五常呵呵一笑:"我从来不勉强别人,如果不舍,我按你出的高价付费三千,你尽可带红梅回家。"闻言任汪馥立即说:"留下吧,留下吧,我再不舍,也见不得这狗娘俩一直承受离别之苦啊。谢谢您,您这又是积了大德了。"

秦五常喊来胖猪和瘦猴,吩咐他们分别带着任汪馥和我娘离开了会客厅。我狗娘看着屁颠屁颠往外走去的女主人,居然不舍地追过去吠叫了两声。任汪馥这才想起什么似的回头看了看我娘，拍了拍她的头说道："红梅啊，你这是母随子贵，造化比我强啊。"我的狗娘还不等和我告别，就被瘦猴套上项圈牵了出去。我忍住了追过去的冲动，我想反正我娘留在了秦府，以后见面将会是随时的事。

客厅墙上的挂钟响了起来。这是腊月二十八日午后四点，年关将近，外面大街上已经零星响起了孩子们放爆竹的响声。我之所以铭记这个时刻，是因为我当时像个刚跳过龙门的鲤鱼一样，快乐无比，对未来充满希望。我和我的狗娘没有来得及告别的遗憾根本不足挂齿，她既然已经被主子收留了下来，同在秦府大院，母子相见岂不是分分秒秒的事？

在这个冬天里，一系列意外事件的发生，让秦五常在秦王镇的口碑又大获丰收。但他永远是个既不会喜形于色，也不会怒形于色的人，他脸上总是那副不带任何感情色彩的平静，让人顿生敬畏。除了非说不可的话，他大部分时间都是沉默的，这沉默则总给人以不怒自威的压迫感。但这只是他在人前的表现，作为他的贴身走狗，我知道他这段时间满心喜悦，情绪大好。我说过我天生就善于察言观色，据我所见，平日里不动声色的秦五常，对喜怒有着自己独特的表达方式。他表达喜悦最常见的方式之一就体现在房事的频繁和花样翻新上。这段时间里，外地姑娘章鱼回老家过年去了，除了隔三岔五有人在夜里送各种各样花枝招展的女人到秦府来，有时他也偶然会去宠幸府上久被自己冷落的几个女人。晚上房事癫狂的秦五常第二天出现在众人面前时，依旧是一副平静如初、丝毫不带情绪表露的神情，但我能看出与平日的区别：一来他略显蜡黄的脸红润了许多；二来尽管每天早上他有沐浴的习惯，但身上仍然散发出一股淡淡的膻腥的味道。而遇到愤怒、沮丧、悲哀等不良情绪，秦五常则有着截然不同的表达和宣泄方式。他不会像普通人那样通过酗酒、哭泣、咆哮等方式释放这些情绪,而是只会去一个地方让自己与这个世界隔绝起来,那就是秦府三号院。

秦府由主府与三个别府组成,分别被称为正院和一号、二号及三号院。正院大门面南背北,三个别府分别位于正院的东侧、西侧和北侧,皆独门独院,建筑风格和正院浑然一体,只是规模稍小而已。正院由秦五常居住,而三个别府则是为其三个儿子所建。东侧的一号院是大儿子秦小麦的,西侧的二号院是二儿子秦高粱的,北侧的三号院则是小儿子秦地瓜的。只是据说秦地瓜长到十六岁那年,却因一场意外去世了。在秦地瓜尚未从正院搬出起,三号院就成了一个空宅。这么多年来,秦五常不许任何人踏入三号院一步,只有自己在情绪不良时,独自一人去里面静处一段时间。我刚到秦府时,多次听到下人在闲聊中提及三号院。几乎每次都有人说那是座闹鬼的凶宅,经常在半夜三更有令人毛骨悚然的声音传出来。

秦府的年夜饭历来都是在正院吃的。正院和一、二号院的厨子们分工协作,于六点半将一桌丰盛的饭菜整齐上桌。这时,秦五常带领家人在供奉祖先牌位的佛堂里跪拜上香完毕,刚刚回到饭堂……大年三十了,主子的家人们团聚欢宴,当然也惠及了我等鸡犬。在胖厨娘老蜜喊着我去犬舍旁的空屋里吃年夜犬宴时,我激动得几乎是箭一般射过去的。我不是稀罕丰盛的食物,而是期待着和我狗娘的团圆。但等我蹿进屋子里时,我的心却一下子凉了下来:三座院子里所有的狗儿都集中了起来,有藏獒、斗牛犬、德国牧羊犬、金毛等大型犬,也有博美、蝴蝶、腊肠、吉娃娃等小型犬,有看家护院的,也有养作宠物的,简直就像一个热闹的狗市。空地上摆满了各种各样的食物,众犬正闹哄哄地一边嬉闹,一边享用着年度饕餮盛宴。我没有看见我狗娘的影子。我具有识一人于万众的敏锐眼光,何况是寻找自己的亲娘。我再仔细搜寻了一周,果然还是没有我狗娘的影子!

我冲着老蜜"汪汪汪"地高声叫了起来。老蜜不解我意,指了指地上的食盆:"快去吃吧,肉菜团子,烤三文鱼皮,鸡肝饭,应有尽有,都是你爱吃的。"我一肚子委屈,仍不停地冲她吠叫着。老蜜大概是忙年夜饭累坏了,她看着我的眼神有些烦躁:"你该不是想吃烂人给你的特殊食谱吧?那饭我可没记住,你耐心等着吧,年后他就要调来秦府了。"说罢头也不回地出门去了。

这是一个忧伤的年关。望着满地的美食,我却一点胃口都没有。我不知道我的狗娘在哪里,我比她在瘸子家时更充满思念。这是一件令我难以忍受的残忍的事,貌似近在咫尺,却更加遥不可及……后来我只好自我安慰地想,也许她被安排在驯狗场或秦家别的什么地方了,假以时日,我们母子终有相见之时。就在我胡思乱想的时候,年夜饭进行中的饭堂里忽然传来一阵喧哗,男人的叫骂声、女人孩子的哭喊声、杯盘盆碗的破碎声此起彼伏,听上去十分刺耳。

"出事了!"这个念头刚冒上心头,我就下意识地箭步向饭堂冲去。还不等我跑到门口,却看见秦五常脸色铁青着从里面走了出来,头也不回地朝后院走去。灯火通明的饭堂中,秦小麦和秦高粱不知因何事起了争执,正扭打在一起。几个女人一边哭一边劝架,几乎乱成了一锅粥。

我顾不得别的,赶紧跟在主子的身后,大气也不敢喘一声。秦五常察觉到了我的存在,回过头说道:"太岁回去,让我一个人待着。"他看见我听令半蹲了下来,又继续朝正院后门走去。

我知道,他一定是又去三号院那个传说中的凶宅了。

9

正月里最轰动的新闻，是秦乃迁从监狱里出来，重新回到了秦王镇的家里。

至于他具体是哪一天回到镇上的，没有人知道。甚至正月初十当他出现在镇街上时，根本就没有人认出他来。

那天，烂人到家附近名为"南北汇"的百货店买东西。几个熟人聚在那里喝酒，便邀他坐下同饮。正月里大家肚子里都积攒了太多的油水，摆在小店桌上的诸如火腿肠、花生、午餐肉之类的下酒菜，几乎没人伸手去碰。真正用来佐酒的，是秦王镇的家长里短和各种趣闻。大家议论得最多的，是今年"乌贼洞"出现的奇怪现象：作为秦王镇旅游观光资源的乌贼洞，从腊月底开始，无论是主洞口还是大大小小的各个辅洞口，都有雾气不断飘出。开始时轻雾缭绕，人们以为是今年下了场大雪，到处水汽太重，并没有放在心上。可后来雾气越来越浓，越来越重，像白烟一样从洞内滚滚而出，并且带有一种说不清楚的古怪味道。这让秦王镇几乎所有人都开始忧心起来。因为乌贼洞景观是秦王镇的摇钱树，如果没有它的开发，地处僻远而隔绝的秦王镇，估计依然停留在缺吃少穿的赤贫时代。烂人对此类的担忧不感兴趣，他不屑地说："一帮屁民，总是咸吃萝卜淡操心。这几年靠着旅游和斗狗，秦王镇富的富死，穷的穷死，这样还不如大家都吃糠咽菜来得痛快。"这样的谈话势必又转向秦、王两姓的百年之争，在场的除了烂人之外，几乎全是王姓镇民。一时仗着酒后豪气，纷纷痛骂起秦姓的霸道和黑心来。

秦乃迁就是在这个时候出现在众人面前的。他是到杂货店来打酱油的。付完钱后，他并没有转身离去，而是一直在一旁听着这伙酒徒的高谈阔论。没有人注意到他的存在，直到他忍无可忍地举起拐杖,一边"咚咚咚"地敲着桌子、一边慢条斯理地说道:"嘴动不如手动,既然对秦姓有着如此大的怨愤,坐在这里夸夸其谈管个屁用!"众人吃惊地抬头看时,说话的是一个陌生的中年人。此人身材高挑而消瘦,一副弱不禁风的样子。他身穿藏青色的棉衣棉裤,看上去整洁而得体。他面色苍白,戴着一副大得与瘦脸有些不搭的深色墨镜。众人面面相觑,其中有人不服地嚷道:"你站着说话不腰疼,动手?怎么个动法?你一个外人不知道,当年镇上有个叫秦乃迁的,就因为煽动闹事被判刑入狱,估计早已死在大牢里了。"不料那人却说:"我就是秦乃迁!"

秦乃迁获释出狱的消息,很快就传遍了整个秦王镇。而已经被人们渐渐淡忘的有关他的故事,重新从记忆深处被翻寻了出来。秦乃迁曾经是秦王镇所有人心目中的"异类",不管是秦姓人还是王姓人,不管是官方还是民间,也不管是富人还是穷人。秦乃迁祖祖辈辈都是秦王镇土著,到他这一辈总算出了一个考到外地的大学生。他的父亲秦万里对儿子唯一的要求就是远离秦王镇,到外地去安家立业。秦乃迁师范毕业后,确实也如愿在省城一家中专谋得了教职。但秦老汉高兴了还不到一年,儿子却自作主张地辞职回到了秦王镇。面对所有人的不解,秦乃迁说:"与其在大海中随波逐流,还不如在池塘中搅起风浪。"在随后的几年中,他果然用行动实践了自己的理想,搅得秦王镇鸡犬不宁。镇上人几乎不分姓氏、不分派别、不分官民、也不分贫富,一提起秦乃迁就脑仁发疼地说:"他不是在搅起风浪,分明就是根把秦王镇弄得臭气熏天的搅屎棍啊!"

秦乃迁是五年前因放火罪被判刑入狱的,刑期为二十二年。当时在秦王镇人看来,这个刑期和死刑无异。因为以秦乃迁弱不禁风的身子骨,不入狱能不能再活二十年都成问题。他被判刑那天,整个秦王镇像过节一样欢乐,许多人甚至放起了鞭炮。甚至连他三代单传的父亲秦万里在郁闷地喝下一瓶酒后，也说出了这样绝情的话："老子也解脱了，就当我没生这个儿子。"所以五年后的今天，当秦乃迁冷不丁地重新出现在秦王镇的街头时，人们惊得眼珠子都能掉在地上。曾和秦乃迁有过过节的棺材铺老板王无量甚至怀疑秦乃迁是越狱出来的，连忙跑到镇派出所去举报。秦三大盯着王无量看了半天，才揶揄道："他要是越狱出来，整天招摇过市，哪里人多往哪里凑，是不是脑子进水了？"王无量摸着油亮的秃顶，不解地说："我知道你是说我脑子进水了，可明明判了二十二年，怎么现在就放出来了？"秦三大说："变数！万事都有变数。"

　　五年不见，秦乃迁变化很大。他虚弱了很多，即便拄上了拐杖，走路也是颤巍巍的。但最大的变化是他戴上了蛤蟆镜，一双眼睛被深黑色的镜片遮挡着，完全看不到他曾经犀利无比的眼神。据说有人曾小心翼翼地询问秦乃迁戴墨镜的原因，秦乃迁说："眼睛被他们快打瞎了。"众人听完更是大惑不解：视力既然出了问题，怎么可能还会戴墨镜，那不是更瞎了吗？但五年牢狱生活让秦乃迁产生的变化都是外在的，骨子里的秦乃迁还是当年的那个桀骜不驯、斗志昂扬的他。他经常出现在集市、棋牌室、看热闹的打架或车祸现场等大大小小的人员聚集场所，慷慨陈词地发表演讲，分析局势，痛陈时弊，揭露黑暗，寻求正义……秦王镇的人无法相信如此洪亮的声音是从一个弱不禁风的人身体里发出的，大家私下里感叹道："秦王镇的小鬼又回来了，该有多少人从此睡不成安稳觉了。"

　　秦五常是正月初六就知道这一消息的。大年三十两个素来不睦的儿子的一场争吵，让全家团聚的年夜饭不欢而散。秦五常记不住这样的情形发生过几次了，在他的印象中，秦家的每一次团聚，都会以鸡飞狗跳的局面收场。他在饭桌上听着小麦和高粱火气越来越盛地吵架，一直没有吭声。当最后两人动手撕扯在一起的时候，秦五常站起来一把掀翻了桌子，脸色铁青地走出了饭堂，几乎是下意识地向三号院走去……那天夜里，秦五常独自在三号院待到了第二天凌晨。我守在正院与三号院的通道上，彻夜未眠。当我的主子沐浴着初一的晨曦从三号院的后门走出来时，他尽管一脸倦色，但早已恢复了平和和镇静。他看见我半蹲在那里，表情泛起一丝不易察觉的动情，他拍拍我的狗脸，情绪复杂地说："养儿不如狗啊。"

那几天，秦五常在秦府正院接待一拨又一拨前来拜年的人，谦和而又慎言，一如往常。初六上午，老人院一正一副两个院长来府上拜年并送来致谢的锦旗，秦五常按惯例留他们一起吃个午餐。饭桌上，秦五常一直在和两个院长讨论一款叫"干乌粉"的东西。两个院长都直呼其为"神药"，说老人们仅试用了不到一年，就有了非常明显的效果：大病病情减轻，小病症状消失，没病返老还童……院长故作忧虑地说："老大啊，也不是人人都夸赞'干乌粉'，王无量就很反感，他说要这样下去，他的棺材铺就要关门了。"几个人都哈哈哈地笑了起来。正在这时，门房来报，说是镇派出所所长秦三大求见。秦五常一边示意让他进来，一边嘟囔道："不打招呼就跑来找我，八成又出了什么事了。"老人院院长见状，立即提议结束饭局，告辞而去了。

秦三大带来了一个消息：大麻烦秦乃迁回到了秦王镇！

秦五常脸上掠过一丝不易察觉的讶异的神色，但瞬间就恢复了平静。他不动声色地问："确实吗？不应该啊。他判了二十二年，减刑再快，也不会五年就出来嘛。"秦三大说："确确实实，我今天上午意外碰到他，还以为见鬼了。我核实了他的释放证明书，他确实刑期已经服满了。"看着秦五常还是一副不明就里的样子，秦三大赶紧汇报了事情的来龙去脉：当年对秦乃迁是按放火罪定罪量刑的，但即便入狱后他也一直不服，不断地提出申诉。他一名要好的大学同学在省政法委工作，为其聘请了律师，要求法院重审此案。后来因为放火的证据不足，以寻衅滋事罪改判成五年。只是我们秦王镇地方偏远，后来的变数不知道罢了。

秦五常沉默了片刻，缓缓开口道："马圈三年跑不快，鸟关三年飞不高。一个猖狂书生，在大牢里押了五年，出来也是个废物了，没有什么可担心的。"

秦三大却一脸愁色地说："要是那样，我也就不会火急火燎地跑来给您汇报了。坐牢五年，那家伙的狂妄劲儿不但一点没减，我觉得反倒更嚣张了。接受完我的问询后，他居然一字一句地对我说，天下不会是某一个人的，而是大众的。所有利用权力而做的恶，都将付出沉重的代价。您听听，这不是公然跟我叫板吗？"秦五常语气平静地说："还是那句话，会叫的狗不咬人，会咬人的狗不叫。百无一用是书生，我看他秦乃迁是把书读到肚子里去了。他当年不是放话要在秦王镇搅起风浪吗？结果把自己搅进了监狱。你一个手里光明正大地攥着枪把子的人，连这点气都沉不住？"

就在秦五常和秦三大说话的当儿，瘦猴急匆匆地从门外走了进来。他一脸喜色，甚至反常地打断了正在说话的秦五常："老板，好消息，好消息，刚才镇医院打来电话，说赵镇长刚刚醒过来了。"

10

正月初六，赵镇长在"毒鼠强"中毒而身陷重度昏迷近两个月后，终于苏醒了过来。

在秦王镇，镇长赵永和是个外姓之人。说实在话，他的遇害并没有太多的人真正关心，甚至有不少心怀鬼胎的人希望他死掉或永远就这样昏迷下去，好利利索索地把镇长的位子腾出来。所以他苏醒过来这件事本身所产生的新闻效应，远不及当初他中毒入院。但他从鬼门关走了回来，却让一种名叫"干乌粉"的神药在秦王镇声名大振。

据说镇医院的专家早就对赵镇长一锤定音地做出了确诊：病人脑细胞已经遭受了不可逆转的严重损害，不管如何努力，结局也只有死亡或成为植物人两种可能。就连赵镇长的家属最后都选择了放弃，但秦五常力排众议，坚持让医院不惜一切代价地进行抢救。在医院穷尽一切手段都不见效果的情况下，他向主治大夫推荐了一种名叫"干乌粉"的东西，说是集团公司新近研发出来的一款食疗产品。虽然目前尚处在试用阶段，但对人体具有神奇效果已经是不争的事实。见主治医生面有难色，秦五常说："死马当活马医嘛，如果有什么责任，最后都推到我身上。"在给赵镇长服用"干乌粉"十来天后，一直持怀疑态度的主治医生震惊地发现，赵镇长的各项身体指标有了明显的好转。连续服用一月有余的正月初六，奇迹终于发生了：昏迷了近两个月、被宣判了死刑的赵永和，真的苏醒过来了。

"干乌粉"，这个秦王镇人闻所未闻的词汇，作为这一奇迹的制造者，立即高调亮相，成为秦王镇人越来越津津乐道的热门话题。

秦王镇的男女老少虽然将"干乌粉"挂在嘴边，但真的聊起来，大家才发现自己对其知之甚少。唯一能确定的信息是，"干乌粉"是秦王旅游集团下属某旅游产品开发公司研发的一款具有食疗功效的养生用品。至于它的原料、配方、制作方法及产量，都是无人知晓的秘密。仅大众最为关心的原料问题，就有多个流传甚广的版本。有的说是取自乌贼洞一种黄豆大小的甲虫，将其烘焙干透后磨成粉状而成；有的说是来自驼峰山峭壁上一种黑色的苔藓，通过极度危险的悬空采摘，然后天然晾晒而成；有的说在乌贼洞某个洞窟深处发现了一处古代隐士的炼丹场所，所谓的干乌粉其实就来自残留的仙丹……虽然版本各异，但有一点是相同的：干乌粉资源有限，数量奇缺，罕之又罕，贵之又贵。尽管没有人真正领教过它的神奇之处，但关于干乌粉的功效却众口一词：实乃天赐神物，有病可祛百病，无病可壮其身。后来秦王镇老人院试用"干乌粉"的事情为大众所知，人们忍不住惊呼起来："看来我们太低估它的作用了，'干乌粉'说不定就是传说中返老还童的不老丹啊！"

针对如此热议，秦王旅游集团适时发布了一则公告，低调表示，本集团下属公司研发的"干乌粉"，不过是一款养生产品，面前仅在试用阶段。希望大家客观科学地看待，不要盲信社会上夸大其词的传言，杜绝炒作，让它以此牟利……德高望重的秦五常在很多场合被人问及是否服用"干乌粉"时，他都微微一笑："我从来都不吃什么保健品，五谷杂粮最养生，这是我保持健康和精力的秘方。"但这样的表态不但没有降低"干乌粉"在人们心目中神奇的地位，相反更印证了大家的猜测：越是否定它的神奇性，越说明它珍贵稀缺，因为没有任何生产者会不希望自己的商品大卖。秦五常马上就到古稀之年了，还如此脸色红润，精力充沛，谁会相信是吃五谷杂粮的结果？秦王镇的穷人们一年四季吃的都是五谷杂粮，为什么一个个面呈菜色？

这些对我主子的猜测，其实都是不实之词。作为他的贴身走狗，我对此毋庸置疑具有发言权。秦五常绝对没有食用过"干乌粉"，不仅如此，他除了自己不食用，而且明令禁止家人也不得食用。他所说的"五谷杂粮最养生"的生活经验，也不是愚弄大众的信口开河。诚然，作为秦王镇的首富，秦五常的餐桌上虽然顿顿不缺山珍海味，但每日必食荞麦、高粱、黑豆、山药之类的五谷杂粮，确实是他一直所坚持的。真要说与秦王镇穷人的不同，只是比他们选料严格、做法精良罢了。

正月里秦王镇的热点话题除了把赵镇长从鬼门关拉回来的"千乌粉"、判刑二十二年却在五年之后释放出狱的秦乃迁之外，另一个则是乌贼洞洞口冒烟这一从未有过的异象。而元宵节那天一桩怪事的发生，让这个话题立即盖过了别的热点，一时各种传言铺天盖地，闹得秦王镇人惶惶不可终日。

乌贼洞是秦王镇最为独特的旅游资源，是由主洞和无数条辅洞组成的钟乳洞窟。主洞口位于驼峰山西侧的山脚之下，进去不足千米，便开始出现岔洞。从一个岔洞进去，不久则又会出现新的岔洞，层层递增，无限扩展，像树根一般盘根错节。洞内状况复杂，既有通天瀑、水帘洞这样的瀑布，也有双镜湖、奶子海这样的地下湖泊；既有怪石林立、生满苔藓的湿滑的陆路，也有非舟船而不可入的水路；既有业已探清的明途，也有无法踏足的幽径……乌贼洞的地貌是如此的复杂多样，以至于到现在为止，也没有人能准确统计洞窟的数量及长度，更没有完整的地图可供参考。乌贼洞供客人游览的途径从主洞而入，从位于临海的蛤蟆岩的侧洞而出，是一条囊括了阔大的洞厅、奇异的怪石、曲折的水道等景观的特选路线，而其他岔洞的洞前都立有上书"岔路危险，不得入内，否则后果自负"的牌子，禁止游人通行。但禁行归禁行，总有猎奇者会趁工作人员不注意而贸然进入，所以几乎每一年都有诸如摔死、淹死、不明缘故死等事故发生，但其中最多的是失踪，冒险者进入禁入洞口后宛如泥牛入海，从此消失得无影无踪。前几年有个省城作家，决心写一部关于乌贼洞探险的书，便来秦王镇租房而居，将所有的时间都放在了对禁入洞窟的探索和记载上。作家预付了两年的房租，但还不到一年，他就彻底发疯了。家人将在镇街上蓬头垢面、赤足而歌的作家接了回去，不久根据他日记整理的一本书便风靡书市。书名叫《乌贼洞的秘密》，记录了一个个令人无法置信的探险故事，有充斥着累累白骨的千尸洞，有别有洞天的世外桃源，有在洞窟中活了千年的前代古人，有虚幻的身体隐现自如的神仙，甚至还讲述了他在一个洞窟里与外星人的相遇……读者都将此事视为科幻或神话故事来读，而秦王镇人则认为作者在记日记时，精神显然已经出现了问题。

今年大概从腊月开始，乌贼洞主洞洞口开始有白雾飘出。起初雾气淡而少，人们以为是这个冬天水汽太大的结果。但白雾日渐变得浓而密集，到后来竟成了滚滚而出的冲天白烟，秦王镇几十里开外即可望见。人们查看了驼峰山周围数不尽的岔洞的出口，也悉数白烟滚滚。浓浓的白烟将整个驼峰山遮蔽得严严实实，仿佛这座连绵不绝的大山忽然凭空消失了一样。白烟带着一股陌生的古怪味道，甚至说不清是香是臭。这股味道渐渐从远处飘到了镇街上，闻着总让人心里无端发慌。

正月十五元宵节这天，一件怪事的发生，让秦王镇才真正对这种来历不明的白烟产生了巨大的惶恐。

元宵节对于秦王镇而言，由于有闹花灯、耍龙灯、迎紫姑、走百病等多项节日活动，因此比过大年还要热闹。十五前后，秦王镇的街头巷尾，到处红灯高挂，有宫灯、兽头灯、走马灯、花卉灯、鸟禽灯等，到处灯火辉煌，热闹非凡。但今年情况有些异样：与往年的红火热闹相比，今年从初十左右有人家开始在门楼前挂灯笼开始，就明显比往年冷清。到了元宵节当晚，镇街上的灯笼数也不到往年的一半。开始时人们还纷纷抱怨，说现在的商人越来越没有德行了，今年运到秦王镇的几乎所有蜡烛都是伪劣产品，要么很难点火，好不容易点着了，又动不动就自行熄灭，弄得整个秦王镇都没了节日气氛。但元宵节当晚,当各家各户的晚饭吃得正在兴头上时,淡淡的白色雾气从门缝、窗户和所有漏洞中飘进屋子,到处弥漫着那种让人心里发慌的奇怪味道。人们出门看时,惊讶地发现,镇街上所有灯笼都熄灭了,只有路灯还亮着,到处一片昏暗……人们联想起近日各种生火的艰难,这才意识到并非是蜡烛的质量问题,一切都是乌贼洞的白烟在作祟。众人闻着这连香臭都无法分辨的陌生的气味,心里顿时涌上一丝末日来临的恐慌。

这个正月里,我自从大年三十没有如愿看见我的狗娘起,就一直处于一种郁郁寡欢的状态。我是一条继承了我娘绝对忠诚品格的走狗,白天里我恪尽职守,尽心尽力,一切唯主子的意志是从,完全忽略了自己的情绪。可到了夜深人静的晚上,对狗娘去向的疑问却每每萦绕心头,让我彻夜难眠。元宵节这天晚上,秦五常去医院看望完赵镇长回到秦府时,已经是夜里十点多了。车子刚进大门,平日里一向沉默安静的藏獒们却发出一阵压抑的断断续续的"呜呜"声,就如同被噩梦魇住了一般。秦五常问开车的胖猪道:"狗们最近都怪怪的,藏獒乱叫,太岁厌食,这都是怎么了?"胖猪说:"大概都是乌贼洞白烟惹的祸,闻到这味儿,人心里都忍不住一阵慌失。"

我知道藏獒们发出的怪叫声不是因为白烟,而是因为那条像影子一样的绿蛇。此刻,它一定就在犬舍附近的某个地方。

11

乌贼洞凭空而起的白烟,成了秦王镇人的心病。刚开始时,人们担心的是新的一年旅游观光即将开启,乌贼洞病态的状况恐怕要影响秦王镇的收入。但随着喷烟状况日益加剧,当那种陌生而古怪的气味弥漫在秦王镇每一个角落的时候,人们担心的不再是观光收入,而是自己的命运,甚至生死。一时间,各种谣言和传闻四处散播,闹得秦王镇人心惶惶。尽管镇政府多次张贴告示安抚民心,承诺将尽快请专家来探明情况,制定对策,但颓败的情绪和这神秘的白烟一道,依然浓重地萦绕在秦王镇的上空。

在民意沸腾的情况下,除政府之外的秦王镇各界代表联名发出请愿状,恳求妙见寺住持义满和尚出山作法,匡正驱邪,逼退妖烟,尽早还秦王镇一个清净平和。于是,正月十八日上午,一场声势浩大的法事在乌贼洞主洞前的广场上如愿举行了。

这天上午,乌贼洞前经幡飘扬,号声阵阵。早已布置停当的道场上,一身袈裟的义满和尚带领十数名僧人在一招一式地行使完驱魔仪式后,开始齐声诵经。众僧面向洞口,双手合十,闭目收颌,一脸庄严。肃穆的念经声悠扬顿挫,在冬日凛冽的寒风中传向远方。除了各界的头面人物,秦王镇数百民众自发参加了这一仪式。众人成排站在道场后方,他们一边听着僧人们的念经声,一边在内心虔诚地祈祷着,希望这无妄之灾能尽早消除,让秦王镇重新恢复昔日的安宁……正当这一切都在顺利进行的时候,一个人的突然出现,却搅乱这场原本井然有序的局面,引起了一阵骚动。

众僧念经快要结束的时候,随着一阵马达的轰鸣声,一辆三轮摩托车疾驰而来,然后"嘎"的一个急刹车,在僧侣和众人之间停了下来。来人是秦乃迁!他戴着墨镜,身穿一件过膝的羽绒大衣,有些力不从心地从三轮车上跨了下来。在人们惊讶的注视中,只见他从车厢中取了拐杖和一个手持喊话器,他迈着虚弱却坚定无比的步子走上道场的红地毯,无所顾忌地环顾了一下四周,举起了手中的喊话器:"秦王镇的乡亲们!今天这样的场合,我知道你们并不喜欢我的出现,觉得我这是在搅局。但我必须来，我要让你们知道妙见寺的秘密，让你们知道伪宗教在秦王镇的邪恶存在……"他还没说上两句，人群里就起了一片嘘声，不少人都愤怒地喊道："滚开！你也不怕冒犯了神灵。"但秦乃迁根本不为所动，依然慷慨激昂地发表着演讲。甚至几个年轻的后生跑上去想将他拽离道场，他仍然在混乱的拉扯中嘴里高声说个不停……

在一片混乱之中，众僧人皆不为所动，依然整齐而平静地用心咏诵着佛经，仿佛身边的混乱根本不存在一样。

我当时就在不远处那辆主子的商务车里。同车的瘦猴和肥猪看着远处起事的秦乃迁，嘴里骂骂咧咧的却不能有任何行动。秦五常有过明确交代，除非情况紧急，自己的人身遇危险，他们两人一律不许出现在公众面前。我一直盯着秦五常的脸色，密切研判着他表情中释放出来的任何信号。当秦乃迁刚出现时，秦五常虽然看上去平静如初，但那丝不易觉察的惊讶和不安却没有逃过我敏锐的眼睛。随着秦乃迁越闹越凶，现场一片骚动，我看见主子的身体轻微地抖动了一下。我知道秦五常愤怒了，我浑身的神经立即条件反射地紧绷了起来。当我看到他随后的抖动时间间隔越来越短的时候，我知道是时候了。我熟练地摁下了自动门的开关，随即从刚刚开启的门缝中跳下车，箭一般朝道场冲去。

此时秦乃迁已经被那几个后生按倒在了地上，喊话器也已经被夺下来扔在了地上。可他依然声嘶力竭地痛陈秦王镇的所有黑幕和邪恶，大有慷慨赴死也在所不惜的悲壮。我冲到他们面前，像一道悄无声息的闪电。正撕扯的几个人都吓了一跳，随即都松了手，一脸惧色地僵在了那里。当我将狗头凑到秦乃迁的脸前，无声地露出自己的一嘴锋利的狗牙时，他的演讲戛然而止。我听见了他急促的呼吸，听见了他如鼓般急促的心跳声。我一声都没有吠叫，只是漫不经心地在他身上这里闻闻，那里嗅嗅。在众人的围攻中都一直保持着镇静的秦乃迁,坚强的意志力在瞬间崩溃了。他慌乱地爬起身来,狼狈地捡起拐杖和喊话器,一边快步走开一边说:"野兽,野兽啊!什么样的人我都不怕,独怕野兽。"他跨上三轮摩托车,手忙脚乱地发动起来,在众人的一片哄笑声中,仓皇地飞速驶离了。

我瞄了一眼秦五常,看见他正看着远去的秦乃迁,刚才僵硬的身体完全松弛了下来。在人们的眼光重新回到道场之前,我悄然而快速地返回了车里。主子脸上闪过的一丝欣慰和喜悦已经给了我极大的满足,我不需要来自其他任何人的赞许和掌声。再说了,我要尽量做一只低调的走狗,因为这是主子对我一贯的要求。

正月十八的这场法事,没有取得任何效果。人们翘首以盼,焦虑地观察着乌贼洞喷烟的状况,但时间一天天过去,白烟依旧源源不断,秦王镇依旧到处飘散着那股令人心慌的古怪气味。人们越来越多的焦虑渐渐转化为对秦乃迁的怒气,觉得都是因为这个搅屎棍的捣乱,让好端端一场法事丧失了应有的魔法。人们恍然大悟地认为,秦乃迁这么早就被放出来,是因为这狗日的人到哪里就祸害到哪里,监狱都被他祸害得不得安宁,只得早早地送走瘟神。"秦乃迁啊,秦乃迁,老天咋不收了你个狗日的!"秦王镇起了一片骂声,甚至秦乃迁家的玻璃好几次被人扔砖头砸得粉碎。但秦乃迁根本不在意这些,他依然哪里人多往哪里凑,哪怕遇到的尽是些冷脸和白眼。他身体虚弱但精力旺盛,几乎在不遗余力地针砭时弊,痛陈秦王镇似乎无处不在的不公和罪恶。大人们一看见他,往往会一哄而散,让他没有了唾沫星子飞溅的机会。他的慷慨陈词倒是经常能吸引来一大圈学生娃,听他演讲也好,看热闹也罢,将他团团围在中间。有人嘲笑秦乃迁说:"你这么大学问的人,整天和一群小崽子泡在一起,这不是孔雀跑去跟鸡混了吗?"秦乃迁并不恼怒,而是一脸严肃地说:"出生在秦王镇这个鸡窝里,只有见识和思想才有可能让他们成为金凤凰。"

不安、惶恐和绝望的情绪越来越浓地弥漫在秦王镇男女老少的心中,有的人甚至动了迁居外乡的心思。但这样的情形延续了一周后,乌贼洞却意外地复旧如初了。腊月二十五日半夜,秦王镇人被一阵响动从睡梦中惊醒。原来是起风了。风声在屋外咆哮着,像一阵阵的鬼哭狼嚎。飞沙走石敲打着门窗和屋顶,像是有人在惊恐地求助。"妈的!今年真是祸不单行啊。"人们烦躁地咕哝一声,又沉沉地进入了梦乡。这场来得快、去得也疾的大风不知何时停了。第二天当人们起床时,如洗的蓝天上没有一丝云彩,晨曦普照万物,一切都如同静止了一般安详。人们惊讶地发现,从乌贼洞滚滚而出的白烟一夜消失了,久违的驼峰山清晰地出现在眼前。人们贪婪地呼吸着没有了古怪气味的清新空气,一时激动得泪眼婆娑,就如同一个身患绝症的人,忽然被告知自己的病情其实不过是一次误诊!

那些坚持请僧人们下山作法的人热泪盈眶,因为他们深信,这场来去无踪的大风,是高僧义满一周前作法召唤的一场神风,它本应正月十八就施展威力,只是因为搅屎棍秦乃迁的捣乱而迟到了几天而已。

我之所以对这个日子记得如此清楚,是因为正月二十八日是一个特殊的日子:秦五常终于点头同意烂人作为我的专职饲养员,正式来到了秦府报到。

整个正月里,因为我的狗娘自从被秦五常收留到秦府后,我一直没有再见过她一面。我在秦府正院没有见过,几次去驯狗场没有见过,跟随主子去过不少与秦家有关的设施和友人家,同样也没有见过……身处同地而不得见,这成了我的一块心病。尽管我对主子忠心耿耿,对自己的职责从未有过丝毫的懈怠,但这块心病让我食不下咽、夜不能寐,因此明显消瘦了许多。因为几次出色的表现，秦五常对我越来越器重和喜爱。他见我忧心忡忡，多次请镇上最好的兽医上门来给我诊疗，检查结果一切正常。胖厨娘老蜜便乘机对秦五常说："太岁怕是饮食不调，它在驯狗场一直吃惯了特殊食谱，对府上的狗食一直不习惯。我最近一直在观察，它几乎每次都吃不了几口。"这样自言自语式的念叨说了几次之后，秦五常便认了真，于是决定将烂人从驯狗场调到秦府，专职负责我的饲养。

正月二十八上午，烂人到秦府来正式报到。他见过秦五常后，到一间专门腾出来的小厨房中为我配食。这时老蜜走了进来，她邀功地对烂人说："我帮你把事办成，我累得瘦了好几斤。你说，你怎么谢我？"烂人笑道："那算你成功减肥，你得谢我才对……哎呀，哎呀，我的好大姐，快放开我耳朵，疼死了。我开玩笑的，你说怎么谢，我就怎么谢。"老蜜这才放开了烂人的耳朵。她一边看着烂人配狗食，一边不解地问："我还是不明白，你一个大小伙子，干点什么不好，干吗上赶着来当狗保姆？"烂人脸上浮起一丝意味深长的笑意，他说："大概是我训练太岁时间太长，对它有感情了吧。"

"对动物太上心的人，对人反倒都没什么感情，你下辈子干脆托生成一条狗或一只鸡吧。"老蜜有些落寞地说。

12

烂人的到来，在秦府的动物们中引发了很大的骚动。

秦府拥有数量众多的珍稀鸟兽，天上飞的，水里游的，地上爬的，应有尽有。专门负责饲养这些宠物的内务人员，都归秦五常那位被人称为"老太太"、深居简出的结发夫人领导。秦五常对那些用来观赏把玩的宠物毫无兴趣，自然也从不过问。在我到来之前,秦府里唯独能让秦五常关注的动物,只有那五只养来看家护院的藏獒。而在我正式成为贴身走狗之后,他甚至连藏獒们也开始冷落了。藏獒们在秦府和我一直和平相处,甚至这些性格孤独、尊贵而高傲的同类在我面前表现得有些低眉顺眼。我是一条明白事理的狗,我知道这只是因为主子的宠爱为我提供了一层护身的铠甲。如果失宠于主子,藏獒们分分秒秒都有可能置我于死地。我进秦府没多久,就明白了这五只藏獒的关系:其中两只老藏獒是獒爹和獒娘,三只年轻的藏獒两公一母,其中两只公的是獒爹獒娘的亲儿子,而母的则是自幼就从外面买来的。刚开始接触这五只藏獒时,我觉得这个狗家族关系和谐,亲密无间。爹娘带着两个亲生儿子和一个抱养的女儿,自然是和和美美的一家,即便闹点小别扭,也都是前脚闹完后脚和好,根本不会有什么可以隔夜的矛盾。

烂人在正式成为我的专职饲养员之前,也算得上是出入秦府的常客,是藏獒们眼里的熟脸儿。事实确实也是如此。每次烂人来秦府,藏獒们对他态度都是视而不见,既不像面对真正的熟人那样亲密随意,也不像面对生人那样扑咬狂吠。好几次烂人试图抚摸藏獒的头,它们都毫无表情地漠然走开了。

烂人成为秦府一员,在动物们之中引起了不小的骚动。这大概是因为烂人身上有一种能与动物心灵相通的特殊秉性。秦府饲养的那些珍禽异兽,无论体形大小,脾性温顺凶暴,几乎都对烂人的到来欢呼雀跃。那段日子里,秦府里鸟儿高歌,鱼儿戏水,猿猴长啼,烈马嘶鸣,所有动物都表现得兴奋异常。鹿苑里一只驯鹿甚至因为纵情舞蹈的动作过于豪放,一头栽地而折断了鹿角……但凡事总有例外,原来一直对烂人不冷不热的藏獒们,却对烂人的到来表现出了明显的抵触情绪,这实在出乎我的预料。

我第一次发现这个苗头,就是在正月二十八日,烂人正式来秦府上班的第一天。那天烂人在小厨房精心烹制了一顿他为我新研发的狗食。但我厌食的原因并非真正的饮食不调，而是因担心狗娘而落下的心病。当时也在场的胖女人老蜜见我仍然没有胃口，就不无担心地对烂人说："这可咋整？你非接这个烂摊子，太岁要是还不吃不喝，你怎么跟老大交代？它可是老大的命根子，要是有个闪失，你可就惹祸上身了。"烂人却不急不忙，他看上去胸有成竹地说："能揽这个瓷器活，我自然就有金刚钻。"

烂人带我到秦府四处散步，他一边走一边对我说："太岁啊，你吃不下，睡不好，我知道你有心病，虽然我不知道这心病到底是什么，但你得吃得喝得睡啊。你是条通人性的狗，你想想，不管有什么心病，不管有什么目标，如果身体垮了，一切就都成了泡影。"他看我一副萎靡不振的样子，又说，"我也有心病，比你的心病严重多了。但要祛除病根，我就得首先有一副好身板。我不但得吃好睡好，而且冬练三九，夏练三伏……"烂人话还没有说完，忽然被一阵低沉的犬吠声打断了。抬头看时，却是五藏獒中的獒爹正站在距离我们五米开外的廊下，正冲着我们吠叫着。烂人以为我们身后有什么生人，便回头去看，但花园内空落落的再无一人。我不用看就知道獒爹就是冲烂人来的，因为一来院子里如果来了任何生人，都不可能逃过我的注意力；二来五只藏獒向来对我敬畏有加，不可能无缘无故地冲我发飙。獒爹目光警觉，它吠叫的节奏和音量都不高，显然不打算发动真正的攻击。烂人是驯狗专家，他当然对此也明白无误。他一边走向獒爹，一边拍着手掌道："嘿，这是怎么了？嘘，安静，安静，老大正在睡午觉。"他试图上前去安抚獒爹，但獒爹见他走过来，一边吠叫一边朝后退去。烂人停下来，它也停下来，烂人再往前，它也再往后，始终和烂人保持着固定的距离。烂人是职业驯犬员，多少凶悍的猛犬都在他手下变得服服帖帖。现在一条与他并不陌生的藏獒冲着他一通乱叫,我以为他一定会愤怒起来,给这条胡乱犯上的藏獒一点颜色看看,让它以后长长记性。令我没有想到的是,烂人看着一直冲自己龇牙瞪眼地低吠的獒爹,却若有所思地沉默了一阵,带着我转身离开了。

在秦府众鸟兽对烂人的到来欢呼声一片的情况下,我以为獒爹那天的表现,只不过是出于自己一时的不良情绪。但随后几天其他藏獒对烂人完全相同的态度,却让我觉得这绝非偶然。五只藏獒无一例外地忽然对烂人表现出来的明显敌意,让我不明就里。我左思右想也找不到答案,后来觉得八成是因为以训练猛犬为业的烂人,身上带有褪不去的其他猛犬的气息,这才是好斗的藏獒以他为敌的原因。

不知是烂人的开导起了作用,还是他特制的狗食确实让我无法抗拒,我白日厌食、夜间失眠的症状很快就消失了。短短几天工夫,我明显地恢复了元气,毛色发亮,精力充沛,奔跑时四肢充满了弹力。我的这一变化秦五常看在眼里,喜在心上,他经常会闲转到小厨房中来,对正在低头工作的烂人大加赞赏。面对秦五常的肯定,烂人还是向来那副德行,表面上唯唯诺诺、千恩万谢,一转脸就指桑骂槐、恶语相加。我虽然不喜欢烂人这种人前一套、背后一套的做派,但我知道这只是他内心装着不为人知的心事而致,他本质上一直都是个善良、勤劳和正直的人。

这天,烂人侍弄我吃过饭后,带我到秦府花园里正散着步,瘦猴走过来说:"带太岁去小饭厅,老大等会儿要出门。"烂人闻言带我去了小饭厅。主人老两口刚吃完饭。秦五常正坐在饭桌旁边的沙发上喝茶,老太太在一个年轻女侍的搀扶下正要往外走。胖厨娘老蜜正在收拾着餐桌上的碗筷。烂人见状,说了声:"老大,太岁一切都已经弄好,没事那我走了。"秦五常却叫住了他:"烂人,你过来,我有事跟你说。"烂人赶紧唯唯诺诺地道:"您说,您说。"秦五常示意他在身旁的沙发上坐下来。他看上去心情大好,面容慈祥。他给烂人倒了杯茶,问道:"我听人说秦王阁的那套房子你到现在还没有装修,怎么回事啊?是不是手边缺钱?"烂人连忙说:"不缺,不缺,谢谢您操心。"秦五常说:"那是不是因为你养的那些动物啊?这样吧,你把你的动物都带过来,这里地方大,养多少动物都不是问题。开春抓紧把房子装一下,人家米兰跟你已经不少年,你该给人家一个家了。"看见烂人吞吞吐吐、一副欲言又止的样子,秦五常问:"怎么?还有什么为难的事?"烂人半天才说:"要结婚早结了,我跟米兰合不来,总闹别扭,分手是早晚的事。"秦五常显然没有想到他会这样说,不由得愣了一下,然后笑道:"叫你烂人,果然没叫错。要真不合,就别再黏糊了,男人得有担当,别误了人家女人的青春。"烂人故作一脸羞愧之色,连声应承着退下了。

我随主人坐着肥猪驾驶、瘦猴随从的商务车出了秦府,一路向东开去。我不知道秦五常这是要去哪里,也不知道要去办什么事。他脸上依旧保持着那种波澜不惊的平静,但我早就看出了他内心少有的轻松和喜悦。这种喜悦是从两天前就开始的,昨天夜里他甚至在睡梦中嘻嘻嘻地笑出声来,这样的情况在以前是绝少出现的。

开春了,镇街两侧的树木已有嫩叶长出,远处的驼峰山也染上了一层薄薄的淡绿。车子往东开了四十分钟,到了秦王镇汽车站。肥猪将车子停在了出站口对面的马路旁,熄火以后和瘦猴一起下了车,将秦五常和我留在了车上。我看见秦五常一直透过车窗盯着出站口,一眼不眨,脸上少见地充满了期待。不断有大大小小的长途客车从车站入口开进去,不久出站口就拥出一大群旅人。他们装束各异,表情迥然。既有衣衫简陋、扛着笨重行李的打工者，也有油头粉面、西装革履的商人；既有怀抱幼儿的妇人，也有搂肩搭背的情侣……肥猪和瘦猴一左一右站在出站口，一边不断地看手表，一边不停探头探脑地朝里面张望着。

时间就这样在等待中一分一秒地过去，车内的秦五常也在不停地看着手表，脸上的表情由喜悦渐渐地变成了急切，然后又由急切变成了焦虑，他的手指在车窗上嘚嘚嘚地敲击着，节奏变得越来越快……秦五常很少有这样失态的时候，据此我便对今天他亲自来接的人猜了个八九不离十。

四点零五分的时候，秦五常猛地捶了一下座椅，因焦虑而灰暗的眼神忽然像被点燃了一样，变得明亮无比。我回头朝出站口看去，果然是章鱼姑娘随着人群走了出来。她桃花笑靥，飘飘长发，一副春风得意的样子。她身穿一件猩红色的呢绒半长大衣，在一片灰色的人群中鲜艳得如同一尾巨大的金鱼。

13

随着天气一天天变暖，秦王镇又迎来一个春天，到处叶绿花艳，生机勃勃。冬天里发生的一切触霉头的事，都不过是虚惊一场。"毒鼠强"中毒的赵镇长从昏迷中醒来，在休养一段时间后，已经开始上班。曾让镇民们感到末日将临的乌贼洞喷烟事件，在一场法事之后彻底平息。秦乃迁提前出狱，这个让全镇人都感觉头疼棘手的搅屎棍，不过也就是煽阴风点鬼火、处处挑刺而已，属于蚍蜉撼树，根本搅动不了秦王镇风平浪静的大好局面。正月过后，乌贼洞重新开放，前来秦王镇旅游观光的外地人逐渐多了起来。旅馆酒店、餐厅饭庄、商场店铺的生意都重新变得红火起来。属于黑色地带的秦王镇地下斗狗，自然也开始了新一轮的角逐。这段时间里，你可在镇街上看到许多悬挂外地牌照的车辆。这些车辆的窗户中，总会有各种各样猛犬的巨大头颅伸出来，兴奋地四下张望着。而大街小巷随处可闻的犬吠声，总让人也随之感到莫名的兴奋。

但响彻秦王镇的这些陌生而充满敌意的犬吠声，让我感到的不是兴奋，而是畏惧和惶恐。春风沉醉的长夜里，我守在主子的榻前，听着外面镇街上不时传来的低沉的猛犬的吠声，总是忍不住心惊肉跳。秦府的五只藏獒不时起身巡夜，它们对远方传来的吠声置若罔闻，平静得如同久经沙场的战士听见了枪声。藏獒们的镇静自若让我羞愧难当，我听着床上秦五常在和章鱼姑娘寻欢过后因疲倦而发出的沉沉的鼾声，总是觉得辜负了主子的信任和期望。秦五常曾自豪地对外宣称，他的走狗同时继承了土狗的忠诚和斗犬的凶猛，是条具有难得品格的杂种狗。但我自己心里明白，我貌似的凶猛只不过是狐假虎威。如果离开了主人威望的加持，我则是一个不折不扣的懦夫。

我的愧疚和失望并非只基于对自己性格的剖析和反省，而是源自一次次的真实感受。我的出山之战因为有烂人的暗中相助，我侥幸蒙混过关，但即便对手白杜高竭力克制，它那嘴锋利的獠牙和死神般的凶狠眼神，还是给我内心留下了浓重的阴影。好在自从开始了走狗生涯，我所面对的麻烦几乎都来自人，即便偶然遭遇怀有敌意的同类，它们也都因臣服在秦五常的巨大权威下而只能忍气吞声……但在这个春天里，烂人带我去观看了一场地下斗狗，我内心渐渐被忘却的阴影再一次浮现出来，让我的精神陷入一团黑暗之中。

那是个周末的晚上，烂人禀告过秦五常，以"见血开牙、闻声壮胆"之名，开着那辆我熟悉的面包车，带我去了位于镇东一个隐蔽在山谷中的斗狗场。

秦王镇由于地处僻远，基本上属于天高皇帝远的法外之地，所以尽管斗狗属于非法活动,但多少年来都一直长盛不衰。镇上有多家斗狗场,分布在四周位置隐蔽的仓库、工厂,或被围墙圈起来的空地上。不同的斗狗场有不同的规矩和不同的参与对象,烂人带我所去的,是秦王镇顶级的一家斗狗场,在斗狗圈中被称为"白宫",无论设施、参赛的斗狗、赌客下注的资金都是别的斗狗场所无法比拟的。这是一座外形类似蒙古包的白色建筑,据说原本是一个从秦王镇出去的海外富商投资的私人医院,但楼盖起来后,却因为各种各样的原因迟迟无法拿到营业执照,最后只好卖给了"王氏娱乐集团"了事。

这天白宫热闹非凡。偌大一个停车场上停满了各种外地牌照的车子。熙熙攘攘的赌客有男有女,个个衣着光鲜,一副养尊处优的样子。赌客们购买了门票后,纷纷到前台押注。烂人大概是这里的熟人,径直带着我进了斗狗场。这是一个宽敞空旷的中央大厅,中间建有一个高三十厘米、占地四十平方米左右的台子,四周用半米多高的围栏圈了起来。斗狗场四周已经围了不少赌徒和看客,正交头接耳地谈论着。斗狗场四周的墙上到处张贴着禁烟的标志。几个侍者模样的小伙子,端着放有免费啤酒、香槟和零食的托盘来回走动……参赛的斗狗还没有上场,但不时有野兽般低沉的吠声从外面传进来。我跟着烂人,穿过人群向台前挤去。陌生的外地人、陌生的斗狗、陌生的地方,一切都是陌生的,这让我感到心里没底。尤其是那些外地人投向我的厌恶的目光,更让我惴惴不安。我感觉主子秦五常罩在我身上的那层铠甲不知何时被揭掉了,外强中干的我正暴露在强大的恐怖之下。

在看客和赌徒疯狂的喊叫和口哨声中,第一场斗狗比赛开始了。参赛双方是两条个头和体重都相差无几的比特犬,分别叫作"保罗"和"吉尔",来自本省一南一北两个相距遥远的外县。两只斗犬在主子的煽动怂恿下,从赛台的对角扑过去纠缠撕咬在了一起。它们都默不作声，只是奔突打斗，腾挪闪躲，每一次下口都恨不得置对方于死地。这种平日看上去温驯的大狗一见到同类就性情大变，凶猛异常，一旦咬住对手就死不松口。为了不影响斗狗的观赏性，裁判好几次不得不用专门的撬棍塞进狗嘴，才能将它们分开，以便重新开始打斗……我看着台上拼死相搏的两只斗狗，看着它们身上血淋淋的伤口，心里除了胆怯就是恐惧。周围看客和赌徒们兴奋的叫喊声，在我耳朵里虚幻而不真实，模糊得像来自遥远的远方。当体力渐渐不支的保罗被吉尔死死地咬住了脖子，我看见鲜红的狗血流得到处都是的时候，我的忍耐已经到了极限，忽然失态地狂叫了一声，顾不得烂人的喊叫，冲开人群就向外跑去了。

在回秦府的路上，烂人一边开车，一边不时回头看一眼情绪沮丧的我。春风从车窗中吹进来，犹如一双温暖的手在我头上轻轻抚摸。这感觉让我不禁又想起了我的狗娘，想起了迄今不知身在何处、更不知道是生是死的我的狗娘，我悲从心来，忍不住便流下了一行泪水。烂人见状，"啧啧啧"地撇着嘴说："还伤自尊了？我带你来，就是要让你开开眼界。世界很大，不用说外地，就连秦王镇的事也不是他秦五常全能搞定的。"对自己懦弱性格的沮丧和对狗娘的担忧，让我根本没有心思听烂人的唠叨。此刻，我是一条自卑和伤感的狗，是一条充满了挫败感的杂种狗。

那天夜里回到秦府时，已经十点钟了。秦五常已经睡了，他一年四季都保持着早睡早起的习惯。也许是看到我情绪不佳，也许是懒得再回镇北的出租屋，烂人这天晚上没有回家，而是在秦府为他配备的那间小房里留宿了。劳碌一天，疲惫不堪的他很快就在单人床上发出了均匀的鼾声。而我趴卧在小屋的地板上，却满腹心事，久久无法入睡。

秦府被沉沉的夜色笼罩着。在一片黑暗之中，我能听见来自每一个角落里的任何细微动静。西厢房的女工宿舍里，胖厨娘在含混不清地说着梦话。值班的两个门卫有一句、没一句地聊着闲天。鹿苑里大概只有梅花鹿发情了，不时发出一声幽怨的鸣叫……但在宁静的夜色中最清晰、最刺耳的声音，却是五只巡夜的藏獒的脚步声。刚才我和烂人走进院子的时候，在一片黑暗中，五双发出诡异亮光的眼睛从不同角落一直注视着我们，但藏獒们却集体保持了沉默，一声也没有吠叫。藏獒们的这一变化是近期才有的。烂人刚入职秦府时，五只藏獒一反常态，一看见他就眼露凶光，威胁性地发出低沉的吠声。烂人不解其故，为改善关系尝试了各种办法，无奈藏獒们软硬不吃，在很长一段时间里都让资深驯狗师烂人颜面扫地。最近这段时间里，由于秦五常对烂人的表现赞赏有加，有几次碰见藏獒对着烂人低吠时，没好气地大声训斥了几句，所以最近藏獒们见到烂人终于不再出声了。但我知道这只是它们表面上的变化，尽管到现在不明其因，但藏獒们眼神中对烂人的警觉和敌意，不但没有消失或减少，反而日渐强烈。

　　后半夜的时候，我刚迷迷糊糊有了些困意，却听见藏獒们的脚步声由远及近，显示着它们正从不同的方向向小屋聚拢。藏獒的脚步缓慢而沉重，听上去充满阴谋。我仔细听着，顿时睡意全无。五只藏獒全部到了小屋的门前，我听见它们东嗅嗅、西闻闻的鼻息声。我知道这是藏獒们和烂人之间敌对情绪的表现，但它们的行为却让我感到有损尊严。我威严地吠叫了两声以示警告，令我没有想到的是，平日里对我一直心存敬畏的藏獒们却丝毫没有退去的意思，它们短暂地停顿了片刻，又开始在门外交头接耳起来。我愤怒地高声叫了起来。烂人被惊醒了，他迷迷瞪瞪地从床上坐起来，不解地说："太岁，怎么了？别叫，别叫，再叫把全院的人都吵醒了。"我没有理睬他，仍愤怒地冲着屋门吠叫着。

烂人下床向门口走去，我听见屋外的藏獒们发出一阵让人毛骨悚然的低吼。这是藏獒要发动攻击的信号，我刚想上去阻止烂人时，他已伸手打开门闩，一下子拉开了屋门。我下意识地跳起身来，打算去阻止这场不明原因却似乎不可避免的冲突。但还没等我冲过去，在门口龇着獠牙的藏獒们却像受了什么惊吓一般，神色极度恐慌地四散逃开了。

烂人也吃了一惊。他望着逃散的藏獒，疑惑不堪的眼神似乎在说：它们怎么忽然就怕我怕成了这样？我知道藏獒们怕的不是他，而是另有其物。我站在门口四下张望，果然看见那条绿蛇淡淡的荧光正消失在小屋的拐角处。

14

春天里，章鱼姑娘怀孕了。

自从章鱼回外地老家过完年回到秦王镇，我首先发现了在她身上出现的细微变化。近一个月没见，秦五常和章鱼"本来就新婚，何况又久别"，自然干柴烈火地烧了个昏天黑地。但秦五常亲自从车站接回章鱼那天夜里，我就发现了她的变化：当夜晚饭过后，在人前向来端庄沉稳的秦五常一关上门，立即就变成了一副猴急的模样。他把章鱼一下子扑倒在床上，嘴里一边"亲啊乖啊"地胡乱叫着，一边就三下五除二地将两个人都扒了个精光，搂住章鱼两条如藕般的白嫩胳膊，就要跨身上马。章鱼哼哼唧唧地浪叫着，却没有像往日那样百般迎合，而是一骨碌翻身坐起来，娇嗔地说："我肚子怕压，今天要你老汉推车。"说罢转身跪在床上，将肥大的臀部亮给了秦五常。秦五常早已经是急火攻心，哪里还顾得上讲究体位，一双大手捏着章鱼的肥臀就忙活起来……我趴卧在地板上，我知道此刻自己必须保持绝对安静。他们淫声荡气的呻吟和喊叫、两具肉体不断猛烈撞击的啪啪声都让我感到莫名其妙。我看着昏暗灯光中赤身裸体的我的主子，没有了体面衣服的包装，他此刻看上去像一个巨大的白色肉虫。秦五常体形肥胖，他硕大而皮松肉垮的屁股和高高鼓起的腹部，他那张扭曲变形的脸，都让他在人前的那种威严和慈祥荡然无存，看上去丑陋不堪。秦五常和章鱼这样猛烈撞击的行为，我分不清是亲密还是仇恨。我曾经见过年轻的公藏獒和母藏獒也有过类似的行为，趴在母藏獒身上的公藏獒一边撕咬，一边龇牙咧嘴地发出呜呜声，让我分不清它到底是痛苦还是幸福……我知道我不该这样胡思乱想，作为一个走狗，最可取的品格是忠诚，而不是评判，更不是怀疑。

就在秦五常"啊啊啊"叫唤的节奏越来越快的时候，章鱼却急切地叫了声"快闪开，我忍不住了"，然后一下子把秦五常推到了一边，一边快速地下床一边说："我都快尿床了。"然后急匆匆地跑进了卫生间。箭已在弦的秦五常跪在床上，一下子失去了目标，就像一盆烧得正旺的炭火被浇了一瓢冷水，痛苦地发出"滋"的一声尖叫。他眼巴巴地望着卫生间虚掩的门，不停地催促道："祖宗，你快点啊，就是尿长江也该尿完了。"章鱼却说："明明一分钟都憋不住，可现在就是尿不出来。"……

这在以前是从来没有过的。一是在肉搏这件事上，章鱼从来都是对秦五常百般奉迎，从来都不会表达自我主张。二来到了紧要关头将秦五常晾在一边的事，过去一次也没有发生过。在后来两人同宿的晚上，同样的情形几乎每次都要上演。每次章鱼在卫生间长时间不出来时，主子的烦躁和不满让我浑身紧张，以至于到后来我竟然落下了一个尴尬的毛病：先是每当章鱼急匆匆地下床往卫生间跑时，我就会失禁撒尿。到了后来，不管秦五常和任何女人做爱时，我都会条件反射般地撒上一泡。

对于章鱼的变化，渐渐地，秦五常也有所觉察。在一个周末的晚上，他和章鱼没有例行床事，而是做了一次推心置腹的长谈。秦五常说："姑娘，你有心事。"章鱼说："您多疑了，只是有些生理变化。"秦五常说："如果有什么想法，你不用藏着掖着，直接说出来就是。我喜欢女人，更尊重女人。从咱们刚开始在一起，我就说了，一切随你所愿，可走可留，既然爱你，我就从来都不会做勉强你的事。"章鱼姑娘沉默了半天，紧紧地搂住了秦五常："我怕你有压力，一直不知道要不要告诉你。"秦五常说："在秦王镇，我没死，天就塌不下来。你尽管说。"章鱼说："我怀孕了。"

闻言秦五常显然吃了一惊。他盯着章鱼的肚子，目光有些疑惑。章鱼见状说："您怀疑吗？可以去医院。"秦五常立即说："老汉我居然还有能力种地就发芽，我高兴还来不及呢。"章鱼说："那该怎么办？我不想让您的名誉受半点损失。"秦五常拍拍章鱼的背："别担心，有我呢，一切都会安排得妥妥的。"

以我的观察，对于怀孕这件事，章鱼是假忧愁，真欢乐，而我的主人秦五常则完全相反。他虽然一如既往地对待章鱼，在人前慈祥亲切，在床上热烈孟浪，但我明显感到一丝淡淡的忧虑在他的情绪中渐渐蔓延开来，就如同一大盆清水中点入了一小滴颜料，虽然淡而又淡，但水却再也不是清水了。不知道是谁的缘故，章鱼回秦府来住的次数越来越少。她是被秦五常以引进优秀人才的名义从外地带回来的，安排的职位是秦王旅游集团总裁办文员。章鱼一个人在秦王镇，又认秦五常做了干爹，所以节假日、周末或身体有恙的时候到秦府来住，起码从名义上来说是顺理成章的事。按说章鱼怀孕了，秦五常又表现出一副自得与喜悦的样子，他就该让章鱼安心在秦府住下，安排手下对其悉心照顾才对，而没有道理就此刻意疏远一个怀了自己骨血的外地女子。

清明节这天下午，秦五常带着两个儿子及长孙到公坟去扫墓。秦王镇公坟也分为秦氏公坟和王氏公坟两部分。前者位于镇南，在驼峰山畔，而后者在镇北的一片松林之侧。这天，平时不见人踪的公坟里人来人往，拥挤嘈杂。各个坟头上蜡烛长明，香火袅袅。秦五常一行在自家祖坟前祭拜完毕，也不和两个儿子说话，径直就走开了。一路上遇到镇人和他打招呼，他虽然都亲切地微笑着点头回礼，但明显一副心不在焉的样子。从坟头沿缓坡下来，坐进车子后，胖猪问："直接回吗？"秦五常说："黄狼沟。"

黄狼沟位于秦王镇东，荒凉偏僻，杂草丛生，一条狭窄却深不见底的壕沟向驼峰山深处蜿蜒而去。这里是秦王镇另一个坟场。跟公坟不同的是，这里不分秦姓还是王姓，埋葬的都是秦王镇没有成年而夭折的"青丧"者，或上吊、服毒、跳井、坠崖等寻了短见的"秒丧"者。总之，秦王镇所有没有资格进入埋葬着列祖列宗的公坟的亡人，都会被埋在黄狼沟。黄狼沟是一个乱坟岗，没有坟头，更没有墓碑。一年四季这里人迹罕至，到处显得阴森森的。秦五常让胖猪把车子远远地停了下来，自己夹着一卷黄纸朝坟场走去。我知趣地和胖猪、瘦猴一起留在了车里，我熟悉主子每一个动作、每一个眼神的含义，早已经知道什么时候该做什么。

秦五常夹着黄纸朝黄狼沟走去。我看着他的背影，第一次感到这个秦王镇强大威严的王者，像个普通老汉一样虚弱和孤独。秦五常走到沟边，跪在地上一张一张地烧着黄纸。一阵风来，纸灰被吹得四处飘飞，远远看去像一只只黑色的鸟儿在他身边盘旋。在胖猪和瘦猴有一搭、无一搭的聊天中，我无意间获知了一个令我惊讶的秘密：外界一直传言秦家三儿子秦地瓜是死于一场原因不明的疾病，但实情是他是自杀身亡的。十六岁那年，他就是从不远处的黄狼沟跳下去的。黄狼沟在秦王镇有"自杀圣地"之称，许多人选择来这里自杀的原因，是因为黄狼沟深得谁也没有探过其底，这样就免去了处理尸体的诸多麻烦和不堪……乱坟岗上原来并没有秦地瓜的埋身之处，此刻秦五常正烧纸祭奠的亡魂，连他都不能确定在什么地方。

下午五点半，秦五常让胖猪开车去了鸿儒楼。我跟在他身后走进一号包房时，看见三男两女已经坐在那里。我认识其中两人，三个男人中脸色黝黑、体形瘦高的那位是旅游集团的老总秦子义，女人中我认识的那位则是老熟人章鱼姑娘。从他们的寒暄中我才知道，今天是清明节，秦五常特意在秦王镇最好的饭店里订了一桌，并由秦总作陪，宴请旅游集团外地员工中的骨干分子。这是秦五常多年来坚持的又一善举。

这场饭局从五点半吃到了近九点，这对秦五常而言是很少见的。秦五常在秦王镇近似于神一样的存在，让所有人都对他敬畏有加。而他不苟言笑且烟酒不沾的性格和习惯，更让同席者感到局促和压抑。但这天晚上秦五常的表现有些反常。他虽然自己不喝，却让服务员给在座者频频斟酒。他罕见地讲起了秦王镇艰难的历史，讲起了自己从小所受的苦、遭的罪，大有痛说革命家史的味道。说到动情处，秦五常的眼圈红了，声音也有些哽咽起来。在座的众人不知道秦五常今天演的这是哪一出，不敢随便搭话，只好一边点头附和，一边频频喝酒。章鱼推说自己最近身体欠佳，整个晚上都没有喝酒。她一直低头在吃东西，偶然抬头看一眼秦五常，眼神如同在看一个陌生人。过去在人前的时候，章鱼对秦五常也表现得客气而尊重，全然让人看不出他们之间的特殊关系。但两人的目光中却有着无法掩饰的热烈，这让作为走狗的我明察秋毫。而清明节的饭局上，我却从他们各自的眼神中读出了一丝异样。

在秦五常和章鱼之间一定发生了什么。我虽然不知道具体是什么事，但一条敏锐的狗的直觉告诉我，一定有某些可怕的计划在酝酿之中。

饭局结束的时候,秦五常拍了拍醉醺醺的秦总的肩,意味深长地说:"喝酒不是毛病,凡事关键在度,不知道见好就收,往往就会招灾惹祸。"我看见在一旁刚刚起身的章鱼,听闻此言,嘴角上泛起一丝不屑的微笑。

15

被人下毒差点要了小命的镇长赵永和,多亏神药"干乌粉"才得以死里逃生。他从深度昏迷中苏醒过来,调理一段时间后,很快就重返了工作岗位。尽管镇长一职历来是秦、王两姓钩心斗角的焦点,但对于赵永和侥幸躲过一劫,无论秦姓还是王姓之人,绝大多数还是从内心为之欣慰。多年前惨遭灭门的赵裁缝一家,本来就因为善良随和、手艺高超而在秦王镇享有良好的声誉。赵永和作为漏网之鱼,作为赵裁缝家唯一存留的后人,如果在这次谋杀中真的死于非命,那让秦王镇人的悲悯心真的会情何以堪。人们第一次见到重返镇政府大楼的赵永和时,无不为他的状态感到惊讶:过去看上去一向精神疲倦、脸色灰暗的赵镇长,竟变得神采奕奕、红光满面,完全像是变了一个人一样。众人都惊讶地说:"这哪里是恢复如初,完全就是回炉再造啊!"他的状态又一次引发了人们对"干乌粉"神奇疗效的热议和追捧,尤其那些患有疑难杂症的病人,早已将它视为了救命仙丹,无时无刻不盼望"干乌粉"能早日普及推广,让普通大众也能分享来自上苍的恩泽。

但渐渐地,镇政府大楼里的工作人员却从赵镇长的身上发现了诸多的异样。他除健康和精神状态发生了很大变化外,脾气性格、习惯爱好和处事方式,似乎也与过去判若两人。就拿他被人投毒谋害一事来说，虽然案子已破，嫌犯被省中院判处无期徒刑并已入监改造，但就连与己无关的秦王镇其他人，都觉得此案颇有许多蹊跷之处：既然投毒者是当年灭门案凶手的后人，而且在秦王镇隐姓埋名地打工许多年，为何一直要等到年近五旬才来除根？比起其他作案手段，投毒显然更应该是熟人首选，一个打工者是如何混进机关大楼去实施犯罪的？如此等等，都让人心存疑惑。但康复后的赵永和却比任何人都置身事外，对案子的一切都漠不关心，就好像受害者不是自己，甚至根本就没有发生过这起投毒案一样。他周围的同事对此都大为不解。曾有一个心腹之人提醒他说："赵镇长，您心真大。此案颇多疑点，就算真是嫌犯所为，您也该查清他的底细，保不齐他还有后人上门寻仇。"赵镇长听到这善意的提醒，却一点也不为所动地说："这个案子是铁案，没有一点瑕疵，秦所长已经亲口说过了。"他的心腹说："秦三大经手的案子，哪个他不说是铁案？他的话您也真信。"赵永和却一脸茫然："他是警察，我不信他难道要信你不成？"

赵永和在中毒之前，作为一个外姓镇长，他立场中立，性格刚柔相济，对秦王镇两大姓氏之间的利益平衡、矛盾化解都发挥着有目共睹的积极作用。但自从中毒康复、重新回到工作岗位上后，他完全变成了一个毫无主见的人。他整天笑吟吟的，一副无忧无愁的样子，像个红光满面、心宽体胖的弥勒佛，仿佛天塌下来都犯不上为之担忧。同事们想起之前他压力重重、总是因为受秦、王两派夹板气而唉声叹气的样子，更是觉得"干乌粉"的疗效实在是神奇无比，不但能治愈身体上的绝症，而且能让人变得心胸豁达、无忧无虑。赵镇长的爱人对"干乌粉"更是赞不绝口。她逢人便说，过去赵永和因工作压力大，对家人动不动就吹胡子瞪眼，脾气比驴还倔。服用了"干乌粉"之后，完全像变了一个人，整天乐乐呵呵，油瓶子倒了都不带急的。开始我以为他是装的，便在做饭时试探他，不时给菜里把盐搁多了，就是把醋放少了，过去要碰到这种情况，他能把饭桌给掀了，可现在他一点怨言都没有，给什么吃什么……镇长老婆的话太有诱惑力了，那些夫妻性格不合的人无不羡慕地说："啥时老百姓才能见到这神药啊？家和万事兴，要是能让我家那位改了狗脾气，卖房子卖地都值得。"

不久，还真就传来了好消息：秦王旅游集团下属保健品厂通过了"干乌粉"的试用阶段，已经着手开始报批流程，并打算选址建场，开始小批量生产成品以"干乌粉"为主要原料的两种产品"干乌丸"和"干乌晶"了。消息传来，秦王镇一片欢呼之声，仿佛垂危病人起死回生、愚顽之人放下执念的日子已经近在咫尺，一个安康祥和的太平盛世即将来临。但很快，乐观的镇民们就遭遇了当头一棒：一来秦姓和王姓在厂址问题上争执不休，建厂的事或许变得遥遥无期，甚至成为黄粱一梦；二来秦乃迁不但到处见缝插针地给"干乌粉"泼脏水，而且频繁地去县上、省上有关部门告黑状，大有不将其掐死在摇篮里不罢休的猖狂之势。

对于建厂批量生产"干乌粉"系列养生品一事，秦、王两姓并没有对立性的冲突。据说秘方是秦五常无私献出的。他虽然是秦姓之人，但却是整个秦王镇公正、良心和秩序的化身，因而系列养生品便不只属于秦姓之人，而是众镇民的共同福利。秦姓和王姓的争执主要是在厂址的选择上：秦王旅游集团放着秦王镇大片的地方不选，而偏偏把厂址选在了王姓镇民的公坟上，要求王姓镇民接受补偿，迁坟他处。

刚开始时，王姓镇民并不觉得这有什么冒犯。王氏现在位于镇北那片松林之侧的公坟，也并非是自古之地，也是几十年前由于原公坟地势低洼、经常被雨水淹没而迁过来的。所以迁坟并没有触动王姓人的神经，何况集团对迁坟还有一笔不菲的补偿。

争执的发生主要是受人挑唆的结果：外姓镇长赵永和重新主政后，心宽体胖，性格大变，整天对需要决断的事毫无主见，能拖则拖，不能拖，则委任下属全权处置。这样必然权力旁落，给了手下争权夺利的大把机会，因而明争暗斗便是在所难免的事。秦王镇两个副镇长分别由秦姓之人和王姓之人担任，当旅游集团将预定厂址报到镇政府后，赵镇长不置可否地放在桌上，随后竟忘得一干二净。等旅游集团的人打电话来催，他才将两个副镇长叫来，商量如何批复。一把手不主事，两个二把手又代表着不同的阵群利益，自然是没矛盾也要故意生出矛盾来。王副镇长不但不同意选址方案，而且在王姓镇民面前义正词严地说："秦王镇空地无数，姓秦的却非要让我们迁坟，这不是羞辱我们的先人是什么？在这件事上大家一定要齐心协力，决不能遂其所愿。"这样一鼓动，王姓镇民一下子也都像醒过神来："对啊，选哪里不好，非得要扒了王氏的祖坟？这明显就是故意刁难嘛。"于是选址问题在两个姓氏之间就产生了对立，而且有愈演愈烈之势。

说秦姓之人将厂址选在王氏公坟是有意刁难，其实是个误解，这件事我绝对可以作证。厂址的选定者并非秦姓之人，而是妙见寺的义满和尚。

选址的事其实是正月底就定下来的。我记得那天刚下过一场冬雨，天气湿寒阴冷。午饭后主子秦五常去了玻璃大厅，目光一直在沙盘上的每一处仔细流连端详。我安静地半蹲在一边，无聊地看着外面湿漉漉的草地。在院中落光了叶子的一棵梧桐树上，几只乌鸦不知为何事一直在吵架。下午快三点的时候，胖猪领着一身袈裟的义满和尚来到了沙盘前，显然是他开车去妙见寺接来的。义满和尚和秦五常相互见过礼后，秦五常便跟义满和尚说了养生品厂选址的事。义满和尚并不像那些风水师一样握有罗盘、寻龙尺之类的东西，而是像平常一样捻动着手里的那串佛珠。他先是看了建厂的材料，闻了闻秦五常递给他的"干鸟粉"，然后绕着沙盘缓步走了两圈，在北侧站定，眼睛微闭，口中念念有词。须臾，老和尚面有难色地说："似无适宜之地，或许这个厂不该建。"秦五常说："师父不必说宜建不宜建的话，此厂必建。如无合适之处，请师父退而求其次，选一个相对无碍的地方。"义满和尚也不再坚持，他又闭眼咕哝一通，然后一颗透明的珠子从嘴里吐出来，落在沙盘上。秦五常俯身仔细地看了看，神色有些惊讶地说："王氏公坟！巧了，我昨晚做梦梦到这片松林着火了。"

　　就当王姓镇民反对迁坟建厂的呼声越来越高涨的时候，秦五常出面了。他在镇政府召开的秦、王两姓镇民代表的调解会上，被赵镇长作为德高望重的和事佬请去镇场。面对着喋喋不休的争吵和议论，平日沉默寡言的秦五常开口说："我就说三点。第一，地址是高僧大德看风水选定的，不是姓秦之人；第二，另选别的地方也不是不可，但说句迷信的话，如果以后药效有问题，你们就不要埋怨；第三，如果同意迁坟，补偿款可以和旅游集团谈。"他几句话说完，全场立即安静了下来，迁坟建厂的方案随即便毫无疑议地被通过了。

　　"什么叫一锤定音？秦老大的每一句话都是一锤定音。"坐在主持席上的赵镇长整个过程几乎没有说话，一直在满脸轻松地闭目养神，此刻来了精神，"没有他老人家，今天这会就是开到夜里，也不会有任何结果。今后，秦王镇的重大事情，我们都应该听他老人家的……"但他话还没有说完，就让秦五常摆手打断了："你身为镇长，这么讲话就没有原则了。我本身就一直反对树立权威，反对个人崇拜。我作为一个老人，只是提了点解决问题的建议罢了。"

　　与会代表，无论是秦姓还是王姓，都情不自禁地鼓起掌来。

16

进入阳历五月,天就渐渐热了起来。太阳离大地越来越近,开春时照在身上暖洋洋的光线,此刻却有了灼烤的感觉。在炎热的季节里,人和动物都变得心性浮躁,缺少耐心,刻薄易怒,总是为一点小事就爆发冲突。五月中旬的一天,两个外地游客在排队购买进入乌贼洞的门票时,由于天热暴晒而烦躁失控,前面的游客回头询问驶离秦王镇的末班长途车时,后面的乘客厌恶地说:"你他妈也不好好刷牙,一嘴大蒜味,也好意思往人跟前凑!"为此两人发生口角,既而发生互殴,造成了两人都血嘴毛头地被送进了医院……诸如此类的事不但频繁发生在人的身上,动物们在这个季节也开始不安生起来,无端追逐撕咬的情形时有发生。这也表现在地下斗狗中,猛犬们情绪烦躁,明显比以往变得好斗起来,它们一个个简直都成了疯狗,比赛的残忍和血腥让看客和赌徒们大呼过瘾,因此,无论赛事频率、押注底线,还是门票价格,都一路攀升。

"浮躁是信仰缺失的表现,跟季节和天气有个毛关系!"秦乃迁不屑地说。自从他正月里回到秦王镇后,人们惊讶地发现,五年的牢狱之灾不但一点也没有磨灭他的斗志,反而让他变得更加肆无忌惮了。他拖着因忍受饥饿、被狱霸殴打、被狱警残害而更加虚弱的肉身,仍不屈地四处奔走,大声疾呼,希望将秦王镇人从愚昧中唤醒,投身于一场他梦寐以求的伟大变革。他曾炯炯有神的眼睛被打成了半个瞎子,但这也丝毫不能损耗他的热情,动摇他的信念,他戴着一副深黑色的墨镜,像一个在黑暗中摸索真理的先驱。

秦乃迁确实没有任何浮躁之气,但被浮躁之气传染了的秦王镇的镇民，却让他的传教式的启蒙变得更加艰难。过去秦乃迁一出现在众人集会之所，大家往往只是一哄而散，最多也就是拿他插科打诨几句。但现在情况变了，三五成群聚在一起的镇民们一看见秦乃迁，不是恶声叱责，就是向他投掷脏污，避免他向人群靠近。他们甚至从上次和尚们作法的集会上汲取了经验，一看见秦乃迁，就放恶狗朝他扑咬。秦乃迁对来自人的恫吓和辱骂从来都毫无惧色，但就如他所说的"什么样的人我都不怕，独怕野兽"那样，一看见恶狗朝自己扑咬，他的镇静总是瞬间崩溃，狼狈不堪地逃之夭夭。

这段时间里，秦乃迁的工作重点是反对建厂生产"干乌粉"养生品。与王姓人反对在其公坟上建厂不同，他是彻底否定"干乌粉"的所谓神奇功效，揭露这是秦王镇既得利益阶级的又一个阴谋，是为搜刮民脂民膏而巧立的名目。秦乃迁的矛头甚至直指我的主子——德高望重的秦五常，暗示他乃实际操纵秦王镇的典型的独裁者，如果不打倒秦五常，秦王镇永远都没有光明的出路。他的这些言论遭到了秦姓和王姓镇民们的一致反感。这个疯狗真是见谁咬谁啊。秦五常老人家对秦王镇的付出、对公平正义的维护有目共睹，岂是你一句话就能抹杀得了的？如果不是为了秦王镇人，人家何苦要把"干乌粉"的秘方无偿贡献出来，如果高价卖给外地的公司，换回的何止一座金山银山？……面对这样的反驳，秦乃迁不急也不恼，他只是长叹一声："积愚如此之深，任重道远啊！"

五月中旬，烂人家收养的那群动物，除了那只肥胖得连道儿都走不动的兔子外，居然有预谋地集体走失了。

那天，烂人侍弄我吃过午餐后，正在往我的专用澡盆中放水，打算给我洗个热水澡。这时，老蜜拿着一个餐盒走了进来。她见烂人占着手，便将餐盒放在了一旁的桌子上："中午待客的葱爆海参,这东西补男人,我给你留了一份。看看,还是姐对你好吧?"烂人龇牙笑道:"我早已不男不女了,补个毛啊。"老蜜说:"对了,一直没腾出工夫,这几天我真去你那儿逮一对鹦鹉去。我要教它们骂人,看谁不顺眼就骂谁。"烂人说:"逮不了啦,家里动物大逃亡,除了那只肥兔子,一个不剩地逃走了。"我冲着烂人"汪"地叫了一声,老蜜说:"你看你编瞎话,连太岁都抗议了。"

老蜜所言不妄,我确实是在向烂人表达抗议。因为昨天我刚刚去过他在镇北的租屋。他那些诸如猴子、孔雀、珍珠鸡、刺猬等动物一只不少,甚至虎皮鹦鹉比以前还多了好几只。我也有好一阵没有去烂人的租屋了,昨天是因为主人没有外出,烂人带我去驯狗场做不定期训练,回来的时候他顺道回家去拿东西,我才见到了久违的那些和米兰一样总是看上去情绪恹恹的动物。米兰不在租屋,也不知干什么去了。那些动物看见我们进来,甚至连一声表达欢迎或喜悦的叫声都没有。那只孔雀站在穿衣镜前长久地注视着自己,连头都没有回一下。这是烂人家动物们永远的样子,我从来都不相信它们会有出走的勇气和激情。

烂人望望老蜜,眼圈却红了:"老蜜姐,是真的,昨天晚上出逃的,今天早上一觉醒来,除了一只肥兔,什么也不剩了。"老蜜见状,赶紧轻轻地抚了抚烂人的肩头,说:"姐信,姐信,看我兄弟善良得!别难过,没准过几天自己又回来了。"烂人却干脆伏在澡盆边上呜呜地哭出声来:"回不回来都没有意义了,我和米兰分手了。"老蜜显然吃了一惊,她有些手足无措地愣了一会儿,自己也忍不住红了眼圈:"你最近老蔫耷耷的,我就知道你有事。我的兄弟,既然缘分尽了,就想开些。"烂人一个大男人竟哭得肩头一抖一抖的,他哽咽道:"不是缘分尽了,是拖累米兰让我太痛苦了。"老蜜不解地问:"你身体健康,又一直在勤奋工作,怎么就拖累米兰了?"烂人伤心地哭道:"你不知道,你不知道,没有人知道啊!"弄得老蜜更是一头雾水。

在那之后不久,烂人就退掉了出租屋,彻底搬到秦府来住了。胖厨娘老蜜本来就对烂人格外关照,现在他处在情绪低落期,老蜜更是关怀备至。她经常到烂人的小屋中去,帮他收拾屋子,缝补浆洗。我起初并不相信烂人的话。在我看来,他的那些动物不可能集体出逃。如果真的全员失踪了,极有可能是米兰故意放走的。烂人和米兰同居多年,他们的关系却一直非常古怪莫解:一方面两个人郎才女貌、琴瑟和鸣,不但恩爱,而且相知;而另一方面却男不言娶,女不说嫁,似乎对两人共同的未来从来没做过计划和设想。我就多次碰见烂人和米兰一起聊分手的事,刚开始时两人都表情平静,多是说些诸如"今生放手,情续来世"之类半开玩笑的话,但聊着聊着两人却真的伤起心来,抱在一起痛哭不已。我想大概米兰心疼烂人一个人照顾这些动物,私自将它们放归自然了。

但不久所获知的另外一个消息,让我相信那些动物的确是有预谋地集体出逃了。那是在烂人告诉老蜜动物出逃的一周以后,米兰的父母来找烂人,询问米兰的下落。烂人这才知道,半月前米兰和自己分手后,她并没有像自己所言的那样回父母处,而是彻底地失踪了!那段时间里,烂人一边承受着米兰父母的责难,一边痛苦万状地四处寻找米兰的下落。他走遍了米兰所有可能去的地方,甚至好几次差点冒死想下到迄今没有任何人探过底的黄狼沟,但最终连有关米兰的半点风声都没有探到,米兰就这样人间蒸发似的彻底消失了。在我得知米兰早就失踪的消息后,我不得不相信那些像米兰一样总是情绪怏怏的动物,的确集体出逃了,就如同我从来都没有想过米兰会失踪一样。

寻找米兰终无果的烂人,在无可奈何地决定放弃寻找的那天，用一种难以理解的方式表达了自己的绝望：他把那只唯一留下来的肥兔宰杀后，炖成了一锅红烧兔肉。在那段时间里，烂人像个女人般动不动就流泪，但那天下午当他最终决定放弃寻找后，却忽然变得一脸轻松。他看着那只带到秦府自己宿舍里的肥兔，忽然抓住长长的兔耳将它提了起来，发出一阵让我感到陌生的笑声："米兰啊，这是你给我唯一留下的念想，结果了它，你我之间就不再藕断丝连，就与今生彻底告别了。"说罢，从案板上操起一把切肉的尖刀，手起刀落，肥兔的脖子里一股鲜红的热血喷涌而出，整个房间顿时飘荡起一股血腥之气。

  那天晚上，烂人将肥兔剥皮切肉，炖成了一锅红烧兔肉。从来不喝酒的他，从外面买回一瓶烈酒，独自大块吃肉，大碗喝酒。曾经无时无刻不浮现在他脸上的忧郁消失了，他看上去快乐而轻松，与昔日的烂人简直判若两人。我在一旁吃着他给我做的狗食，不知是他的手没有洗净还是刀上还残留着兔血，今晚的狗食散发着一股明显的腥气。烂人看我东闻闻、西嗅嗅就是不下口，在一旁笑了起来："吃啊，太岁，全部吃光！能吃下不敢吃的，就能干不敢干的。"

  那天晚上，一整只肥兔和一瓶烈酒让烂人吃喝了个精光，他脸上洋溢着一丝没心没肺的快乐，让我感到陌生。他似乎沉浸在什么美好想象中，不停地说："好啊，真好，我终于了无牵挂了。"

  我想烂人大概不是醉了，就是疯了。

17

  六月六日是一个普通的日子。天气依旧因为久未下雨而干燥闷热，鸡依旧蔫蔫地在井台旁呆立不动，狗依旧卧在阴凉里吐着舌头。但这天晚上秦王镇派出所所长秦三大在吃晚饭的时候，却总觉得哪里有什么不对劲。他一次次纳闷地放下筷子仔细琢磨，却还是没有弄明白到底是哪里出了问题。但就在同一时间里，许多普通的秦王镇的镇民一下子就敏锐地察觉出了变化：镇广播站的女播音员换人了！尽管新人的声音极力在模仿，但秦悦那陪伴了秦王镇三十多年的声音，对镇民们而言，比亲娘老子，甚至比自己的声音都熟悉，所以当晚上七点整喇叭里刚传来"各位听众晚上好，今天是六月六日，星期三……"的时候，很多人立即就叫了起来："咦，怎么换人了？这不是秦悦！"

秦悦是秦王镇广播站的金牌播音员，除了她极其偶然因不可抗拒的原因无法播音时，广播站才会用候补播音员临时代替。秦悦从十八岁入职广播站后，三十年来被人替代的次数极其有限。她那铿锵有力、饱含深情的极富感染力的声音，几乎是秦王镇人一日三餐时不可或缺的陪伴，以至于秦王镇会有这样夸张的说法：秦悦不说话，人们不动筷……六月六日的晚间新闻由新人代为播音，听众以为秦悦可能是因为生病、意外等特殊原因临时缺席，但随后一连三天的早、中、晚三次广播，女播音员依然是那个自报姓名为"秦小卉"的新人，听众这才开始嘀咕起来：到底出什么事了？难道广播站真的要换人了？

很快，关于秦悦的各种流言便在秦王镇开始传播：有人说她忽然得了一种罕见的疾病，被迫去外地治疗了；有人说其实患病的不是她本人，而是她的宝贝儿子，她和家人只是去外地陪护，很快就会返回播音岗位；甚至有人说秦悦及家人在毫无征兆的情况下忽然失联，镇派出所已经将其列为失踪案件……就在人们被各种各样的传言搞得眼花缭乱、虚实莫辨的时候，秦乃迁适时地站了出来，言之凿凿地说："流言越多，越是在有意掩盖真相。秦悦，这个三十多年来一直鼓吹秦王镇是世间真实桃花源的人，却悄然全家移居省城了。"

按照秦乃迁的爆料，这是一场计划周密的移居行动。多年前，因为在镇政府工作的丈夫忽然辞职下海，执意要去外地做生意。身为秦王镇名人和舆论导向引领者的资深播音员秦悦义正词严、大义灭亲，不惜结束婚姻而选择留在了秦王镇。但这其实只是一个迷惑外人的假象。秦悦的丈夫在外地购买豪宅，将两人在秦王镇获得的巨额资产悉数转移了出去。几年后的今天，一切准备就绪，秦悦悄不作声地带着儿子拍屁股走人，彻底与秦王镇告别了。秦乃迁公布了许多他从相关渠道入手的证据，包括位于省城繁华地带的豪宅、秦悦变卖秦王镇住宅的交易合同、秦悦与前夫的复婚登记等，让人一时无法简单地斥之为谣言……这个尚未最终坐实的消息，对秦王镇人而言是一个巨大的打击。多年来，"爱我秦王镇，以做秦王人而自豪"始终是秦王镇最主流的价值观，因移居外地而离开秦王镇虽无限制，但却历来被视为一种背叛行为。如果是别人移居，最多也就是被不屑、被蔑视，不会引起什么反响。但这事发生在秦悦身上，就太打击秦王人的故乡情结和爱镇热情了。三十多年来，秦悦无数次在响彻秦王镇每个角落的高音喇叭上，用她那让人闻之动容的声音，多少次通过朗诵诸如"为何我眼里常含泪水，因为我爱你爱得深沉"之类含情脉脉的诗句，来表达她对秦王镇这片故土的刻骨铭心之爱。不久前的六一儿童节特别节目上，她还和幼儿园的小朋友们声情并茂地合唱了镇歌《春天来到了秦王镇》，再一次让秦王镇的镇民豪情激荡，热血沸腾。这样一个标杆式的爱镇之人，如果真如秦乃迁所说的那样移居外地，那岂不等于秦王镇这么多年来一直把婊子当成了烈女，把狗屎当成了干粮吗？

秦乃迁这次爆料，真的初步达到了将秦王镇一团池水搅浑的效果。就在众人陷入真伪莫辨的混乱状态之时，他进一步加大了爆料的力度，说秦悦现象不过是冰山一角，其实这在秦王镇权贵阶层中几乎是普遍现象。他们大都在外地给自己买好了退守的安乐窝，近则省城，远则海外。秦王镇只是他们的捞金之地，只等这里的油水被榨干之后，便一走了之。秦乃迁给众人展示了许多豪华别墅或公寓的照片，暗示一旦时机成熟，他会——将这些豪宅的主人公诸于众……就在秦乃迁四处煽阴风、点鬼火的时候，镇政府宣传科及时出来辟谣了。他们呼吁众人不要听信某些唯恐天下不乱者的不实之词，为广大镇民所热爱的资深播音员秦悦只是出于个人原因，暂时离开秦王镇一段时间，很快就会回归工作，重新给广大听众送上喜闻乐见的节目。但对于有些镇民提出的关于公布"个人原因"、解释秦乃迁爆料内容的要求，他们的回答不是模棱两可，就是以尊重别人隐私为由拒绝回答。秦王镇派出所在这段时间也动作不断，他们在镇广播站推出了宣传法律知识的系列节目《说法时间》，分别就"寻衅滋事罪""诽谤罪""扰乱社会秩序罪"等进行普法宣传，明眼人一听就是针对近期秦王镇状况的。秦乃迁依旧哪里人多往哪里去，一有机会就唾沫星子四溅地控诉秦王镇的不公和当权者的暴行。有人在下面起哄道："你狗熊真是胆壮，广播上说的就是你，你难道不怕二进宫吗？"秦乃迁安然一笑："会咬人的狗不叫，会叫的狗不咬人。他们手里要真有我的把柄，早就直接把我抓了，还用得着费那么大的劲在广播上嚷嚷？"

秦乃迁的终极对头无疑是秦五常，这让绝大多数秦王镇的镇民无论如何也不理解。秦五常是秦王镇首富不假，但作为秦王镇经济重要支撑的秦王旅游集团是他一手创办的，集团股份给他带来源源不断的收入是天经地义的事。而且作为秦王镇的开拓者和致富带头人，他从来都是"独乐乐不如众乐乐"的无私践行者，他不但一而再，再而三地缩小自己在公司的股份占比，而且不但自己彻底退出了经营管理层，让自己的两个儿子也只是担任集团和下属养生品公司的二把手,为的就是避免集团成为家族企业。秦五常谢绝一切与公权力有关的职务邀请,在秦王镇没有任何社会身份,只是人们心目中一个德高望重的老人而已。秦、王两姓素有利益冲突,如果说秦乃迁属于王姓阵营,疯狗一样地扑咬秦五常还尚可理解,而他本身是秦姓之人,且其酒鬼父亲秦万里就是在秦五常的关照下被集团破例安排的。不管从哪个方面来看,秦乃迁只有感恩的份,而断然不该与秦五常为敌。但每逢有人晓之以理、动之以情地规劝秦乃迁,都被他不屑地怼了回去:"这不是私人恩怨的事,我在为公义而战。"

秦乃迁起草了一份要求说明秦悦离职真相的万民书,逢人就要求签名。但除了秦王镇少数自命为持不同政见者、确实对此事存疑者和就不怕事大的看热闹分子,无论秦姓还是王姓,愿意签名的人寥寥无几。但令众镇民没有想到的是,秦五常居然在万民书上签下了自己的名字。

六月二十一日上午,秦五常去了趟镇医院。他没有下车,而是派瘦猴进医院拿回一个纸袋。我看见秦五常接过纸袋时手抖了一下,脸上也掠过一丝复杂的表情。他犹豫了一下,没有打开纸袋,而是将它放进了自己的皮包中。"天真热啊。"秦五常说。胖猪一边开车往回走,一边闻言伸手去调空调按钮。秦五常却制止了他:"别调,我说的是外面。"

天气确实很热了。车子从镇医院一路沿中央大道向秦府驶去。我趴在车窗上,看见镇街上的许多行人都打起了遮阳伞,花花绿绿的好像外面正在下雨一般。街边的阴凉处,许多闲汉在下棋、打牌,或饮酒。狗们舌头耷拉得老长,不是情绪郁闷地随意游荡,就是满腹心事地趴卧在有凉风吹过的弄堂口。路过镇政府的时候,我老远就看见大门口聚集了许多人,戴着墨镜的秦乃迁站在一个折叠梯上,左手拿着一沓纸,右手拿着扬声器,正慷慨陈词地做着演讲。秦五常说:"停到一旁,听听再走。"胖猪赶紧把车子停在了靠近人群的马路边。

秦乃迁正在做征集签名的演讲。大概最近由于说话太多的缘故,他的嗓子明显嘶哑了,声音从扩音器里传出来,更是含含糊糊地听不真切。四周围观的镇民们有起哄的,有故意刁难的,场面乱哄哄,像在赶集……秦五常听了十来分钟,打开车门走了出来。包括秦乃迁在内的众人见状,都吃了一惊,下意识地给他让出一条路来。秦五常走到折叠梯下,伸手对秦乃迁说:"来,给我一张你的万民书。"

秦乃迁有点发愣地看着秦五常,一时不明白他意欲何为。秦五常说:"如果不是亲自听你演讲,还真误解你了。你的要求没有错,我支持。给我一张纸,我来签名。"众人都没有料到会有这样的局面,秦乃迁更是一脸疑惑。但他还是挑衅地将一张万民书递了过来。秦五常掏出笔签上了自己的名字,并没有再说一句话,就转身回车里去了。当车门刚刚关上的时候,人群中传来了一阵热烈的鼓掌声。

车子向秦府的方向驶去。我听见秦五常的嗓子"咕隆"地响了一声,然后剧烈地咳嗽了起来。

18

随着时间一天天过去,秦悦忽然离去所带来的空缺和不适,很快就像水面上的涟漪一样,消失得无影无踪。人们惊讶地发现,没有了那个在秦王镇上空回响了三十年的声音,生活不但没有因此而黯然失色,相反,那个名叫秦小卉的新播音员,终结了多年来一成不变的广播风格,让人为之耳目一新。秦小卉本人似乎也意识到了听众对自己的逐渐接纳,她不再模仿秦悦那过于表演化的播音风格，而是独辟蹊径，尝试着像聊家常一样播报新闻和专稿，亲切自然，大受秦王镇听众的欢迎。人们回想起秦悦那铿锵有力、饱含深情的声音，竟然不再是怀念，而是觉得矫揉造作得令人难以忍受。

但秦悦事件本身，却在秦王镇持续发酵。秦五常在秦乃迁关于要求说明秦悦事件真相的万民书上签名，不啻引发了一场地动山摇的大震。人们纷纷步秦五常后尘，在万民书上争先恐后地签上了自己的名字。短短三五天时间内，签名超万，成了名副其实的万民书。人们的要求也水涨船高，从要求知晓秦悦移民真相，逐渐变成了要求彻底调查秦乃迁爆料的所有内容，给老百姓一个明确的交代。很少在媒体上抛头露面的秦五常罕见地接受了镇广播站的专访，新人秦小卉问及他这次意外签名的原因时，秦五常那平静、沉稳、缓慢的声音通过广播传遍了秦王镇每一个角落："如果大家对我签名感到意外，那只能说明我脱离了群众，最起码在群众的眼中，我不是个为公平和真理代言的人。而把秦王镇建成一个繁荣富足、公平合理的和谐之乡，可谓我毕生的愿望……"秦五常的访谈一经播出，整个秦王镇被感动了。在汹涌的民意面前，镇长赵永和牵头成立了由公安、纪检等部门人员组成的调查组，向全镇居民郑重承诺，一定要严查有关举报，给广大人民群众一个交代。

在秦王镇人看来，这是一个秦五常和秦乃迁双赢的结局，也是这对冤家走向和解的一个信号。但秦乃迁对人民的这种判断嗤之以鼻："秦王镇坏就坏在了全是一群不可教化的愚民，从来都只看表象，不识本质。老狐狸这是在作秀，不过是为了赢得人心而已。狗改得了吃屎，你们信吗？"众人由于秦五常的支持而对秦乃迁刚刚建立起来的一点好感，瞬间就在他不分青红皂白的羞辱声中瓦解了。大家纷纷不无恨意地说："看来你说得没错，狗确实改不了吃屎。"

秦乃迁大费周章地折腾的结果，就是秦五常以自己的宽容大度和公正无私，再次赢得了秦王镇广大镇民由衷的敬佩和尊重。而他本人刚刚博得的一丝好感，却因为他的刻薄和不敬，变成了人们更大的反感和憎恶。赵镇长牵头的调查组经过一番努力工作，在六月末的时候公布了调查结论：镇政府和镇办企业中的确有个别贪赃枉法的腐败分子，已经由镇派出所立案侦查。秦乃迁所谓爆料名单中的其他人员，经查并无任何违法违纪之实。至于秦悦等人的移居问题根本就不是问题，虽然我们倡导大家"热爱秦王镇、建设我故乡"，但秦王镇是沐浴在法制阳光之下的自由之地，谁也不能剥夺别人选择生活之地的权利……面对这样的一个交代，秦乃迁自然不可能满意。他针对公布的结果，又抛出了《关于调查结果的二十问》一篇雄文，对调查组从人员组成、工作方法到最终结论，提出了一系列的质疑。他冒着越来越毒的日头，穿大街，过小巷，哪里人多就往哪里去，散发他花钱打印出来的文章。他因暴晒和奔波而变得又黑又瘦，戴着墨镜的眼睛如同挖出来的两个黑洞，看上去简直就像一个疯狂的厉鬼。过去一些王姓镇民尚觉得他是一个为真理而仗义执言的人，现在连他们都不解地感叹道："可怜秦万里三代单传，还不赶紧给这货说个媳妇，说不定有个女人，他就不会这么整天疯疯癫癫了。"

尽管秦乃迁斗志依旧，热情不减，但却鲜有人再对他的呐喊和呼吁有兴趣了。一是因为秦悦事件的热度已经褪去，人们现在甚至觉得幸亏她移居外地了，否则像秦小卉这么优秀亲切的播音员何日才能正式出道。二来生活中总是一个热点紧跟着一个热点，秦王镇最近全民关心的是疯狗咬人的事，哪里还有闲心就秦悦的事再嚼舌头。

疯狗咬人一事发生在七月初的一天。被咬的人不是别人，正是我原来的主子秦瘌子!

　　自从我被新主子带走后,我连一次都没有再见过秦瘌子。再后来他老婆任汪馥来秦府讨要狗钱时,说起过秦瘌子生病的事。后来我从别人的议论中得知,其实秦瘌子在我狗娘被强奸、他被外地人痛殴一顿之后,心里就积下了郁气,不久就害下了肝病。而当我狗娘被贪财的任汪馥擅自做主留在秦府以后,秦瘌子愤懑抑郁之下,病情变得更加严重了。虽说任汪馥在秦王镇是个有名的泼妇,但她对瘌子一直还算有情有义。这个女人大概也十分清楚,像她这样一个长相粗陋、结婚多年都没有开怀的女人,如果离开秦瘌子这个老实本分、勤快体贴的男人,就连秦王镇上那些烟鬼、赌徒、酒腻子,也不可能看得上自己。所以看到秦瘌子的病越来越厉害,任汪馥也着急起来。她不但三天两头带他去医院,而且遍寻偏方秘法,只希望丈夫能尽快地好起来。在她的努力下,秦瘌子的病情真的渐渐好转了起来。七月初的一天,任汪馥骑着三轮车带秦瘌子去镇医院复查,结果显示各项指标都有了明显的好转。夫妻二人情绪大好,从医院出来后便决定找家馆子好好吃一顿,也算是个小小的庆祝。

　　这天天热得出奇,夏蝉在附近的树枝上扯着嗓子在叫个不停。夫妻俩在一个僻静胡同里找到一家凉面馆。馆子很小,只有四张桌子,但看上去倒很是干净整洁。大概是因为已经过了饭点的缘故,馆子里没有食客,只有女店主正坐在柜台后做针线活儿。饭馆门口有棵树荫浓密的大槐树。树下一只土黄色的柴狗正趴卧在那里,漫不经心地打量着街边过往的行人。两人坐下来,任汪馥点了两碗椒油凉面和两个小菜,对秦瘌子说:"今天天热,你检查结果又大为好转,喝点啤酒吧。"秦瘌子自从病后一直被严格限酒,闻言咧着嘴道:"媳妇你太好了,我想说没敢说。"

　　这本来应该是一次快乐轻松的外食,但尚未开始,却就以悲剧终结了：那条卧在树荫下的柴狗，忽然低沉地咆哮了一声，然后以让人来不及反应的速度扑过来，一口就咬住了秦瘸子的腿肚子。秦瘸子疼得嗷嗷地叫了起来，他和任汪馥一边又踢又打，一边高呼救命。女店主见状手持一根长棍跑过来，使劲抽打着柴狗的脑袋，它这才不甘心地松了口，朝门外跑走了。秦瘸子低头看时，那条瘸腿的腿肚子上，一排牙印正渗着血水。女店主吓坏了，赶紧取来碘酒和纱布，一边帮着瘸子包扎伤口，一边嘀咕道："还真是咬人的狗不叫啊，平白无故的，怎么上来就是一口啊。"任汪馥一看不干了，指着女店主就瞪起了眼睛："你养的好狗！看我们家瘸子好欺负是吗？你说怎么办吧？"女店主说："你弄清楚再发火，那是条游狗，又不是我养的。"任汪馥说："不是你养的你也得负责！这店总是你的吧，我家瘸子可是在你店里被狗咬的。"秦瘸子是个老好人，他劝妻子道："就一点牙印，没什么大不了的事。狗惹的祸，别赖人。"但任汪馥却一副不依不饶的样子，最后的结果是女店主不但免了饭钱，还倒赔了两百元给这对食客。

在回家的路上，秦瘸子对老婆说："我命中犯狗吧，上次因为野狗强奸红梅挨了顿打，这次又无缘无故被土狗咬了一口，真他妈倒霉。"任汪馥为占了便宜而暗暗得意，她闻言说："那我把红梅卖给了秦老板，你还拉了半月的驴脸！"夫妻俩谁也没把这点小伤放在心上，但回家一周后，秦瘸子却忽然病倒了。他先是头疼、恶心、食欲不振，任汪馥让他吃了两天感冒药后，症状不但没有好转，反倒整天把家里的窗帘拉得严严实实，惊恐不安地蜷缩在一团黑暗中。他对水表现出极度的害怕，一看见任汪馥给他倒水就歇斯底里地大叫起来……等任汪馥意识到问题的严重而送他到医院时，大夫已经回天无力，秦瘸子因狂犬病而死亡了。

秦瘸子的死亡在秦王镇引发了极大的恐慌。像每次发生意外事件一样，各种各样的小道消息又开始到处流传。因为秦王镇无论是狗是人，都从来没有出现过狂犬病病例，所以病源就成了人们最关切的问题。那条咬伤秦瘸子的柴狗很快被找到并射杀了。它被证实是秦王镇众多游狗中的一条，是地地道道的狗土著。人们很快就将目光盯在了外地而来的众多斗狗身上，越来越多的人认定病毒是外地斗狗带入的。这段时间由于天气炎热，动物和人一样都处于一种莫名的烦躁状态，因而狗咬人的事件时有发生。虽然经过化验伤者并没有感染狂犬病毒，但没有人知道到底哪些狗属于病毒携带者，对狗的惶恐情绪四处蔓延。为此，镇政府组织了一支打狗队，对秦王镇所有无主游狗一律就地扑杀，不得留一条活口。那段时间里，我和主子乘车外出，到处都能听见游狗被杀时的惨叫，到处都能闻见浓烈的血腥。那此起彼伏的恐怖而绝望的叫声，让我如同正处身一场残酷的战争。

秦瘸子之死的后果是惊人的：全镇游狗被悉数绞杀，地下斗狗举办的规模和频率也因此大幅缩减，而这种缩减反过来又影响了来秦王镇的人数，旅游观光业随之也陷入了一片萧条之中。

19

这场危机却给我提供了一个绝佳的机会，让一条走狗与它的主子之间意外地建立起了生死之交。

那段时间里，狂犬病造成的恐慌笼罩着秦王镇，可谓是人人谈狗色变。有的人因为担心被传染，甚至将家里相伴多年、亲如家人的看家狗主动交给了打狗队。非常时期的表现，再次证明我是一条胆小如鼠的杂种狗，并没有继承传说中我狗父的无畏和骁勇。满镇杀狗的喊打声和狗们惨烈的悲鸣，让我惶惶不可终日。我甚至整天都在看主子的脸色，不知道他是不是也会一时因惶恐而对我判处死刑。尽管内心里隐藏着巨大的不安，但我不能有丝毫的表现。我唯一能做的，就是情绪饱满、充满斗志，做出一副随时为主子慷慨赴死的样子。

七月中旬的一天晚上，我随秦五常去了镇南铁炉巷贾凌然的家。自从章鱼自称怀孕以后，秦五常和她缠绵的次数越来越少，最近更是好久都没有她的消息了。自从做了秦五常的走狗以来，我越来越觉得他是一个充满爱心的人：他在秦王镇有众多相爱的女人，他很少顾及自己的疲劳，总是热情地应她们之约，在秦府、在酒店或在对方家里与之欢爱。平日里像神一样肃穆庄严的秦五常，只有在床上赤身裸体时，才表现出让我感到轻松的平易近人的状态。尽管他像个大肉蛆一样肥胖得有些变形的身体看上去丑陋不堪，但他澎湃的激情却让人感动。他总是放下尊严，像个调皮的孩子一样，时而娇嗔，时而顽皮，时而荤话连篇，时而海誓山盟。他百般用心，极力奉迎，总是把女人伺弄得五体通泰，飘然欲仙，忍不住大声叫道："神啊，我的真神！"我不是在偏心地赞美自己的主子，因为我知道秦五常的身体并不像他表现出来的那样强壮。他每次去自己心爱的女人那里之前，都会服用我叫不上名字的药片，而每次尽完其实并非自己必须尽的义务之后，他都累得像虚脱了一样，大口大口地喘着粗气。

贾凌然便是秦五常众多女人中的一个。

秦王镇有许多在男人世界里被称为"烂货"的女人，但秦五常从来都不会与她们有染。他的女人都是众多男人心目中的女神，或冰清玉洁，或貌美如仙，或温良贤惠，或刚烈不阿。秦五常经常在私下说："宁吃鲜桃一口，不吃烂杏一筐，对女人也一样。"三十出头的贾凌然，就是当仁不让的鲜桃中的鲜桃。在我看来，这个女人有着和秦五常相同的气质：她不仅是个标准的美人，而且性格沉稳，举止端庄，鲜有一般女人的轻浪举止。但一旦到了床上,她也像秦五常一样,立即浪荡大胆得判若两人。秦五常和她肉搏在一起,总是蜂狂蝶乱,如痴如仙……

　　这段时间因为丈夫秦小勇被公司派到外地出差去了,所以贾凌然频频邀约秦五常去家里。贾凌然有个六岁的儿子,必须等他熟睡后才好见面,因而约会的时间总是安排在后半夜。那段时间不但我的主子被搞得疲惫不堪,我也感到严重睡眠不足,经常忍不住就会呵欠连天。那天秦五常和贾凌然在兴致盎然地进行冗长而花哨的肉搏时,我趴卧在地板上睡过去了。等听见偃旗息鼓的动静,我一个激灵站了起来。我看见云鬓散乱的贾凌然正望着我。她尽管在极力掩饰,但眼神中那丝厌恶仍让我看得清清楚楚。贾凌然对正在喘着粗气穿衣服的秦五常说:"老大,你得带太岁去看看病了。它每次都在地板上撒尿。"贾凌然的话让我羞愧难当。自从被章鱼姑娘引发这种现象以来,我居然落下了病根,一看见男女肉搏,就会条件反射地撒尿。秦五常却有几分自豪地说:"你闻闻,太岁的尿不是一般的狗尿,有一股特殊的香味。"

　　出来的时候,已经是凌晨两点多了。铁炉巷是一条弯曲而逼仄的胡同,从贾家出来到胖猪停车的主道,尚有七百多米的距离需要步行。凌晨的气温凉爽了许多,秦五常痛快地长舒了一口气。小巷里的路灯很昏暗,到处影影绰绰的像有怪兽蹲伏。我紧跟在主子的身后,紧张万分。我一面暗自痛恨自己是个胆小鬼,一面自我安慰:狂犬病的传闻雷声大雨点小,除了秦瘸子,迄今也再未见一例,哪里就会偏偏让自己碰上?可世上的事往往就是怕什么来什么,当我和秦五常走到一个拐弯处的时候,随着一阵短促而低沉的呜噜声,小巷左侧的一排垃圾桶后一个黑影箭一般射出来,向秦五常扑去。按说机敏如我者早就应该注意到四周一切潜伏的危险,但那天可能是因为过于紧张,一直在内心宽慰自己,所以根本没有觉察到它的存在。当我在昏暗的路灯光下看清那是一只个头高大、双眼发红的褐色土狗时，我下意识的反应居然是想拔腿就跑。但秦五常的镇静瞬间改变了我的想法，只听得他厉声呵斥道："大胆！睁圆你的狗眼，好好看看！"我之所以一瞬间改变了主意，是因为我敏锐地觉察到了那只土狗的胆怯。秦五常的叱责让它泛红的眼睛变得黯淡，向前奔跑的步伐明显犹豫起来。土狗刚一冒头的畏怯顿时给了我极大的勇气，我低沉地咆哮一声，越过主子就向土狗扑了过去。我夸张地龇着一嘴雪白的狗牙，尽可能让自己的狗脸显得狰狞不堪。原本就已经举棋不定的土狗被我突如其来的回击吓蒙了，它甚至因为急速收缩前肢而摔了个嘴啃泥，然后狼狈地掉头朝巷子深处跑去了。我旗开得胜，便真的有了几分自信。我牢记"咬人的狗不叫"的猛犬行事方式，一声不吱地大步向土狗追去……但秦五常立即叫住了我："太岁回来，小心传染。"

我遵命而回，快速地跑到了主子的身边。秦五常蹲下身子来抱住了我的头，动情地嘴里喃喃自语道："太岁啊，你和我有了过命的交情。你将来死了，我发誓要给你立碑的。"我知道刚才秦五常的厉声呵斥其实是强作镇静，因为此时我明显地感觉到，他的身子一直在瑟瑟发抖，怦怦怦的心跳声急促得像在擂鼓。我在主子的怀里哭了，两行眼泪肆意地打湿了我脸上的狗毛。我并不是因为主子许诺给我树碑立传而感动，因为我从来都没有要名垂青史的野心。我是为自己总能逢凶化吉的命运而感动，如果今天我在那只未必感染了狂犬病毒的土狗面前落荒而逃，不要说作为秦王镇一条名狗，就是作为一条普通走狗的生涯，也会就此终结了。

这次与一条来历不明且去向成谜的土狗的遭遇，让秦五常对我的信任和满意度达到了巅峰。这种满意是他对自己眼光和判断力的肯定，平日寡言的他数次难掩自豪地对人说："从看见太岁第一眼起,我就断定它既遗传了外乡斗狗的凶悍善战,又继承了当地土狗的绝对忠诚,它的屡次表现,已经交出了满分答卷。"我胆小且没有说穿真相的勇气,但一息尚存的良知让我对主子的褒扬羞愧难当。我一点都没有遗传斗狗的凶悍和善战,而是一个不折不扣的胆小鬼。至于忠诚,尽管不时心中对主子也会冒上一丝疑问或不满,但至少从行为上还算得上是问心无愧的。

秦王镇的许多意外事件,来得快去得也疾,就如同一块石头投入平静的水面后,先是水花飞溅,接着涟漪荡漾,再下来就一切复旧,水面很快又恢复了当初的平静。但狂犬病风波在秦王镇却留下了后遗症,不知何时才能真正痊愈。后遗症既有个体的也有总体的。个体后遗症最典型的案例就是任汪馥和凉面店的女店主结下了难解之仇。任汪馥以秦王镇最具战斗力的泼妇的身份,频频去那家凉面店索要赔偿。软弱的女店主一次又一次的妥协换来的却是得寸进尺,直到凉面店倒闭为止,对方依然三天两头地找上家门来闹事。很多不相关的镇人都看不下去了,纷纷在私下起了骂声:"这娘们太泼了!我看瘸子都是被她害死的。改的什么晦气名字,不是旺夫,而是亡夫!这么大一个秦王镇,被疯狗咬了的,为什么只有一个秦瘸子?"而总体后遗症则更让人头疼,镇上组织的打狗队尽管对全镇游狗格杀勿论,但无论如何也无法将所有游狗彻底剿灭。白天镇街上似乎看不到一条无主游狗了,但一到晚上,却到处都是比过去更加肆虐的犬吠声,而且咬伤镇民的事仍时有发生。有人说游狗们都变聪明了,白天它们都躲进了驼峰山深处,一到晚上,就野兽一样成群结队地来到镇上。有人传得更玄乎,说是游狗们个个都被处死的冤魂附体了,它们都精通了隐身术,隐现身自如,随心所欲,人类根本就没法与之抗衡。

后遗症归后遗症,无论如何,生活还要继续。随着时间一天天过去,狂犬病风波所产生的全镇恐惧渐渐淡去。深受打击的地下斗狗业在严格了参赛斗狗的检疫、登记等一系列程序后,又逐渐恢复了生机。千里迢迢来到秦王镇的外地人又慢慢多了起来,旅游观光业从萧条中摆脱出来,又恢复了往日的繁荣。

天气越来越热了。高气温本来就让人心里烦躁,满树扯着嗓子大叫的夏蝉,更让人有一种无处躲避的压抑。那天夜里经历了被土狗扑咬事件之后,秦五常很长时间都再也没有去铁炉巷。这段时间里,这个肥胖的老人如果不外出,就整天守在秦府那个巨大的沙盘前,让匠人对其进行仔细修整,去除那些在现实中拆掉的房子、伐掉的树木,被青草覆盖的小路,再添上新盖的建筑、新铺的道路和新置的路牌等。让沙盘和真正的秦王镇保持着同步变化,是秦五常从来都不会怠慢的事。

20

受狂犬病风波的影响,秦王旅游集团建厂量产"干乌粉"系列养生品的计划,也被无奈地拖延了不少时间。

秦、王两姓关于厂址意见的对立,在那次镇民代表大会上被秦五常一锤定音的发言化解后,集团方面适当提高了对王姓镇民迁坟的补偿金,协议很快就于六月底签订,领到补偿金的王姓镇民便开始着手迁坟。王氏公坟按预期应该在七月十日前全部迁移,但意外发生的狂犬病风波让迁坟计划受阻搁浅,到七月将尽的时候,已迁出的坟墓还不足公坟总数的一半。

除了狂犬病风波闹得人心惶惶无暇他顾的影响,延迟很多人家迁坟计划的另一个原因,是因为在迁坟过程中兴起的攀比之风。这股攀比之风是由秦王镇王姓首富王墨缘家开始刮起的。秦王镇斗狗比赛由于是见不得光的地下产业,所以表面上只能是自发自愿的方式，但其实是"秦王娱乐集团"最核心的支柱产业，所有流程和受益都受集团严格控制，而王墨缘就是集团董事长。

王董事长家族的坟墓本来就是王氏公坟中最豪华的，但作为一个财大气粗的孝子贤孙，他仍然一直心怀大憾：早年家道壁立，历代先祖都是薄棺草殓，这让如今家财万贯的我等后人们情何以堪？这次迁坟给了王墨缘一个千载难逢的机会。他租来镇宾馆大堂设立灵堂，邀乐队、请道士，搭台唱戏，摆桌请酒，风风光光地热闹了三天，才将祖宗的遗骨在新址重新入土。这样像重新安葬一番的大手笔当然不是一般人能承受得起的，但王墨缘的做法却也开了高调迁坟之先河。王姓人争先恐后地在此事上比阔斗富，一时间，秦王镇到处可见穿孝袍、拄柳棍的送葬人群，随时可闻吹吹打打的哀乐之声。见此情景，秦乃迁哀其不幸、怒其不争地感叹道："秦王镇姓王的为什么干不过姓秦的？这就是答案：内耗且华而不实！"

大规模的迁坟之举，对于秦王镇棺材铺老板王无量而言，却是一个千载难逢的好机会。

比阔斗富的攀比之风，最终在王姓后人的心目中形成了一个底线：可以不搞那些花里胡哨又花钱不菲的仪式，但给先人换一副新棺木再重新下葬，总不算过分吧？这样的想法使得棺材的需求量短时间内暴增。王无量经营的棺材铺是秦王镇唯一的一家。刚开始时，他看着见天有人来买棺材，铺里多年的存货悉数变成了一沓沓的钞票，背地里乐得嘴上笑开了花："前一阵子我一直指望狂犬病能流行起来，多死人，我好多卖棺材。没想到那壶不开这壶开，睡在墓里的先人们倒来照顾我的生意了。"但他的得意很快就变成了忧愁：来预订棺材的人越来越多，无论他加紧从外地调货还是组织镇上木匠夜以继日地打造，都远远供不应求。王无量正犹豫着要不要加价出售，没想到一棺难求的人们竟主动竞相加价求购，一时间水涨船高，无论木料好坏和款式优劣，所有棺材都涨价到了过去的两倍以上。人们一边咒骂缺德的王无量连先人都不放过，一边又手握大把钞票，求爷爷告奶奶地恳请王老板能通融一二，尽快让自己踏踏实实地见到棺材。

到了八月初，王氏公坟终于全部迁移完毕。在比预定日期晚了近一个月的八月六日，秦王旅游集团下属养生保健品厂新厂开工典礼，终于在平整一新的原坟地上举行了。

与以往重大奠基仪式不同的是，妙见寺住持义满和尚并没有像往常那样，率领众僧亲临现场，念经作法，禳灾祈福。旅游集团老总秦子义三进妙见寺去请义满，都被老和尚婉言拒绝了。义满说："不是我惰于法事，厂址之选，并非顺应天意，而是背愿而为。我无法擅请佛力加持，请施主见谅。"三请无功而返，秦子义只好来秦府向秦五常讨教主意。秦五常听罢，脸上闪过一丝不易察觉的不屑，他沉默了片刻后说："义满这是在给我做脸啊。当初请他选址，他却说此厂不宜建。我真就不明白了，是佛管得太宽，还是这和尚管得太宽。我倒要看看，缺了你等一群和尚的几句好话，这厂就真要招灾惹祸了？！"他当即自定了开工日期，并决定略去典礼上和尚念经这道程序，改由镇老人院派几位老人代表发言，讲述自己服用"千乌粉"后身体出现的惊人变化。

八月六日这天，镇派出所所长秦三大提前对开工典礼的安全工作进行了周密部署。甚至为了防止秦乃迁跑到现场搅局，他派几名警察身穿便衣，每人牵一只警犬守在秦乃迁家附近的路口，以确保这个搅屎棍在典礼期间不敢出门。这天一大早风和日丽，看上去是个好日子。原王氏公坟的典礼现场，气球簇簇，彩旗飘飘。会场前排的主席台上，铺着长长的红色桌布，看上去醒目而喜庆。在高音喇叭播送的欢快的乐曲声中，秦王镇各界代表和自愿参加的镇民陆续到场，一时人头攒动，甚是热闹。九点钟整，请来主持典礼的镇广播站新人秦小卉登场亮相，她身穿一袭白色长裙，看上去高贵而典雅。可就在她宣布典礼开始的时候，却开始起了一阵小风。开始没任何人在意这一天气变化，但随着典礼流程的推进，风居然越刮越猛。彩旗被吹倒了，气球被刮跑了，等轮到第一位老人院的代表上台发言时，大风在大喇叭里发出一阵阵的呼啸声，完全遮盖了老人的发言，让与会者一句都听不清。秦小卉站在台上，尴尬地弯腰拢着白色长裙，生怕被大风掀起而走光……人们正在暗自抱怨这妖风来得真不是时候，在主席台上就座的老人院院长秦世录忽然站起来，他一张瘦脸扭曲变形，眼睛像白日撞鬼一般瞪得老圆，右手指向远方，嘴里听不清在喊着什么。人们吃惊地朝着他手指的方向看去，只见远处正有一股粗大的黑烟冒起，直冲云霄。位置大约在镇南驼峰山脚下的荷溪公园一带，看着主席台上急得像中了风一样的秦世录，大家顿时失声叫了起来："哎呀，老人院着火了！"

一场大火不但搅了新厂开工典礼的局，而且给秦王镇造成了令人心痛的巨大损失：老人院两百多名老人中，被大火烧死了六十一名，几乎占总人数的三分之一。而程度不同的烧伤者更是多达百人。尽管镇消防队和蜂拥而来的镇民们奋力扑救，但由于风助火势，异常凶猛。当这场大火最终被扑灭后，由秦氏祠堂改建而成的秦王镇老人院，已经彻底变成了一片废墟。

失火原因很快就被查清：这不是一起意外事件，而是人为故意纵火案。纵火者不是外人，就是老人院里的孤寡老人六疯子。上次上吊被我意外发觉而获救后，院长秦世录就一直安排人对六疯子特殊照顾。由于六疯子生性孤僻，无法和别的老人和睦相处，秦院长便将那间空闲屋子收拾出来，由一名专职工作人员陪同他住在里面。数月来都相安无事，谁能料到八月六日这天陪同者一个不经意的疏忽，六疯子居然就惹出了这么大的乱子。由于六疯子本人也在大火中被烧死了，镇上除了对相关责任人象征性地做了一些处罚外，唯一能做的就是安抚受害者的家人，积极做出赔偿，并妥善安置因老人院被烧成废墟而没有了安身之处的幸存老人。

这是一起巨大的群体性灾难，既是天灾，也是人祸，在秦王镇人心目中造成的震惊和创伤是无以言表的。但有关这起事故很多蹊跷之处，很快就让人们的震惊和哀痛变成了疑惑和不安：连续数月都风和日丽的秦王镇，为何会刮起这么一阵来得快，去得也疾的大风？一个明显精神障碍的疯老汉，为何忽然聪明到了利用风势来制造一起火灾？……最让人们难以理解的是，据参与救火的人们说，大火发生时，老人们正在活动室里下棋、打牌，或喝茶、聊天，火灾发生后，后勤服务人员立即疏导逃生，但很多老人却不为所动，眼睁睁地看着大火越烧越猛，直到被火舌吞噬。大家一脸懵懂地说："他们就那么坐着，神色平静，仿佛身边正猛烈燃烧的大火不存在一样。有的老人甚至在被大火吞噬的时候，脸上居然浮现出一丝奇怪的微笑，实在令人不解。"

参与救火的镇民也有多人被烧伤。镇政府组织有关方面在经过认真的调查之后，为二十八名在救火中表现勇敢的镇民授予了"见义勇为好镇民"的光荣称号并颁发了奖金。他们的事迹被采写成了系列报道，在镇广播台轮流播出。新播音员秦小卉的声音自然而饱含感情色彩，让许多人为救火英雄们流下了感动的泪水。秦小卉甜美的声音已经成为秦王镇生活中的日常，人们偶然想起曾在他们耳边回响了三十年的秦悦的声音，忽然觉得那已经是遥远得令人感到模糊和陌生的往事了。

就在镇广播台集中播送救火英雄事迹专题的时候，一则传闻开始在秦王镇蔓延：这次救火中还有一位被遗漏的大英雄，那就是来自外地的女青年钱璋瑜同志！她作为一个非秦非王的外姓之人，为了营救老人院的老人们一次次出入火海，最终不仅献出了自己年轻的生命，甚至落了个尸骨无存的令人唏嘘的结局。

被疯传的钱璋瑜不是别人，就是秦五常从外地以引进人才名义带到秦王镇的那个被人称为"章鱼姑娘"的年轻女子。

21

章鱼姑娘的英雄事迹，是在八月中下旬开始在秦王镇流传的。

身为秦王旅游集团总裁办公室文员的章鱼姑娘，由于是秦五常从外地引进的人才，加之又认她做了自己的干女儿，集团对她的管理和约束自然远比他人宽松。这段时间她更是以身体染恙为由，向单位请了长假。所以当集团总裁秦子义听到手下人汇报，说有人目睹章鱼姑娘出现在火灾现场，并多次勇敢地冲进大火里去营救老人，最后落了个活不见人、死不见尸的悲剧结局时，不免大吃一惊。他觉得事情重大，便立即去秦府求见秦五常。

那是火灾发生十余日之后的一个闷热的午后。秦子义在秦府的小会议室里，满脸惶恐地向秦五常汇报自己所听到的传闻。这个脸色黝黑、身材瘦高的男人不停地出汗，雪白的短袖衬衣湿漉漉地贴在肌肤上，看上去像刚从水池中爬出来一样，十分滑稽。他不停地检讨说："不管传闻是真是假，但最近忙着建厂的事，我对章鱼姑娘疏于照顾却有着无法推卸的责任。她近来身体不适，请假外出调养，也是我刚刚才知道的事。"秦五常脸色凝重地说："我最后一次见她，好像是清明节咱们一起请外地员工吃饭的那一次。听说后来她生病了，一直租住在镇北什么地方，请附近一个江湖游医在为自己调理。唉，你有责任，我更有责任啊。这姑娘可是我从人家父母手里领过来的。现在我们唯一能做的就是尽量善后，要尽快主动上门，把姑娘的英勇事迹告知其父母,并在合理范围内最大限度地给予物质补偿。"秦子义有些为难地说:"现在章鱼姑娘是活不见、人死不见尸,结论到底该怎么下?"秦五常说:"世上很多事情根本就不可能有结论,难道找不到尸体,就任由这事在猜测和议论中无限拖下去?谣言止于智者,智者是干什么吃的?就是有能力在没法做结论的时候,把结论做得滴水不漏。"

很快,关于章鱼姑娘的事迹就有了权威且具体的版本:八月六日上午,病休中的章鱼姑娘去镇上一家中药铺抓药,远远看见老人院浓烟滚滚,便不顾自己身体孱弱,毫不犹豫地快步跑向火场,积极加入了扑火救人的行列,最终因体力不支而葬身火海……来自秦王镇派出所和秦王旅游集团的这份联合调查报告不但有证人证言,而且回应了众人的质疑:当初公布的六十一名火灾遇难者名单中之所以没有章鱼姑娘"钱璋瑜",是因为多具尸体严重炭化而无法辨认,以至于错把章鱼姑娘当成了老人院成员之一。而真实情况是,纵火的疯老六并没有在大火中被烧死,而是乘机从老人院逃跑了,并有多人能证实火灾后曾在驼峰山中见到过疑似其人;对于有些参与救火的镇民所说的根本没有在火场上见到章鱼姑娘,是因为当时现场混乱,而章鱼姑娘救火时身披蘸水的棉被,与平日里玉树临风的淑女形象判若两人所致;报告甚至连章鱼姑娘请假的具体病因都说得清清楚楚,系"因水土不服和工作强度太大而导致的糜烂性胃炎"。

这件事最终完美收官:秦王集团老总秦子义亲赴章鱼姑娘家乡,向其父母送上秦王镇镇政府授予的"见义勇为"证书和一笔绝对不菲的奖金。英雄的小市民父母感激涕零,泣不成声地感谢秦王镇将钱家普通女儿塑造成了时代英雄,感谢秦五常让自家鸡窝里飞出了金凤凰。秦王镇广播站则一连多日播送了英雄事迹的专稿,让所有质疑的声音都消失在了秦小卉那唠家常式的、充满亲和感的朗诵中。我几次看见主子秦五常坐在秦府那个巨大的沙盘前,一边听着关于章鱼姑娘事迹的广播,一边表情复杂地喃喃自语道:"机关算尽太聪明,反丢了卿卿性命啊。"

疯老六一把火,烧毁了老人院,烧死了六十一个人,同时也烧掉了我藏在心底很久的一个念想,让我彻底陷入了绝望。

大火过后的第三天中午,烂人给我做好狗食后,一边看着我吃,一边心事重重地对我说:"太岁啊,有时我真想给你的狗食里下一包毒药,让你安安静静地死了为好。你是个不懂事的畜生,分不清好人坏人。可我舍不得,我想了多少回,可就是舍不得啊!"说完了又来搂我的头,我看见他莫名其妙地流下了两行眼泪。我没有理他,挣脱开来继续吃我的狗食。烂人自从吃了自己的肥兔子,最近变得神神道道的,我对他的话总是一个耳朵进,另一个耳朵出。正在这时,外边传来了老蜜咋咋呼呼的声音:"在吗?在吗,兄弟?"烂人赶紧擦了一下眼睛,脸上堆起一丝笑容道:"在屋里喂太岁呢,你进来。"

老蜜进了屋,身上飘着一股浓烈的葱姜蒜的味道。她递给烂人一个布口袋,大大咧咧地说:"我四叔在老人院里被烧死了,我本来想天冷时再送他,可惜没有来得及,就送你吧。"烂人问:"什么啊?给死人的东西我可不要,你到他坟上烧了去。"老蜜说:"那我可舍不得,我缝它花了快两个月的时间。要不看在你腿有风湿的分上,我还留着自己用呢。"说罢,就从布袋里将那东西掏了出来,原来是一条狗皮褥子,一条背面缝制了精美绣花底子的狗皮褥子!

烂人接过来看了一眼,笑道:"恭敬不如从命,那就谢谢大姐了。"然后把狗皮褥子又叠起来,重新装回那个布袋,顺手放在了一旁的桌子上。他嬉笑着对老蜜说:"大姐,天越来越热,连太岁都没胃口,何况人了,最近老头子有什么当口儿的好吃喝,也让兄弟尝口鲜呗。"老蜜嗔道:"怪了,没见你嘴馋过呀。"

我已经没有心思听他们两人的说话了。此时我被一股似曾相识的味道弄得坐立不安。这味道自从老蜜走进屋子的那一刻起,就混杂在她满身的葱姜蒜味中,飘进了我敏锐无比的鼻孔。尽管它夹杂了许多奇怪的气味,但我却准确无误地捕捉到了其中那丝让我亲切异常、熟悉无比的气味,对,那是我母亲的气味,是来自我久违了的狗娘的气息!当老蜜将那张狗皮褥子从布袋里掏出来的时候,那股气味立即浓烈地包围了我,让我一时恍惚,觉得我的狗娘此刻就跟在老蜜的身后,正含情脉脉地看着我……但随着烂人将狗皮褥子重新收入布袋,我很快就从恍惚中清醒了过来。我没有看清褥子上狗皮的花纹,但确信我狗娘的气味就来自那条褥子。我一时方寸大乱,各种猜测不断涌上我的脑海,但最终可怕的预感还是战胜了想象中一切乐观的情形,让我越来越觉得褥子上的那条狗皮就来自我娘!自从腊月二十八分别以来,我娘再度与她的儿相见时,竟然变成了一张狗皮褥子!

烂人还在和老蜜亲昵地聊天,我却忍不住内心的恐惧和烦躁,冲着桌子上那个布袋子"汪汪汪"地狂吠起来。烂人和老蜜都吓了一跳。烂人说:"太岁,你这是怎么了?是老蜜和我调情,让你吃醋了吗?"老蜜哈哈哈地大笑起来:"这也叫调情?怪不得米兰扔下你跑掉了。噢,对了,厨房还炖着汤呢,太岁是在提醒我。"说罢就扭着肥屁股慌忙出门去了。

我又冲着桌子吠叫了一阵。烂人东瞅瞅、西瞧瞧,还是不能明白我的心思,便又吓唬我说:"你要再招我烦,小心我真的一狠心就给你下毒了。不骗你,毒药都是现成的。"我知道烂人这话不是谎言,那次他炖掉了肥兔子不久,就从外面买了一包呛人的毒药藏在了小屋的抽屉里。从那天开始,我就怀疑米兰的失踪让烂人的人生没有了意义,总有一天他会将那包毒药服下去,结果了他失败的人生。但此刻我心绪极度恐惧灰暗,我一边大声吠叫着,一边前肢搭到桌子上,将那个布袋叼了下来。烂人一边从布袋里掏狗皮褥子,一边恍然大悟地说:"碰到男女之间送礼,你居然有这么重的好奇心?好好好,我掏出来给你看。"

当烂人将狗皮褥子拿出来,正反面轮换着展示给我时,我一下子就像掉进了冰窟般呆在了那里:那张狗皮是我再熟悉不过的土黄色,背上那块醒目的黑色斑块,都让我刚才的担心确认无误地变成了现实,这就是我日思夜想的狗娘的皮毛,那个疼我爱我、受尽了生活的贫困和磨难的狗娘死了,我永远也不会再看到她慈祥的目光,永远也不会得到她的抚爱了。

烂人说:"看你痴目瞪眼的,倒像是不认得这是一张狗皮了。太岁,你犯不着伤感,天下走狗的结局都一样,肉被炖着吃了,皮子被剥下来做了褥子。幸福的狗是褥子被主子铺了,而不像这张狗皮,让我一个陌生人铺了。不过,你以后的狗皮千万别……算了算了,不说了。"其实烂人说不说都一样,我根本无心听进去。我不断用鼻子蹭着那张狗皮,一时百感交集。我愣愣地呆立在那里,不知道怎样的反应才能表达我此刻的心情。

就在这时,大概是好奇于我刚才反常的叫声,巡院的两只藏獒慢吞吞地走到了小屋门口,交头接耳地朝屋里乱瞅着。我看着藏獒,好像一下子找到了发泄的途径,低沉地"汪"了一声,龇着犬牙就朝它们冲去。两只藏獒对我的反应大感意外,犹豫了片刻后,还是决定掉头跑开。我追着其中一只跑了很远,才一身疲倦地重新回到了烂人的小屋。

烂人看着我,一脸疑惑地说:"太岁,你疯了,你是一条不折不扣的疯狗。"

22

秦王镇老人院在一把大火中变成了废墟,镇政府经过领导班子的集体讨论,决定就在制药厂新址旁重建一座崭新的、功能齐全的老人院。老人院与新药厂的建设同步进行,预计明年开春时即可入住。在新老人院建成之前,对在火灾中幸存的老人采取政府补贴、自愿领养的方式,将其中一大部分分散到了镇民家中。剩余人员则安顿在一家效益一直不佳的私人旅馆里,由原老人院工作人员专职照顾。

这场造成重大伤亡的人为纵火案,在给人们造成巨大震惊的同时,让老人院那些平时不为镇民所关注的老人一度成为热点话题。在普通镇民的印象中,入住老人院的,无非就是非鳏即寡、无儿无女,或有家难归的耄耋老人,他们应该是一群站在时间的暮色中,向人生黯然挥手告别的人,他们的眼神应该充满了凄然、孤独和绝望。但秦王镇老人院老人们的状态,却全然颠覆了人们概念化的认知:他们不但一个个脸色红润,身手利索,而且目光明澈,情绪平和,完全没有人们印象中的颓败和黯然。在那场可怕的大火中,面对惊慌失措的救火的人群,面对瞬间变成废墟的建筑,面对烧成黑炭的昔日的院友,大家从老人们的眼神中看不到一丝慌乱和畏惧,仿佛这一切都与己无关,人有处乱不惊、泰然镇静的超然境界。许多参与救火的镇民说,当时大火已经烧着了房梁,老人们居然依旧安然地坐在活动室里打牌喝茶,对众人急切的叫喊声置若罔闻。

"他们有一种慨然赴死的平静,否则的话,一场发生在大白天的火灾,怎么也不可能烧死这么多人。"人们这样感慨时,其实心情是复杂的,因为他们不知道这样面对死亡的态度,是该夸赞其悟透人生的坦然,还是该斥责其错失生机的怠慢。

老人院不少幸存者被镇民自愿暂时性领养后，有关他们的话题越来越成为人们茶余饭后的热点，而且无一例外都是感人故事和溢美之词。这些有关老人们的故事都出自领养家庭，他们众口一词地惊叹说，他们不是领养了一个孤老，而是请回了一尊佛，一尊瞬间能实现家和万事兴的弥勒佛。其中最感人的故事发生在镇北一户人家。这家属于秦王镇上少见的秦男娶王女且居于镇北的住户。男人靠开黑车拉活为生，女人长年患有眼疾，视力极差，除在家照顾三个未成年的儿女外，只能偶然接些缝补浆洗的零活儿。由于家境拮据，他们当初领养一位秦姓孤老的目的，就是为了那笔固定的政府补贴。没想到老人被接回来后，这个家在很短的时间里，就发生了不可思议的变化：慈眉善目、整日面带微笑的老人让长期笼罩在这个家里的戾气渐渐散去，夫妻俩开始变得心气平和，遇事坦然面对，再也没有了昔日没完没了的争吵。家和随即带来了连连好运，先是男主人被一个外地老板看中，雇其做了自己的专职司机。接着大儿子在镇中学数学竞赛中赢得一等奖，获取了赞助商秦王旅游集团六万元的高额奖金。更令人惊奇的是，女主人多年都难以治愈的眼疾，居然不治自愈，渐渐变得与常人无异……"老人身上有一种神奇的传染能力，让那家本来都是火爆脾气的人，变得一个比一个随和宽厚。"邻居们目睹这一不可思议的变化，自然是忍不住啧啧赞叹。

领养老人后给家庭带来神奇好运的类似故事，那一段时间在秦王镇越传越离奇，甚至有人说某户人家在领养一位孤老婆子后，夜里跟随梦游的老人走到后院，只见老婆婆在一株枣树下撒了泡尿，并用拐杖在尿迹处画了个圆圈。主人心中生疑，等老人回屋后，便用锄头在圆圈处开挖，不想竟挖出不知何人何时埋于地下的两坛金元宝……对于这个传闻，主人家虽然极力四处辟谣，但他家近期暴富，却是不争的事实。这样的传闻，一时让秦王镇老人院的老人成了抢手的财神,那些寄居在私人旅社中的老人们,又被许多镇民争先恐后地接到自家去赡养。秦王镇甚至有了诸如"秦王孤寡老,到家都是宝!""不供天地神,专养活菩萨!"之类的说法。

从古到今,所有耄耋老人都是垂死的颓败之态,为什么到了眼下的秦王镇,会呈现出这样一种令人鼓舞的兴旺之景象,这引起了几乎所有人的思考。秦王镇人想不出别的理由,在他们看来,唯一合理的解释只能归功于"干乌粉"。老人院的老人们是首批"干乌粉"的尝试者,当然也就理所当然地是首批受益者。他们鹤发童颜的健康身体和随遇而安的平和心态,除了归功于"干乌粉"这种神奇的灵丹妙药,还能找出什么别的解释?镇民们看着在王氏公坟上正拔地而起的新厂房,对秦王镇的未来充满了美好憧憬:不久的将来,秦王镇这个远离人世喧嚣的清净之地,将在神药"干乌粉"的庇佑下,人人健康长寿长生不老,个个心生喜悦永无愁怨;生活富足安详,社会和谐美好。秦王镇就是当代活生生的一处桃花源啊。

就在人人满怀憧憬的时候,唯恐天下不乱的秦乃迁又跳了出来。他嘲讽道:"人类一思考,上帝就发笑。你们一思考,乃迁就晕倒。在别的地方,人们是被洗脑,而在秦王镇,你们却是自觉洗脑。"尽管人们对他的言行嗤之以鼻,但秦乃迁还是情绪饱满地展开了一轮新的演说。本次演说的总标题为《启蒙启智,走出幽闭》。每次演讲,这八个大字都醒目地写在他拉起的横幅上,身旁的板报上则写着诸如《为何秦王镇会沦为孤岛?》《井蛙离开深井后会拥有怎样的视野?》之类的分场标题……可能一来因为秦乃迁在秦王镇的镇民心目中已经被彻底定性,二来因为他那些拗口的词汇确实也比较难懂,他的演讲常常几乎没有一个听众,连过去那些愿意凑来看热闹的孩子,也都一看见他就腻味地跑开了。秦乃迁并不因此而有半点气馁，每逢他站在烈日之下，手执扩音器，声嘶力竭地独自做着演讲时，都会有好心人上前相劝："大先生啊，日头这么毒，又没有一个人听，你何不回家去歇着呢。秦王镇不是一朝一夕就能改变的，如果革命尚未成功而你就被晒死了，日后还会有什么指望？"秦乃迁却铿锵有力地说："知而不言是一种罪！秦王镇不能光有镇广播站的喇叭声，更应该有我秦乃迁的喇叭声，人们只有在比较中，才能渐渐启智启蒙，才能学会分辨什么是真理。"镇民们听不懂他的话，都惊呼起来："哎呀，我的娘，秦乃迁这回不是跟秦悦，而是直接跟大喇叭较上劲了。"

　　八月底的一个周末，秦乃迁在镇中心广场举办了一场题为《秦王镇，现代仅存的一口深井！》的演讲。这次活动与平日不同的是，他在广场上设置了许多报架，上面全是一幅又一幅的照片。由于是周末，加上形式新颖，这天广场上聚了不少人。秦乃迁的照片上既有当代的高科技成就，也有形形色色的生活方式；既有航空火箭，也有潜水舰艇……秦乃迁穿戴整齐，依旧戴着深色墨镜，手举扩音器一直在对观众宣讲，说眼下的外界早已经日新月异，人类都开始试着和外星人接触了，而秦王镇却生活在与世隔绝的原始状态。而真正造成这种隔绝的，并非秦王镇偏远的地理位置，而是镇当权者人为地使之与外界的阻隔，没有电视信号，没有手机信号，更没有网络，没有任何与外界便捷的沟通手段，这一切都出于他们的对镇民洗脑的需要……秦乃迁慷慨激昂，口吐白沫，比平日任何时候都卖力。但他的演讲频频被观众的提问或反诘所打断。有人疑惑地说："我连自家亲戚都懒得走，干吗要联系八竿子都打不着的外星人？"有人看见照片上那些人流摩肩接踵的街头照片，顿时叫了起来："天哪，这么多人，比那年闹蝗虫还密，太可怕了！"更有的人直接和秦乃迁辩论起来，说与世隔绝有什么不好，现代文明对生态造成的破坏有目共睹，我们秦王镇不是什么现代仅存的一口深井，而是当代唯一的一处世外桃源，我们就喜欢这样的生活。你狗日的要是不喜欢，你可以离开秦王镇啊，不是谁把你用八抬大轿请回来的吧？

秦乃迁的活动是上午八点开始的，到了九点钟，一队警车开到了广场边上。车门打开，秦三大、派出所副所长及近二十名警察、便衣等依次走下车来。众人见状，对秦乃迁说："赶紧跑，一看就是来抓你的。"秦乃迁朝远处瞄了一眼，轻蔑地说："此乃法治国家，朗朗乾坤之下，我一不犯罪，二不违法，怕他怎的？"话音未落，秦三大手中的扩音器响了起来："各位市民请注意，根据举报，今天广场附近曾有人目睹一条疯狗出没，请大家迅速散场，镇打狗队将全力围捕，以免伤人。"

众人闻言，哗地四散而逃。一片混乱之中，秦乃迁排列整齐的报架被悉数撞倒和踩踏，现场一片狼藉。秦乃迁本不想就此撤退，但他看见随同警察和打狗队成员跳下警车的一只只警犬，立即慌乱起来。他也顾不得收拾残局，一边随着人群慌乱地向广场外跑去，一边愤愤不平地嘟囔道："我从来都不怕人，我怕的只是不讲道理的野兽。"

乱哄哄的人群自顾不暇，根本没有谁在乎他是不是在就坡下驴。

23

继正月乌贼洞莫名冒出白烟事件之后，从八月中旬开始，又有一种怪异的现象不时在景区内发生，一时成为这个闷热无比的季节里的又一个热点话题。

这种现象第一次发生时，人们并没有意识到其怪异之处，而只是误以为是喝酒过量所致。那是八月中旬的一天,一队外地游客正在导游的带领下,在乌贼洞内的奶子海上划船游玩。据说当时忽然从水下冒出一个巨大的气泡,差点把其中一条小船掀翻。众人正惊魂未定,乘坐那条小船的四名客人却忽然都无缘无故地哈哈大笑起来。由于这几名乘客一直是边饮啤酒边游览,大家开始时还以为他们夸张的笑声缘于酒后兴奋,但看着他们越来越手舞足蹈、狂笑不止的样子,都觉得事情有些不对劲起来。导游赶紧让所有船只靠岸,免得有人落水而发生意外。上岸后的四名客人越来越呈现出一种醉态的亢奋,他们脸色酡红,眼神迷离,任凭怎么劝阻都无法停止夸张的笑声。众人只好中止游览,将他们送回宾馆休息。第二天,等他们沉睡一夜醒来后,面对众人的询问,四个人却对这一段全然没有印象,就如同喝醉酒断片了一样。

这件事并没有引起大家的注意。但此后不久,这样的情形渐渐多发起来,才让人们意识到其中的诡异。据曾有过类似经验的人说,他们是在忽然呼吸到一种甜丝丝的空气之后,便开始变得头重脚轻起来,整个人像喝醉了酒一样喜悦松弛,忍不住大笑不止。秦王镇派人从遥远的省城请来有关方面的专家,很快就有了初步结论:这是从地下释放出来的一种成分复杂的气体,对人的作用类似于"笑气",但麻醉和致幻效果远比"笑气"强烈。至于气体的形成和释放原因等,还需要进一步研究才能确定。在得知这种气体对人体并无实质性伤害之后,游客们不但消除了担忧,反倒像期待中彩票一样,希望有一天自己在游览乌贼洞时也能幸运地体验一回天然笑气。他们无不渴望地说:"就当是免费喝了顿大酒,或者是受老天爷招待溜了回冰。"

由于这种气体的溢出多发生在黄昏以后,为了能有机会体验天然笑气的迷幻之趣,外地游客强烈呼吁乌贼洞旅游开放夜场。秦王旅游集团在调整了照明设施和增加了应急机动队后,果断地开放了旅游夜场。这一举措不但让在秦王镇过夜的外地游客暴增,各种各样的夜生活也随之空前丰富起来。其中,地下斗狗更是首当其冲,从原来的每夜三四场增加到五六场、十几场,甚至整夜无休、通宵达旦。秦王镇人早已经忘记了正月里那场无故冒出的白烟带给他们的忧患,而是一脸喜色地说:"乌贼洞简直就是挖不尽的金矿啊,说不定过一阵还会有什么更大的惊喜呢!"

这段时间里,我和我的主子秦五常,都处在心情极度灰暗低沉的时期,对发生在秦王镇上的这些奇闻逸事,都没有任何心思和兴趣去关注。

我不知道秦五常情绪低沉的原因,但隐隐约约觉得与章鱼姑娘有关。章鱼姑娘据传死于火灾,落了个活不见人、死不见尸的结局后,秦五常起初表现出一种矛盾的心态,看上去既有一块石头落地的轻松,又有另一块石头压上心头的沉重,让敏感如我者也常常感到疑惑。到后来,他一度表现出来的轻松完全消失了,而是陷入了一种长久的情绪低沉。这种状态对向来沉稳镇静、不喜怒于色的秦五常而言,是十分罕见的。这段时间里,他对来自外界的一切事情都表现得漠不关心,包括赵永和、秦三大、秦子义等秦王镇头面人物有要事求见,他都能躲则躲,不能躲则敷衍以对。他甚至对唯一兴致永远高涨的男女之事,都明显淡然了下来。他很少外出,而是常常一个人去秦府二号院,在那个传说中的凶宅中一待就是半天。

主子的闭门不出拯救了我,因为这一段时间里,我情绪的灰暗度比起主子来,只能是有过之而无不及。我不能想象作为一条走狗,自己如何以这样的状态去完成应尽的职责。我的灰暗情绪当然来自那张狗皮褥子,那张由我狗娘的毛皮缝制而成的做工精美、有神奇御寒功效的褥子。老蜜将这条褥子送来的日子是八月九日,是老人院失火的第三天中午。我永远都不会忘记这个日子,这一天我在思念我可怜的狗娘半年多之后,以这样一种让我悲伤和绝望的方式再次和她相见了。在随后的日子里,我总是有事没事地往烂人的小屋里跑,长时间地将头伏在我娘的狗皮上,一待就是半天。我一遍又一遍地猜想着我狗娘的死因,却毫无头绪,心中充满悲愤和无力感。好几次烂人回到小屋后,看见我趴卧在狗皮褥子上,不明就里地打趣道:"嘿,好你个太岁!我还没铺一回,你倒是先享受上了。"烂人虽然是个驯狗师,是我这条走狗的大厨,但他却永远都不懂我的心思。我用忧郁的目光看着他,心里的悲伤和无力感又浓厚了一层。

对于我狗娘的死因,我几乎想破了脑袋,想出了无数个可能,但当我得知真相后,我却在瞬间崩溃了。

八月二十六日下午,天热得出奇。几只巡院的藏獒都懒洋洋地卧在秦府院内的树荫下,漫不经心地瞟着六神无主地来回走动的我,目光老到,貌似看透了人生。西厢房最左边的那扇门打开了,主子秦五常从里面走了出来。我职业性地跑过去,绕膝摇尾,以示作为走狗的忠诚。秦五常显然和我一样也毫无情绪,他礼貌性地摸了摸我的头,然后默默地穿过后院,又往秦府三号院里走去了。我百无聊赖,几乎是下意识地又去了烂人的小屋。

烂人和老蜜在屋里说着什么,嘻嘻哈哈,显得兴致颇高。见我蔫头耷脑地进来,老蜜说:"太岁,你最近怎么不理人了,狗脾气见长啊。"我没有理会,从烂人床头旁的架子上将那张狗皮褥子叼下来,然后趴卧其上,一边嗅着那股熟悉的味道,一边伤感地回想着曾经与我狗娘在一起的点点滴滴。

老蜜说:"兄弟,这狗最近什么毛病,是不是发情了,该给找条母狗了。"

烂人笑道:"姐,你在进秦府做厨娘之前,一定是个媒婆吧,要不连狗都不放过。太岁最近确实怪怪的,时不时就跑进屋来，抱着这张狗皮褥子发呆，我也不知道它是怎么了。"

老蜜看了看我，表情有些吃惊地说："不会吧？"

烂人不解地问："什么会不会？你这话没头没脑的。"

老蜜说："我是说太岁不会这么有情有义吧，它可是一条狗啊！"见烂人仍一头雾水，老蜜接着道，"这张褥子上的狗皮是太岁它娘的。老大花钱把它从旧主人手里买过来后，没两天就让厨房杀掉，炖成狗肉送给老人院当年夜菜了。当时老大说这母狗活在秦王镇上，就有与太岁见面的可能，杀掉就是为了断它的念想。我当时还想，一条不懂事的狗，哪里会有这么深的感情，老大果然是老大，看来他的话还真是应验了。"

老蜜的话让我简直不敢相信自己的狗耳朵，我曾设想了狗娘死于疾病，死于对我的相思，被护院的藏獒咬死，被夜里出没的绿蛇吓死等可能，唯一没有想到的是我的主子下令屠杀了她。老蜜的话不但没能让我因得知真相而释然，反而陷入了更为深刻的痛苦和纠结之中。如果我的狗娘死于疾病或相思，我只能为之感到遗憾。如果死于藏獒的残害或绿蛇的恐吓，我则有选择复仇的理由。可她死于秦五常的命令，这个消息却给了我当头一棒。秦五常，我的主子，那个改变了我卑微命运的人，那个让我一次又一次发誓要用自己的生命去效忠的人！

老蜜还在向烂人讲述我狗娘被屠杀的事，说是她当时也只是临时起念，才决定将狗皮从屠夫手中要了过来，找人熟过之后给自己孤寡的四叔缝成了褥子。老蜜蹲下来抚摸着我的头，口吻中充满怜悯地说："好我的太岁，居然是条有情有义、知恩图报的狗儿啊！"我此刻对老蜜的情绪也充满了矛盾，我不知道是该恨她还是应该感谢她。如果不是她将我娘的狗皮收留了下来，我一生都会活在希望和思念中；如果不是她今天说出了我娘被残杀的真相，我永远都不会像此刻这样痛苦和纠结……可是生活没有如果，我也不需要那样的如果，我确实应该知道真相，我愿意为此承受内心的煎熬和痛苦。我伸出舌头在老蜜胖胖的手背上舔了舔，算是对她由衷的感谢。

老蜜告辞离开小屋后，烂人一直用复杂的眼神看着我。他抚摸着那张狗皮，沉默了半天才说："秦五常是谋杀你母亲的仇人啊，要是放在一个人的身上，此仇不报，枉活一生。可惜你只是一条狗，而且恰恰还是仇人的一条走狗啊。唉，我跟你说这些你也不懂。"我想"汪"地叫一声表示我懂，但嘴唇动了动却最终没有作声。因为我觉得自己在刚才的极度艰难之后，似乎已经做出了应有的抉择。

这天在烂人的小屋中吃过晚饭后，天刚擦黑。我尽管知道秦五常会在秦府三号院待到很晚，但我还是早早就忠于职守地蹲卧在后门处等着他的回来。我一再告诫自己，应该从个人恩怨中摆脱出来，理解秦五常作为主子下令杀我狗娘的用意，努力让自己成为一条忠于职守的走狗。

天已经很黑了。我完全能预见到自己再见到秦五常后会有怎么的举动，只是以前的那种类似亲人的温暖感没有了，他从今天开始成为一个冷冰冰的符号。

24

八月底，义满和尚率妙见寺众僧在乌贼洞主洞口的一场法事，可谓自取其辱，让原本就不太和谐的僧俗关系变得更为雪上加霜。

位于驼峰山半山腰的妙见寺，据说最早建于唐代会昌年间，后历经兴盛衰败起起落落，并数度毁于山火又原地重建，一直保存到了现在。在秦王镇老人们的心目中，妙见寺一直是秦、王两大姓氏的融合剂，是一切宗族矛盾和利益冲突的调停者，向来在两姓镇民中都享有崇高的威望。妙见寺与秦王镇关系变得不和谐具体因何事起于何时，现在已经很难有人能够说清。但大致也就是近几十年的事，根子上应该与义满和尚和秦五常两人关系的不睦有关。三十多年前义满和尚刚到妙见寺当了新住持时，那时正当年的秦五常已经在秦王镇拥有了绝对的威望。他以为新来的和尚会像前任一样，给予自己这个秦王镇实际的王者足够的尊重。不想义满和尚的处事方式与以往住持大不相同，他温和谦卑却从不盲从，在许多秦王镇的重大活动中都坚持己见，这让秦五常内心大为不悦。但不看僧面看佛面，一向沉稳平和的秦五常并没有驳过义满和尚的面子，而只是相互走动越来越少，到了近几年，秦五常已经很少去妙见寺进香了。他曾经自嘲地说："我很少进妙见寺，并非我不去礼佛，而是体谅到佛务繁重，不愿让他老人家为我的俗事分心。"义满和秦五常是秦王镇僧、俗两界的精神领袖，两人关系的不睦，自然会影响到广大镇民，这几年妙见寺的香火日渐衰微起来。

八月六日的养生品新厂奠基仪式，秦王旅游集团总裁三上妙见寺去请义满，都被义满拒绝了。在缺席秦王镇如此重大活动的情况下，八月三十日，在没有任何征兆的情况下，义满和尚却率领妙见寺众僧，在乌贼洞主洞口举行了一场盛大的法事。就如同正月十八日为祛除妖烟一样，燃灯焚香，念经吹号，气氛甚是庄严肃穆。

这场法事虽然没有提前告示，但还是吸引了大批秦王镇的镇民和外地游客围观。看着身穿黄色僧袍、整齐列队的众僧人，围观者皆大惑不解：这些和尚是闲得脑袋出了毛病吗？"天然笑气"本来就是上天对秦王镇的恩赐，这么多人从千里之外赶来，不惜住在这里十天半月，就是为了能体验一下"笑气"的奇妙感觉，这帮秃驴倒要念咒作法，将来之不易的上天之赐生生断送，这究竟是安的什么心？人群中甚至发出起哄声，在整齐而严肃的念经声中显得极不和谐。义满和众僧人并不为所动，一脸庄严肃穆之相，严格按照流程一丝不苟地做着法事，仿佛周围的人群根本就不存在一样。

这场法事并没有取得和尚们期望的效果，进入九月以后，天然笑气事件仍不时发生，从外地千里迢迢来此体验的人更是络绎不绝。许多人说起八月底的那场法事，都不无嘲讽地说："和尚做事也得顺应民意才对，义满一意孤行，连佛都不给他面子。"据说义满和尚听闻此言后，半天没有作声，只是忧心忡忡地长叹了一声。

从八月中下旬开始，秦五常除了常常在秦府三号院一待就是半天外，我发现他与往日相比，又有了两个明显的变化：一是他一旦外出，每次都让我寸步不离其身。秦五常一直在秦王镇保持着低调和随和的个人形象，所以平常外出，除了晚上参加较为私密的个人活动，我、肥猪和瘦猴基本都是待在车里待命的，从来都不会带着我们招摇过市。但最近他无论去什么地方，都让我贴身陪护，似乎随时随地都会有刺客或来自暗处的其他危险。二是秦五常这段时间里却多次上山进妙见寺，去和义满和尚长时间喝茶聊天。秦五常一年四季都难得进一次妙见寺，是秦王镇人人皆知的事。他和义满和尚表面上维系着一种相敬如宾的关系，但骨子里却保持着井水不犯河水的距离。每逢秦王镇有佛门不可或缺的重大活动或抉择，秦五常也多是请义满和尚出寺下山，到秦府来和自己商定有关事宜。像这样忽然如此频繁地造访妙见寺和义满和尚的事，以前从来就没有过。

我第一次随秦五常去妙见寺，是八月二十七日上午。前一天，我刚从老蜜口中意外得知，我那已经变成了一张狗皮褥子的娘就是被主子下令宰杀的。在经历了内心极为痛苦和艰难的纠结之后，作为一条有素质的走狗，对主子的忠诚让我最终选择了理解和放下。我昨天在秦府后门一直等到半夜，当主子从三号院回来时，我依旧用绕膝摇尾的方式表达了自己对他的忠诚，但这只是出于职业素养的自我要求，昔日我对这个男人的亲近和热爱，在获知那个消息的瞬间，就注定荡然无存了。

妙见寺位于驼峰山山腰处，左驼峰和右驼峰分别矗立在寺院后方，让整个建筑群看上去像安放在驼背上的一个行李箱。车子停在了寺外的停车场，秦五常让胖猪和瘦猴在车里等候，带着我沿台阶而上，向妙见寺走去。在经过高大庄严的山门时，不知道出于什么原因，我觉得自己的心里有些发虚。秦五常看了我一眼，眼神颇有些"看看你那点出息"的失望。走进寺庙，身穿灰色僧服的义满和尚迎了出来，表情平和，既无惊喜，亦无烦厌。秦五常说："我带着家犬，可有犯忌？"义满道："众生平等，一如你我，无妨。"随即领秦五常进入一间简朴整洁的僧舍，在一张矮桌前一左一右地坐了下来。旋即，一个眉目清秀的童僧送上茶来。

我蹲坐在僧舍门口，寺院里无处不在的焚香的味道，让我既有一种回归童年的亲切感，内心又不时无端泛起一阵阵空落和寂寥。主子在和义满和尚说话，他们和我近在咫尺，我却觉得他们的谈话来自什么遥远的地方，听上去飘忽而不真切。秦五常似乎在询问义满和尚有关生与死、活人与鬼魂之类的事，不知是义满和尚的话深奥难懂还是故弄玄虚，秦五常似乎越听越感到迷茫。他最后直截问道："如果在青天白日里看到一个明明已经死去的人，你会有怎样的解释？"义满和尚表情依旧无惊无惧地说："每个人看到的所有畏惧，不管虚与实，都是自己孽业在记忆中的闪回。"秦五常问："如何判断到底是虚是实？"义满却说：

"虚即是实，实即是虚。"秦五常沉默了片刻，便起身告辞："打搅了，我有空再来。"

在下山的路上，秦五常有些愤愤不平地自语道："秃驴就喜欢故弄玄虚！可玩了一辈子鹰的人却叫鹰啄瞎了眼睛，却也怪不得别人，只能怪自己没出息。"秦五常话虽然这么说着，但没过几天，他还是会忍不住再次到妙见寺来和义满和尚做这种空洞的长聊。也不知是因为我心态的变化，还是秦五常确实呈现出了一种昔日不曾有的老态，我总觉得他正眼睁睁地看着他自己走向衰弱而手足无措。要放在以前，主子的这种情况无疑会让我忧虑和不安，但我现在唯一能感到的，只有一丝淡淡的同情。

与秦五常和我的情绪低落不同，最近这段时间里，烂人看上去似乎很亢奋。他有事没事就和老蜜泡在一起，貌似老蜜终于如愿以偿地让烂人做了她的恋人。但我从来都不会相信这样的事，我知道在烂人的心中永远只有一个女人，那就是不知所终的米兰。尽管不知道烂人和老蜜走得如此近乎的动机，但我唯一能肯定的，那就是与爱情无关。

秦府厨房是禁忌之地，是严格限制闲杂人等进入的，就算是烂人这样住在院内的人，都不允许在没有获得批准的情况下踏入一步。老蜜经常偷偷摸摸地带一些稀罕的吃食送给烂人，每次都会神情严肃地叮嘱他说："再馋嘴，你也别自己去厨房。万一出点什么岔子，丢了性命都是分分秒秒的事。"烂人总是一面听话地点头，一边说："我明白，就算我不在乎丢命，也不能连累了你啊。"有一次，烂人忽然想起什么似的问："秦府厨房如此戒备森严，不就是怕有人给老爷子下毒嘛。可几乎每天都有秦王镇许多名店送来的菜品，谁能保证就不会出问题呢？"老蜜说："你真是咸吃萝卜淡操心。外面订的每一道菜，从采购、加工到送至秦府，都有老爷子的心腹全程监视，怎么可能出下岔子？"

烂人却答非所问地说："你说世上有喂不熟的狗吗?还真有,秦府这几只藏獒,就是怎么也喂不熟的狗,也不知道什么原因,总是对我怀有戒心。"老蜜哈哈哈地笑了起来:"在我眼里,你也是一条喂不熟的狗。"

进入九月,天气虽然依旧暑热难耐,但空气中似乎有了一丝令人渐渐心安的气息。月初下了一场大雨,持续了整整四天。这场久违的大雨,不仅让秦王镇大片庄稼被泡,许多家屋进水,而且造成了山洪暴发。从驼峰山沟壑间奔流而下的洪水,不仅裹挟着树木、野兽的尸体等山中常见之物,而且浑浊的水流中不时可见门窗、家具、牲口,甚至人的尸体。这令秦王镇人大惑不解,因为在他们的概念中,秦王镇地处偏远而孤僻,连绵不绝的驼峰山就是世界的尽头,大山深处怎么可能还会有人类生存?

秦乃迁不失时机地出现在雨后的街头,他听着秦王镇人的一片议论声,鼻子里"哼"了一声道:"秦王镇不是世界的尽头,而只是限制了你们视野的一口深井。"

25

洪水中所裹挟的关于外界的信息,在秦王镇人心中所引发的猜测和惊诧都是暂时的。那场大雨过后没多久,一个令人欢欣鼓舞的好消息传遍秦王镇的各个角落:以神药"干乌粉"为主要原料而研发的养生保健品"干乌丸"和"干乌晶",已经通过了有关方面的专业认证,目前已经在老厂区限量试产,有望在明年新厂竣工以后,进入大批量生产阶段。

九月六日,就在大雨刚停的第二天,秦王旅游集团在镇中心广场举办了一场大型产品说明会。这次说明会原定于九月二日举行,预告在镇广播站从八月底就开始每天广播。秦小卉那甜美优雅又平易近人的声音，让人们想起了昔日的老播音员秦悦，不由自主地感慨道："果然是不比不知道，一比吓一跳啊！秦悦那么做作的声音，当年居然能被誉为秦王镇第一嗓。"人们本来就被秦小卉吊起了胃口，一场不期而来的大雨的延误，更让人们对这场说明会急不可待。九月六日一早，秦王镇中心广场上人山人海，万头攒动，比以往任何活动都盛大热闹。广场正北侧，一个大型舞台早已搭建停当。横幅高悬，彩旗飘飘。广场四角的高音喇叭播放着欢快的音乐，气氛如同节日般喜庆。在广场一角，不屈的斗士秦乃迁自己也搭设了一个小型高台，做好了充分利用这次盛会进行启蒙启智的准备。

　　产品说明会九点整准时开始。对于有关方面领导的讲话、宣读认证文书、介绍产品功效、试用者的体验汇报等环节，镇民们统统没有兴趣。甚至镇歌舞团的助兴演出都罕见地遭遇了冷落。人们来参加该会的目的十分明确：一是参与抽奖活动，尽可能早地成为这两款神药的受益者；二是了解目前产量有限的情况下的配售标准，以免对政策掌握不准而错失任何可能的良机。关于现阶段"千乌丸"和"千乌晶"的配售政策，是镇长赵永和宣读的。他最近明显地发福了，红光满面，笑口常开，越来越有了弥勒佛的风采。他照本宣科地念着手中的文件，一直闹哄哄的广场顿时变得鸦雀无声。大家屏息静气地听着，生怕漏掉一个字。而就在这时，秦乃迁的扩音器不合时宜地响了起来："亲爱的广大乡亲们，大家上午好！这是秦王镇当权派和既得利益者的又一个陷阱，又一次吸血行动……"秦乃迁还没有说上几句，人群里就响起了一片反感的"嘘"声，秦乃迁"咳咳"地清了一下嗓子，刚想继续演讲，旁边却有一个人从人群中冲出来，抢步上前将他手中的扩音器夺过来，一边猛地在地上摔得稀烂，一边愤怒地骂道："狗娘养的！哪里都有你这张乌鸦嘴。你不想听可以，但别碍着别人听啊。"众人看时，那人竟是棺材铺老板王无量。

众人哄笑起来。有个胖子拍着王无量的肩膀道："王老板，你应该跟秦乃迁是一伙的才对，怎么倒互相掐起来了？"王无量眼睛睁得老大："我怎么能跟这狗日的是一伙儿的？"胖子说："吃了干乌丸，喝了干乌晶，人都长生不老了，你的棺材铺还能有生意吗？"脸气得乌青的秦乃迁却把矛头对准了胖子："虚假宣传的目的就是骗钱，你鼠目寸光的居然相信。"胖子讨了个无趣，骂骂咧咧地说："这货真是狗咬吕洞宾啊！"……发生在广场一角的这一幕，对规模浩大的产品说明会而言，只是一个毫无影响的小插曲。倒是最后的处理结果，让广大秦王镇的镇民又一次见证了法制的公平公正：派出所所长秦三大主持了公道，判令棺材铺老板王无量赔偿秦乃迁一个崭新的扩音器，并因羞辱性语言向对方赔礼道歉。秦乃迁，一个秦王镇现政权无条件的反对者，一根人见人烦的搅屎棍，法律同样保证了他的自由和权利。这一处理结果，让秦王镇的镇民们无不对生活在这样一个公平公正、和谐美好的地方而感到幸福和幸运。

赵镇长宣读的关于"干乌丸"和"干乌晶"的配售政策，即使有些人因为秦乃迁的捣乱当时没能听清，但很快也都了如指掌：镇广播站几乎每天都在重复播放，镇政府印成告示在大街小巷到处张贴。作为效果神奇、广大镇民关注度极高却产量有限的这两种养生品，目前只能采取"好钢要用在刀刃上"的原则，除采取个人申购、资格评估之后的限量购买外，还将其作为一种特殊的福利，奖励给那些为秦王镇的建设做出了特殊贡献的人。公告严正声明，任何领导干部不得以权谋私，凭借手中的权力为自己或亲近人员私下购买，欢迎广大群众踊跃监督举报。由于商品过于紧缺，加之其功效已在民间传得神乎其神，公告发布第一日起，申购者的数量就多得远远超出了预计的数量。为此成立的专业评审团队夜以继日地紧张工作，也无法消除大量申购表被长期积压的状况。一时间，秦王镇如愿买到"干乌丸"或"干乌晶"的人，幸运得就如同中了千万大奖一样。更多的镇民则是无事就往新药厂建设工地跑，憧憬着明年新厂开始大批生产后，入手神药就如同购买感冒冲剂一样简单的美好日子。

广大镇民在申购这件事上，觉悟之高也大大超出了当初的预计。凡评审团公示的每期申购结果，都会被大众逐一品头论足，任何可能的违规之处或不公结论，都会遭到质疑和举报。其中在秦王镇引起最大争议的，莫过于秦乃迁申购"干乌晶"被审核通过一事。

秦乃迁一个对所谓神药持如此强烈否定和反对态度的人，当然是不可能自己去申购的，而是其父秦万里以其名义自作主张的结果。其实秦万里一个整天因儿子不成器而喝得酩酊大醉的人，自己也不会想到去凑这份热闹。有一天在镇上一家小酒馆喝酒时，邻桌有几个镇民正在热议申购的有关细节，其中一个没事拿他逗乐道："秦万里啊，我觉得你最有资格去申购神药，机会都让你整天喝酒给耽搁了。"秦万里说："拿我寻开心是吧？"那人说："当然不是以你的名义，而是以你儿的名义。你别拿这眼神瞅我啊。你听我说，秦乃迁执拗而暴躁，绝对属于最需要镇脑安神的患者之一。而他公开批评镇政府，启蒙大众，以及倡导新闻自由的一贯努力，绝对算得上对秦王镇有重大贡献。你真的去试试，一定能申购成功的。如果申购成功，你如果觉得没用，我愿意花五倍的价格收购。"

本来这就是件寻开心的事，不料秦万里却真的动了心。他心想：试试也没有什么损失，万一要成功了，就算儿子不吃，转卖出去不也能赚个酒钱吗？这样想着，他便真的以秦乃迁的名义去进行申购，并将别人告诉他的理由如数写上并发挥了一番。谁也不曾料到,申购表交上去没几天,居然就被作为特殊申购人提前评议并或通过,秦乃迁拥有了购买三包三百克装"干乌晶"的指标。此结果一经公示,立即在秦王镇引起了轩然大波。无论秦姓还是王姓镇民,无论温和派还是激进派,无论男女老少,都对此结果一片激烈反对之声。大家万万没有料到,在连秦五常这样的要人大员都一药难求的情况下,评审团居然把神药的指标给了秦乃迁!难道这个屡屡给秦王镇裹乱添堵的搅屎棍,反倒成了有功之臣?一时间民意汹涌,甚至为呼吁撤销秦乃迁的申购指标而暴发了大规模的示威游行……关键时刻秦五常以一个老镇民的身份发话了:秦王镇从来都是民主之地,既然有争议,就来一次秦乃迁一直倡导的全民投票表决,只有这样,才能确保结果的公平公正。

秦王镇历史上第一次全民公投于九月十八日隆重举行了。从选票和票箱制作、投票点设立、投票规则制定到投票监督、计票监控,一切流程都严格有序,没有丝毫的纰漏可寻。当天晚上镇广播站第一时间发布了投票的最终统计结果:占压倒性多数的镇民以绝对优势的票数,否决了给予秦乃迁三包三百克装"干乌晶"申购指标的审查结果!

就在广大镇民为庆祝这一民主胜利果实而载歌载舞的时候,当事人秦乃迁适时地出现在了人群之中。他脸上不但没有丝毫挫败感,反而更多了一份傲慢和不屑。众人见状,拿他打趣道:"秦大先生,你多年奔走呼号,不遗余力地推动民主进程,结果是民主胜利了,推动民主的人却输了,这属不属于大水冲了龙王庙?"秦乃迁闻言,将自己深黑色的墨镜摘了下来,笑眯眯地对众人说:"我眼睛快瞎了,却总是戴着这副墨镜,你知道是为什么吗?"众人鄙夷地说:"明摆的事嘛,眼睛越瞎,就越怕别人知道自己是个瞎子,所以戴上墨镜遮掩呗。"秦乃迁笑道:"既然道理你都明白,你当下正常的反应是充满忧虑,而不是像现在这样没心没肺地弹冠相庆。"

众人一时被秦乃迁弄糊涂了,面面相觑,不知如何应对。看着他重新戴好墨镜、拄杖缓步而去,大家才渐渐缓过神来。有人朝着他的背影啐了一口,愤愤然地说道:"这货就好故弄玄虚。昨天我和秦万里一起喝酒,他老爹说刚一听到公投结果,这货就默然流泪了。到嘴边的鸭子飞走了,你想他能不伤心落泪吗?他还有脸让咱们充满忧虑,笑话!该忧虑的不是别人,而正是他这个搅屎棍。"众人笑了起来,甚至有人不无宽容地说,秦乃迁确实病入膏肓了,等明年神药大批量生产,还是应该劝他多吃药,这样才能真正回归正常。

九月渐尽,天一天比一天凉爽了起来。

26

七月那场狂犬病风波,让秦王镇地下斗狗比赛虽然深受打击,但同时也因祸得福,对参赛斗狗资质审查及体检的严格化,让这项活动变得比以往空前周密有序,也更大程度上杜绝了随时可能出现的风险。正因为如此,遥远的秦王镇在斗狗界声名鹊起,不但吸引了更遥远的他乡的犬主和赌客,而且有越来越多更加名贵和更加珍稀的斗犬光顾秦王镇。尤其是八月中旬乌贼洞因出现"天然笑气"这一神秘现象之后,随着越来越多的外乡游客拥向秦王镇,地下斗狗的规模和频率也再度鼎盛,大街小巷随处可见长相奇特、连许多行家都叫不上名字的珍奇斗犬。

九月将尽,虽然暑热尚未完全退去,但秋天的影子已清晰可辨。天高云淡,远处驼峰山的山色渐深。镇街市场上摆满了五颜六色的新收获的果实,田间地头则到处是寂寞的空枝和被连根拔除的藤蔓。空气中到处弥漫着果实鲜香和植物草腥的混合气味。

这种气味让在整个夏天里人们昏昏然的大脑清醒过来，一个烦躁远去、忧愁渐近的季节到来了。在这个季节里，与大部分人伤秋的抽象的闲愁不同，王氏娱乐集团总裁王双全的忧愁却是具体而沉重的。

王总忧愁的起因缘于一条斗犬的莫名丢失。

这是一条六岁的土佐斗犬，属于秦王镇本土斗狗中近几年绝对的头牌明星。它是出生两个月时被秦五常从外地买回来的，是一条从日本走私过来的纯种土佐犬。它一直被专人驯养于驼峰山中的驯狗场。一岁半出道，距今在秦王镇斗狗比赛中已经驰骋多年，以其凶悍暴躁和残酷无情而赢得了绝对多数的比赛，更有不少来自外地的诸如比特、杜高、高加索等猛犬惨死在它的撕咬之下。这条土佐犬凶残而孤独，以"独行杀手"的名字在斗犬界享有崇高威望，在秦王镇甚至有"人中秦五常，狗中黑土佐"之说。

"独行杀手"是在九月二十六日晚丢失的。这天恰逢星期六，是地下斗狗参与人数最多、级别最高、押注金额最大的日子。这天晚上"独行杀手"于九点在"白宫"与来自外地的同类——一条红毛土佐犬进行了一场惊心动魄的比赛。"杀手"不负众望，虽然惨烈的厮杀让它也伤痕累累，但最终还是赢得了比赛。"杀手"的专职驯犬员在给它做了包扎之后，在送它回驯犬场的途中，它却莫名地丢失了。说莫名丢失，是因为整个事件都透着一丝诡异："独行杀手"专驯员开的是一辆厢式小货车，只能从外面打开。等他回到驯犬场时，却发现车厢和里面的狗笼都敞开着，"独行杀手"早已是踪迹全无。而驯犬员一路没有停车，也从未在夜行的山路上碰到任何车辆或行人……这件诡异的失踪事件报到集团王总处时，他开始感到的并不是忧愁，而只是无法释怀的痛惜。"杀手"不光是秦王镇斗狗场的王牌，为集团挣下了巨额财富，更重要的是它是秦五常在王氏娱乐集团存在的象征，其丢失的象征意义比实际价值损失更大。王总下令要不惜一切代价寻回"独行杀手"，集团于是向社会公开悬赏，金额从提供有效线索的五万直到无伤捕获的二十万，远远超过了秦王镇寻找一个失踪人口的悬赏金额。重赏之下必有勇夫，一时间，寻找"独行杀手"成了秦王镇冒险者的集结号，人们除了成群结伙地四处打探，更有不少人不惜深入驼峰山无人地带，以期得到有关"独行杀手"的半点蛛丝马迹。

寻找一只土佐斗犬的活动，最终成了一次规模盛大、参与人数众多的全员大冒险。秦王镇那些昔日人迹罕至的角角落落，那些被岁月长期遗忘、布满尘埃的僻远之所，都被一拨又一拨的人翻了个底儿朝天。有关"独行杀手"的线索少之又少，而与之无关的各种新闻却甚嚣尘上，尤其那些深入驼峰山腹地的人，每天都带回了大量匪夷所思的见闻，让整个秦王镇被漫天飞舞的各种奇闻逸事搅动得亢奋不已：先是有人声称自己在大山深处迷了路，正在一处三岔路口举棋不定之时，路旁忽然闪出一条九头蛇来。那蛇八头伏地，唯有一头高高昂起，指向了最右边的那条小道。他疑惑地沿右侧前行，果然找到了出山的路口；又有不止一拨进山者宣称，他们在山里遇到过一种似狼非狼、似犬非犬的奇特动物，它们群居生活，纪律严明，永远都与进山的人群保持着很远的距离，看上去亦真亦幻；人们还在喋喋不休地议论这种动物到底是什么时，又有人到处传播更离奇的见闻，说是某一日他们一行三人正在山间行走，却听见茂密的草丛后有人语之声。三人好奇，小心翼翼地拨开草丛看时，一片空旷之地上，竟然落满了一种羽毛鲜艳的红嘴鸟儿。这些鸟儿熙熙攘攘，多达数百只，热闹得仿佛秦王镇上的赶集日。令三人惊诧万分的是，这些从未见过的鸟儿都说得一嘴人话，有相互寒暄的，互诉衷肠的，乱扯闲话的，接耳私语的，声音声调完全与人类无异……各种奇异传闻不时翻新，令人不免有"美味既在喉，珍馐又上桌"的奢靡与应接不暇。

最近最让秦王镇人们关注的，却是一件并不十分离奇的传闻。这件传闻之所以能让人们保持长久的兴趣，是因为与其他传闻相比，这件事的亲历者人数众多，且传言的内容高度吻合，因而极大地增加了其可信度。首次传播这一见闻的人，是秦王镇一位经常进山的老猎人。老猎人见多识广，对以往别人自以为神奇的见闻都嗤之以鼻。但十月初的一天，进山归来的老猎人独坐不语，看上去神情有些恍惚。家人问其故，半日方说："莫非我真的碰到神仙了。"在家人好奇的追问下，老猎人才说出了自己的遭遇：当日他进山打猎，走得筋疲力尽也一无所获，等攀至仙人岭，才遇到两只珍珠鸡。说来也怪，待在草丛中的这两只珍珠鸡既不在觅食，亦不在休息，而是嘴对着嘴似乎在叽叽喳喳地吵架。老猎人大喜，正欲悄悄地迂回过去，却看见一只猴子从岩石后闪身出来，朝着这边叽里咕噜地叫了几声，珍珠鸡便从草丛中走出来，一前一后地跟着猴子离开了。令猎人深感惊诧的是，那猴子明明是看到了自己，却一副见怪不怪的样子，根本就不像是野生的猴子。老猎人好奇地尾随而去，待转过一处几乎悬空的巨大岩石，他赫然看见有一女子站在远处。此女一袭白色长袍，在秋末黛绿的山色中醒目异常。她相貌清丽，甚至略带三分风流，散乱的长发毫无拘束，在山风中飘然起舞。女子的表情无喜亦无悲，漠然中有一丝恹恹的感觉。她老远看见老猎人，只是瞟了一眼，等猴子领着两只珍珠鸡到了跟前，便转身翩然而去了。令老猎人更为惊诧的是，除了猴子和珍珠鸡，这个女子身边还跟随着一群别的动物，有孔雀、鹦鹉、苍鹰等天上飞的，也有刺猬、狐狸及似狼非狼、似犬非犬的奇怪动物，它们或跟在女子身后，或盘旋在她的四周，那副光景着实人间罕有。老猎人下意识地跟随在女子身后，像着了魔一般。但脚下的石头绊了他一个跟头，疼痛让他从恍惚中清醒了过来。他再看看前方的山道，却分明不见一人一兽。群山寂静，甚至听不到一点声音……人们刚开始听到老猎人的家人讲述这个传闻时，并不觉得有什么值得大惊小怪的。他们认为，要么是猎人眼花所致的幻觉，要么只是被他的想象夸张了的山中牧人。但随着有此经历的进山者越来越多，而且所有遭遇中对那位神秘女子的描述都高度一致：一袭白袍，长发飘飘，似仙非仙，似道非道，是妖非妖，似人非人。更令人难以置信的是，她像一朵白云一样出现在莽莽驼峰山的任何一处，今天在仙人岭，明天在老龙峰；今天在浅涧，明天在深潭，行无所踪，飘忽不定。尽管人们不知道此女的身份，但都坚信了这个神秘人物的存在，一时间，有关"鸟兽仙姑"的各种猜测在秦王镇到处疯传，让那些听上去更加荒诞离奇的传闻皆黯然失色。

关于"鸟兽仙姑"的事，我不确定烂人之前有没有听说过。反正我第一次听说，是在半山腰的驯狗场里，是一个驯狗员兴致勃勃地讲给烂人听的。那个年轻的驯狗员与烂人关系亲近，他在绘声绘色地讲完外面有关"鸟兽仙姑"的传闻后，认真地说："烂人哥，会不会是米兰嫂子啊？你听听，长发飘飘，动作缓慢，表情不阴不阳，还带着孔雀、猴子、珍珠鸡、刺猬什么的，这不就是米兰嫂子吗？"烂人表情看上去有几分痛苦，可却强作笑脸地道："什么叫米兰表情不阴不阳？有你这么夸人的吗？"驯狗员道："你别挑理了，米兰表情确实就是这样。哥啊，说老实话，我真的觉得极有可能就是失联的米兰，找个时间，我陪你去山上找找吧，兴许就能碰得到。"烂人却说："即便是米兰，现在也不是时候。"

烂人的语气听上去漠然而坚决，但我知道他此刻心里正在翻江倒海。那天下午在完成对我两小时的体能训练之后，天色已经黄昏了。烂人开着面包车带我回秦府,在崎岖的山路上,他先是开始默默流泪,到后来终于将车子停在路边,伏在方向盘上失声痛哭起来。

"米兰啊,米兰!我知道你会等我的,你们都会等我的……呜呜,米兰啊!"烂人一边哭,一边说着让我听上去觉得莫名其妙的话。

27

十月十七日,农历九月九日,一年一度的重阳节很快就又要如期而至了。

对秦王镇而言,重阳节大概是一年当中除春节外最为隆重热闹的节日了。按照惯例,每年这一天,都要在镇老人院大摆敬老宴,搭台唱戏,组织镇企业为老人院捐款捐物,加上登高赏菊、百岁老人为当年新生儿摸顶祝福等活动,一直会热热闹闹一整天。但今年的情况令老人院院长秦世录有点头疼,一是老人院被疯老六一把火烧成了废墟,幸存的老人除少部分居住在镇上私人旅馆外,大部分都分散寄养在镇民家中,无论寻找场地和组织人员都远比往年费劲;二是秦王镇"爱老敬老,学会感恩"这一镇风最坚定的倡导者和践行者的秦五常,最近一段时间不知何故总是闭门不出,很多需要他老人家定夺的事都无人敢于拍板。秦世录没法见到秦五常,便于节前去找镇长赵永和讨主意。短短几日不见,赵镇长像吹气球似的又明显胖了一圈。他笑眯眯地坐在阔大的办公桌前,不断地搓着肉乎乎的双手。秦院长说明来意,征求今年重阳节的活动安排。赵镇长说:"你是秦王镇老干部了,怎么还不明事理,秦王镇所有大事,不都是老爷子说了算嘛,你何来找我?"秦院长说:"老人家近日闭门不出,我也不敢去府上打扰。要不麻烦镇长您跑一趟?"赵镇长说:"老人家闭门不出,很明白就是不想见人,你让我去自讨没趣吗?"秦院长说:"那到底该怎么弄?"赵镇长笑眯眯地挥一挥手:"你揣摩着办吧,效果如何,就看你的造化了。"

秦世录从镇政府出来后,坐在家里一筹莫展。他想得脑仁发疼,还是拿不定主意。"到底该大办还是简办,真难啊!"他摸着光秃秃的脑门,举棋不定,愁肠百结。按说今年老人院蒙难,家园失却,死伤多人,在困境中更应该大摆敬老宴以振奋人心,鼓舞斗志,但老人家秦五常闭门不出,很可能是遭遇了什么烦心的难事,此刻大办特办,会不会给他老人家添堵?但如果就此简办或不办,他老人家或许只是忙于大事,会不会责怪我处事不力,一不留神就给他掉链子?秦世录觉得自己太想念秦五常了,以至于竟然有"国不可一日无君,家不可一日无主"的伤感。这种伤感在秦院长的内心不断发酵,以至于他对秦五常状况的猜测越来越走向负面,到后来他越来越认定秦五常一定是生病了,而且极有可能是会关系到秦王镇未来命运的重大疾病……秦世录越想越焦虑,他甚至忘记了是要大办还是简办重阳节的初衷,而是完全为秦五常的身体状况担忧起来。他像热锅上的蚂蚁一样在屋子里来回踱步,踱着踱着,忽然在脑袋上"啪"地猛击一掌,大叫道:"有了有了,万全之策,就这么办!"

十月十七日这天,老人院除了租借酒店摆敬老宴、组织镇幼儿园小朋友为老人们举行文艺表演等传统项目外,秦世录别出心裁地在敬老宴间隙,让镇广播站安排了一场直播。于是,午饭时间里,秦王镇四面八方、角角落落都响起了秦小卉甜美的声音:"尊敬的各位父老乡亲,大家好!今天是九九重阳节,是我们弘扬爱老敬老之风的传统节日……"广播稿是请镇上一个喜欢舞文弄墨的业余诗人写的,本来就极度煽情,加上秦小卉让人荡气回肠的声音的渲染，这篇报告让许多秦王镇的镇民感动得流下了眼泪。广播稿之后的下一个环节是老人院优秀代表的"重阳感言"。在悠扬动听的背景音乐声中，老人代表逐一登台，在表达了对各级政府和方方面面的感激之情之后，都话锋一转，开始追忆秦五常老人家对秦王镇老人事业的鞠躬尽瘁的关怀，从老人院的建设到"千乌粉"的滋养，从一粒米到一口茶，事无巨细地一一道来，充满拳拳深情和无限怀念……开始时广大听众还沉浸在节日的美好气氛中，但渐渐地大家却都紧张了起来：重阳节这么重要的活动，身为镇老人院创建者的秦五常居然缺席！再联想到近期他老人家很少在公共场所出现，很快，大家几乎众口一词地得出了相同的结论：秦五常老人家病了，而且病得不轻！

重阳节整个上午，秦五常都独自待在神秘的秦府三号院中，到吃午饭时才神色沉重地回到了正院。他刚从后门进来时，守候在那里的我紧张地冲他吠叫了三声。我的反常让秦五常有些吃惊，他拍了拍我的头："太岁，你这是怎么了？不是有意冷落你，我最近心里有事。"我又叫了三声，秦五常迷惑了一下，笑了起来，"对了，今天是重阳节，你不会成精了吧，来向我这个老人问候节日？"然后径直往小饭厅中走去了。

我今天之所以表现得如此反常，是因为即将要有非常重大的事件发生：此刻摆在小餐厅饭桌上的一盘葱烧海参中，被人下了剧毒。秦五常如果吃上一口，就会无可挽回地倒地毙命。

下毒者是烂人，而此刻知道这个秘密的，除了他之外唯我而已。

烂人和米兰分手后不久，就不知从何处弄来了毒药。毒药就一直放在他小屋的抽屉中。开始我以为烂人因爱情而对人生绝望，买来毒药是想了结余生。但后来他的一系列表现，让我越来越产生怀疑。尤其他和老蜜的刻意接近，让我越来越怀疑他"项庄舞剑,意在沛公",这一切都是冲着我的主子秦五常去的。暗中观察证实了我的判断:好几次烂人都将那包毒药装在兜里,伺机想在秦五常的饭菜中做手脚。但一来厨房重地安保严密,二来他可能怕连累到老蜜,多次尝试都未能得手。今天重阳节,秦府厨房在外订制了多道秦五常喜欢的菜肴,其中来自名店"松鹤楼"的那道"葱烧海参",就是节假日必点名菜之一。昨天晚上烂人一夜没睡。他的小屋中没有开灯,他一直沉默不语地在黑暗中坐到了天明。整个晚上巡院的藏獒都在他门口来回走动,不时发出一两声低沉的吠声。那条鬼魂般的绿蛇在夜间数次出没,也没能将藏獒们彻底驱离。从藏獒们焦虑的吠声中,我预感到第二天要有大事发生了。

我跟在秦五常身后走进小餐厅,紧张得如临大敌。我是亲眼看见烂人在老蜜送菜进去的路上拦住她,乔装眼睛不小心进了虫子让老蜜帮忙,伺机将毒药放进那盘葱烧海参的。此刻,那盘夺命的菜肴就摆在我主子的眼前,毒药散发出来的那股熟悉的味道让我心烦意乱。对于该采取什么样的行动,我一时还没有做出决定。但我的信念是不容动摇的,那就是我必须拯救我的主子于危难之中,不辱作为一条走狗的使命。此刻,我心中没有情感纠葛,秦五常是我的杀母仇人,但更是我的主子。

此刻,镇广播里播送的老人代表们的"重阳感言"正到了高潮,一个口齿有些不清的老人在广播里哽咽起来:"……秦五常啊五常兄,重阳节里想念您,像可怜的孤儿想念父亲。我人老珠黄一无所念,只祈求你老人家身体健康万岁万万岁……"听着听着,坐在桌前的秦五常拿着筷子的手渐渐哆嗦起来,随后脸色铁青,嘴唇惨白。他似乎一直在努力克制自己的情绪,但最终还是忍不住暴发了。他猛地一把将饭桌掀翻在地,顿时盘摔碗碎,一桌丰盛的菜肴变成了一地狼藉。秦五常扭曲的脸看上去陌生而狰狞，他几乎是咆哮着说："翻天了！我还没死呢，你们就这样等不及了吗？"

看着杯盘狼藉的地面和主子气得扭曲的嘴脸，我心里感到的却是由衷的高兴和释然：一场危机就这样轻松地化解了，不光我可以不辱使命，烂人因一念之差而将背负的罪恶，以及可能陷入万劫不复的危境都随之消失了。当天下午，一向低调的秦五常罕见地在镇广播上发表了重阳节讲话，在满怀深情地大讲特讲尊老敬老的重要意义之后，他婉转而谦虚地说，自己虽然已有些年纪，但还不敢倚老卖老，而是要继续给秦王镇人民当牛做马，鞠躬尽瘁，死而后已……秦五常的讲话让关于他生病的谣言胎死腹中，听完他讲话的镇民们都长松一口气，他们骂骂咧咧地说："给活人点蜡烧香，秦世录这蠢货不是在作死吗？"人们以为秦世录这回可是捅了马蜂窝，别说继续当院长，还能不能在秦王镇混都成问题了。但令人没有想到的是，秦五常出席了当晚在镇礼堂举行的敬老演出，他和秦院长并肩坐在前排，谈笑风生。秦世录起初战战兢兢，一脸的惶恐不安。到后来他在秦五常的安慰和夸奖声中终于变得释然起来，眼神中写满了对老人家的敬仰和感激。

秦五常在重阳节的表现，让他再一次以宽宏大量和慈悲博爱而赢得了秦王镇的镇民的由衷敬仰。只有烂人陷入了空前的沮丧。当天晚上老蜜又来找他聊天。但他一点都提不起情绪，一直在心不在焉地应付着。老蜜见状嗔道："你个喂不熟的狗！"烂人却摸不着头脑地问："人的命是不是天数啊？"老蜜说："没错儿，就是天数，你命硬，我命苦。"

那天被秦五常打翻在地的饭菜，被下人扫去倒给藏獒了。但我亲眼看见藏獒们一口都没有吃，而是悉数叼去扔在了垃圾桶里。那天夜里巡院的藏獒们偶然发出的几声轻吠中，充满了嘲笑的意味。

28

重阳节这天，秦五常在镇广播站的讲话直播，还引发了一件在秦王镇的镇民看来大快人心的事件：秦万里对自己的混账儿子秦乃迁忍无可忍，终于和他断绝了父子关系，明确宣布秦乃迁以后的任何活动，荣辱自负，都和秦家其他人不再有任何关系。

秦乃迁刚从监狱释放回镇那会儿，秦万里对儿子还抱有幻想，觉得几年的大牢生涯，或许会让这个天生反骨的倔驴能有所收敛，变得服帖一点。但秦乃迁回到家当天的表现，就让秦万里刚刚萌生的那点希望彻底破灭了。当时是正月，秦万里正坐在堂屋里喝酒，看见一个戴着深色墨镜的人进院门，诧异地问："你找谁？"那人说："我谁也不找。"便径直走进儿子进监狱后就一直空闲着的西厢房去了。在厨房里的秦万里老婆疑惑地跟了进去，不久就传来一声喜极而泣的惊叫声："我的儿啊，果真是你回来了。"秦万里坐着没有动，而是将一杯酒仰脖而下，慨然长叹道："狗改不了吃屎啊。五年不见，叫一声爹有那么难吗？"

回到秦王镇的秦乃迁果然如秦万里所料，不但倔驴的脾气一点未改，反而斗志比过去更加旺盛。他身体在监狱中受到摧残而显得虚弱，一双眼睛似乎也出了问题。但这个年轻人身上所迸发出来的热情和精力，常常令秦万里感到害怕。秦乃迁像一只羽毛倒竖的斗鸡，不分青红皂白，不论你我敌友，见谁跟谁斗，遇谁跟谁掐，惹得秦王镇从上到下，从姓秦的到姓王的，没有一个人不眼黑。这份讨厌在刀枪不入的秦乃迁身上丝毫没有作用，便自然而然地转嫁到了秦万里的头上。尤其是秦姓镇民，觉得秦乃迁简直就是吃着姓秦的奶，骂着姓秦的娘。有人甚至对秦万里说："你该去给祖坟上烧点香了，别把先人在棺材里再气出个好牙。"但大多数人还是比较温和,他们不无善意地对秦万里说:"万里啊,你得给你儿张罗一门亲事了,娶个媳妇在家,他也就没这么大火气到处惹是生非了。"秦万里长叹一口气:"我问过那偏驴了,被他一口回绝。"对方一听就笑了:"好我的老哥哩,嘴上的话你也当真,除非天生太监,哪有男人不想媳妇的。"

其实秦万里是不好意思说实情,他自从儿子回镇后,几乎托遍了秦王镇巧舌如簧的媒婆。为了稳妥起见,他总是先让媒婆准备好女方照片,如果儿子看后有意,再回话安排见面的事。但每一次他拿了照片去找秦乃迁,都被他连推带搡地赶出了西厢房。秦乃迁说:"不看不看,秦王镇这样暗无天日的地方,哪里可能有什么爱情。"有一次秦万里急了,冲着儿子嚷嚷了起来:"我死乞白赖地给你托人说亲,你以为我贱啊?咱们这一支三代单传,我只是不想在你手里断了香火。"秦乃迁却反唇相讥道:"活在这样的地方,不思进取,反而想着传宗接代,这还不够贱吗?"气得秦万里差点抽了自己一个耳光。

重阳节这天下午,秦万里和老伴两人正在修补漏雨的西厢房房顶上的苇箔,老伴不断地上下木梯取院中和好的草泥,他则用刮刀往以新换旧的苇箔上抹泥并重新压好青瓦。从屋顶的缝隙中能看见秦乃迁一直在伏案写着什么,对屋顶上的响动完全置若罔闻。秦万里一边抹泥,一边看着艰难地攀着梯子上下的老伴,不由得一阵阵悲愤交加。"重阳节是登高节,我们老两口这节过得真叫实在啊。"秦万里自嘲地说。他看见伏案疾书的儿子擂了一下桌子,愤然道:"剜疮挤脓,刮骨疗伤,舍我其谁?"秦万里不知道他又在发什么神经,心里道:你别整天梦想着拯救世界了,你要有点良心,来拯救拯救你爹我吧。

镇广播台开始播送秦五常的重阳讲话时,秦万里刚好歇工下楼,正坐在院子里喝了几盅。他很快就被秦五常的讲话感动了,加上身体的劳累和对儿子的寒心,他很快就有了几分醉意。秦万里走进儿子的房间,对他说:"秦五常在镇上本来完全可以人五人六的,但你出来听听,人家却如此谦虚有礼。大过节的,还知道问候一声老人。可你这个当儿的,就忍心看着我和你妈上上下下地忙活,连出来搭把手都不知道。你别忘了,漏雨的可是你住的房子。"秦乃迁显然没有料到父亲会来这一手,他烦躁地说:"黄鼠狼给鸡拜年,鸡居然还感恩戴德。你知道秦五常为什么能在秦王镇一手遮天吗?因为秦王镇的人都是鸡,都是像你一样没有头脑的傻鸡。房子漏雨这等小事值得我操心吗?我操心的是秦王镇的命运,你知道我在写什么吗?秦五常罪状录!罄竹难书啊,有这些事实,我就不信扳不倒这个老狐狸。"秦万里气得身子直打战,他几乎带了哭腔说:"祖宗,我叫你祖宗哩。你到底是哪根神经搭错了线,干吗非得跟人家秦五常过不去?说实在的,秦五常待咱家不薄,对你的多次挑衅也大人不计小人过,量够大了。你到底为什么吗?"秦乃迁一脸不屑地说:"事关正义与公平,不是私人恩怨。"……对待秦五常态度的激烈对立,让秦万里父子越吵越凶。看着儿子那张苍白的脸、被一副深色墨镜遮挡得严严实实的眼睛,秦万里觉得这完全是一个陌生的人,甚至是从阴曹地府里跑出来的催命小鬼。彻底对人生绝望的秦万里趁着酒兴,跑到厨房里拿出一把菜刀,当着秦乃迁的面一刀剁下了自己的食指。那截手指从书桌上掉到地上,鲜血溅得秦乃迁的稿纸上到处都是。

秦万里感觉不到一点疼痛,就如同剁的是别人的手指一样。他完全被失败人生的绝望感和愤怒彻底点燃了,指着秦乃迁一字一句地说:"杂种!从今天开始,我和你一刀两断,不再有任何关系。"说完就拉着在一旁吓得浑身颤抖的老伴儿,从儿子的西厢房里走了出去。秦乃迁被眼前这一幕震惊了,他从地上的灰尘中捡起父亲那截血淋淋的手指，疑惑地说道："如此有血性的一个人，怎么就甘做黑暗中的沉默者？"

秦万里和他那个不成器的儿子断绝父子关系的事，很快就传遍了秦王镇。人们在听到这个消息的时候，都轻轻地叹了一口气："老秦家这一支，到他手里终于断香火了。不过也好，秦万里也算是终于解脱了。"消息传到秦府时，秦五常听后沉默了片刻，却说："解脱的不是老子，而是儿子。秦乃迁这条疯狗，没有了笼头，怕是更要肆无忌惮了。"

不过这对秦五常而言，不过是小事一桩，根本不值得他放在心上。何况他最近被一系列古怪的噩梦纠缠着，身心俱疲，整日浑浑噩噩，甚至常常分不清楚真实与虚幻的界限，这让这个以意志强大、临危不乱而闻名秦王镇的铁腕老人，陷入了一场前所未有的认知危机。

人生已经进入暮年的秦五常，向来都是个能充分享受睡眠的人。无论遭遇多大的人生危机，他照样能挨枕便着。他很少做梦，尤其是很少做噩梦。那年他最疼爱的小儿子秦地瓜在黄狼沟跳崖身亡，不但结束了十六岁的生命，而且尸骨无存，给他连一点念想都没有留下。在命运如此毁灭性的打击面前，他强大的睡眠也没有因此而被击垮。尽管儿子地瓜也会幽怨地出现在他的梦中，但秦五常从未因此而困扰，他甚至渴望着儿子能夜夜入梦，把心中所有的委屈说出来，哪怕是对自己无法原谅的怨恨。秦五常经常说："我不能确定世上到底有没有鬼，但即便有鬼，我也不怕。我连活人都不怕，会怕他们死后变成的鬼吗？"所以当章鱼姑娘第一次出现在秦五常的梦里时，他不但没有被惊扰，反倒心里滋生出一丝柔情和欲望，那一夜，这个人生中绝少打空炮的老人居然像个少年一样地梦遗了，意淫的对象当然是以幽灵方式出现在自己梦中的章鱼姑娘。当时我趴卧在秦五常阔大的床边上已经睡去,却被他快乐而迷醉的叫声惊醒过来。我看见我的主人赤裸的身体一边耸动,一边喃喃自语地说:"章鱼宝贝啊,你别怪我狠心,不是你做事太绝,我也舍不得下此狠心……啊,宝贝,啊啊……想我时你就随时回来啊,啊,不行了,我快不行了……"那是七月底的一天晚上,当时我已经有很长一段时间没有看见章鱼姑娘了。秦五常梦中的话让我感到蹊跷,但却不知他所说的"下此狠心"到底代表什么内容。所以,当八月中旬传出章鱼姑娘在八月六日的大火中因救人而牺牲并尸骨无存时,我其实对此充满了怀疑。

　　章鱼姑娘让秦五常的春梦变为噩梦,始于九月初的某一天,是在秦王旅游集团老总去章鱼姑娘家乡送去锦旗和慰问金后不久。

　　那天晚上,在没有女人陪寝的情况下一般都会早早睡觉的秦五常,一直呆呆地坐在床上发愣。外面稍微有什么风吹草动,他都会惊恐地把目光投向紧闭的门口和窗户,像是会有什么人随时可能破门而入。我蹲坐在床下的地板上,对主子的反应满腹狐疑。秦五常一直折腾到半夜,困得眼皮都开始打架了还是不愿倒头睡去。他大概是看出了我的疑惑,开口说道:"太岁啊,你是不知道,我碰到鬼了,我真的碰到鬼了。鬼不是出现在我的梦里,而是出现在我清醒的时候。我不能睡觉,我要等着它的到来。"

　　我依然不明就里。也就是从那天开始,秦五常能不出门就不出门,而且只要出门,就必须让我寸步不离地跟随在他的身边。

29

　　在秦王镇一些普通镇民的眼里,看似一直站在人生巅峰上的秦五常,只能算得上一个成功的登顶者,而并不是一个幸福的人。三个儿子中的唯一让他溺爱并寄予厚望的老小秦地瓜,于十六岁未成年之时就夭折了。虽然其家人一直对外宣称他死于一场原因不明的恶疾，但有关他真正的死因却在秦王镇流传着许多版本。秦地瓜的死亡，让秦五常发妻伤心过度而病入膏肓，幸亏有高人献上偏方才得以保住了性命，但从此对世间一切事务都不再有任何热情，完全像一具没有任何思想和情感的行尸走肉。秦五常的另外两个儿子秦小麦和秦高粱，完全是两个唯利是图、不讲任何道义的寡情之人。虽然都已经身家不菲，属于秦王镇的富户名流，却常常为一点蝇头小利而不念兄弟情分，不是大打出手，就是相互暗算，要不是畏于父亲秦五常的威严，恐怕早已闹得你死我活，或两败俱伤。最让大家感到秦五常不幸福的是，一个如此为秦王镇主持公道、如此为万众奔波操劳的人，居然与佛门无缘。大家百思不得其解的是，按说作为秦王镇的镇民的精神领袖和道德楷模，秦五常应该与妙见寺义满和尚情同手足、惺惺相惜才是，但两人貌合神离，甚至相互不屑却是无人不知的事实。见此情景，镇上许多饱经沧桑的人不由得发出一声叹息道：

"唉，老大一不小心，就会活成了孤家寡人，身后连一处真正容留灵魂的地方都没有。"

十月中旬重阳节那天，很久闭门不出的秦五常，反常地高调出现在公众的视线中。他下午在镇广播站发表了重阳讲话，晚上又慈眉善目地出席了为老人们举办的文艺会演。他的露面，立即让那些有关他可能罹患重症的传言胎死腹中。秦老人家身体康泰，天下太平，一切疑虑都是杞人忧天而已。但秦小麦和秦高粱却并不这样认为，秦五常的反常表现，让他们深信老爷子出了问题。无论是身体上的还是精神上的，这个尚不明其因的问题必定会减弱，甚至终结他的权威。从儿时起就一直压在他们头顶上的那团乌云正在散去，阳光普照的时代就要来临了。即将迎来出头之日的蠢蠢欲动，让这对亲兄弟终于肆无忌惮地爆发了一场震动了整个秦王镇的利益之战。

　　分别住在秦府一号院和二号院的秦小麦和秦高粱，由于惧怕父亲，加上自从地瓜出生后，父亲的所有关注都投在了三弟身上，对他们二人一直就不待见，所以成家之后除了年节聚会、祭拜先祖或族人间的红白喜事，两人都很少到正院来看望父亲。但自从秦五常开始闭门不出之后，小麦和高粱跑正院的次数便明显多了起来。开始时，他们并不敢随意出现在秦五常面前，而是借口探望母亲往正院跑。提点时令水果，买点可口糕点，送只巧嘴鹦鹉，弄罐脆声蛐蛐……他们都明白对方的心思，所以碰巧撞车后，难免你奚落我、我羞辱你地私下里动起口舌。但在正院里兄弟俩谁也不敢造次，即便吵架都是轻声细语的，力量只能全部用在狰狞的表情上。

　　秦五常坐在小客厅喝茶，或在大厅的沙盘前长久伫立。每次老大老二来正院，他们的声音他都听得清清楚楚。但他默不作声，就如同自己永远缺席了儿子们的亲情访问一样。有时他会看一眼蹲卧在地上的我，苦笑一声说："太岁，如果有来生，下辈子托生时咱们俩互换一下身份，你就知道我此刻心中的五味杂陈了。"大概我迷惑的眼神让他另有所悟，随即又轻叹一声，"或许你也有你的苦，咱们别看是主子与走狗，其实谁也不了解谁啊。"

　　秦小麦和秦高粱看望过几次母亲后，终于试探性地来给秦五常问安了。秦五常对两个儿子不阴不阳，也不知道葫芦里卖的什么药。两个儿子开始还诚惶诚恐，担心威严的老爸将他们孝敬的东西当成黄鼠狼给鸡的礼物而扔出去，但秦五常的表现让他们长出一口气：他对孝敬之礼物钱财照单全收，对他们嘘寒问暖的关怀悉数心领。两个儿子大喜过望，立即展开了送礼大比拼，今天你送了一把红木椅，明天我就送一张按摩床，今天你封了五千元的红包，明天我就上一万元的零花钱。这种大比拼让两个守财奴心里直滴血，但又谁都不甘心让对方在老爷子那里占了上风，以至于两人挖空心思，给亲老子尽孝的角度越来越刁钻。这天下午，碰巧老大和老二又在正院里撞了车。站在大厅沙盘前的秦五常招招手，把两人都叫了进来。他看看小麦，又瞅瞅高粱，用一副颇感吃惊的嘴脸说道："怎么？今天同时空着手来了？"

秦小麦说："爹啊，我哪里能空手来，我同时看上了两件老货，一副象牙筷子和一只宋瓷花瓶，我想来问问您中意哪件。"

秦五常说："巧了，两样都是我喜欢的物件儿。老二，你呢？"

秦高粱嗫嚅地说："我……我本来想跟你单说的……"

秦五常冷笑起来："你不说我都知道你给我备了什么大礼，你爹爱女人，你就帮爹订了两个绝色妓女对吗？"

秦高粱的心思显然被猜中了。他抬头看着秦五常，一脸又吃惊又懵逼的样子。一旁的秦小麦高声叫了起来："好啊，你个不要脸的，居然给自己的亲爹找小姐，什么人才能做出这等猪狗不如的事来？"秦高粱立即反唇相讥道："那也比你拿两件假古董糊弄老爹实在。你别瞪眼，你和古董铺王三私下的把戏，他转脸就全跟我说了。"秦小麦脸一阵红、一阵白，有些恼羞成怒地骂道："你血口喷人，我对自己的亲爹能这样吗？爹，您别听他的造谣……"还没等他把话说完，便被秦五常摆手打断了："你俩都别说了，今天我来说话。"

秦五常指了指眼前这个巨大的沙盘，转脸问两个儿子："你们知道我为什么要在家里建这个沙盘吗？有人可能觉得我是为了满足指点江山的成就感，我要是愿意张扬，完全可以把秦王镇变成我的人生专场，但那样只会落下千古骂名。我看着秦王镇的一草一木、一沙一石，只为随时洞察各种细微的变化，预测危机，及时应对，以便掌控全局。你们俩都不是胸有雄才伟略之人，三兄弟中唯地瓜凤慧，却半途夭折……"说到这里，秦五常的眼圈有些红了，"我本已心灰意冷，但在世一场，总须人过留名，雁过留声才是。这么多年我在秦王镇苦心经营，为的不是钱财，而是名声。"秦五常沉默了片刻，神色有些黯然地说，"你们俩这段时间上蹿下跳，目的我都知道。我的状况可能不像你们想的那样糟糕，但人都终有一死。你们最近的表现，让我对身后事也有了提前考虑。从今天开始，你们兄弟不要再往正院里跑了，把心思用在建功立业上，用在该用的地方。我会根据你们各自的表现来处理自己的财富，均分，你多他少，你有他无，或者全部捐给镇政府去设立基金。你们知道我的性格，说得出便做得到。一切都在人为，能否得到秦家遗产，能得到多少，全部在于你们今后为人处世的表现。"

　　秦五常的一席话，把两个像打了鸡血似的儿子一下子吊在了半空，上也上不去，下也下不来。他们这段时间的一切努力都是白费，父亲手中的巨额财富依旧是镜中花、水中月，看得见，却不知何时才能摸得着。秦五常疲倦地摆摆手，两兄弟便知趣地退下了。刚走出秦府正院，都憋了一肚子火的秦小麦和秦高粱，就一边走，一边相互谩骂羞辱起来。他们的声调越来越高，用词越来越阴损刻毒，当到达一处杏树林边时，已经火冒三丈的两兄弟又一次厮打在了一起。他们拳脚相加，相互撕扯，在满是尘埃的土路上像两只打斗撕咬的斗狗一样，扬起一股黄色的土雾。愤怒让二人变得犹如不共戴天的仇人，恨不得拳拳见血，招招致命。兄弟俩的咒骂和厮打惹来了许多的围观者，看着两个已经打得血嘴毛头却仍然难分难解的兄弟俩，镇民们想起秦五常的高德和厚望，不由得又是一声慨然长叹："老人家上辈子作什么孽了，竟会生下这样两个不成器的败家玩意儿。"

　　当时秦五常一脸凄凉地站在沙盘前，久久沉默不语。发生在秦府外面的这一幕,我虽然没有看到,但兄弟俩的每一句阴毒的咒骂、厮打扑腾的声响以及围观者的议论和叹息,我都听得一清二楚。我感慨万千,嗓子里忍不住发出了一串轻轻的咕哝声。秦五常看了看我,神情黯然地说:"太岁,你当我不知道吗?他们一出门就会大打出手,惹得围满了看笑话的人。唉,我活着尚且这样,如果我死了,你说秦王镇的人会怎么评价我的一生?"正当他这样自言自语的时候,烂人提着几个装满食材的塑料袋子从大厅门前走过。秦五常喊住了他:"烂人,你进来,我有话问你。"

烂人答应一声走进了客厅。我和他对视了一眼,他阴郁的眼神对我依旧充满怜惜,但他却无法弄懂我的眼神,一条洞悉了他的秘密的走狗的眼神。秦五常说:"烂人,你最近眼圈发黑,无精打采的,是遇到什么麻烦了?"烂人说:"没有,就是失眠。"秦五常说:"有心事未必失眠,但失眠必有心事。我听说米兰的事了,天下女人有的是,别太放在心上。念在你悉心照顾太岁的分上,回头我给你张罗一个。"烂人唯恐对方当真,赶紧婉拒道:"谢谢老板,您别费心了,我真的没事。"正说着,两只年轻的藏獒去巡院到了大厅门口。它们停住脚步,虎视眈眈地望着烂人。秦五常见状喝道:"走开!真成了乱眼,家里人都认不得了吗?"

两只年轻的藏獒灰溜溜地走开了。

30

进入十月下旬,天已经明显有了几分寒意。尤其早晚时分,人们行走在外,甚至已经有了几分缩手缩脚的感觉。远处驼峰山上的红叶正在盛期,远远望去像一片一片的火海。这种鲜艳的红色是一年四季中最后的一抹亮色。过不了多久,群山便会秋叶落光，草木枯黄，呈现出进入冬天的荒芜与苍凉。

　　这段时间里，烂人的心情比自然季节更早地进入了冬日。他常常站在秦府的院子中，一边失神地望着远处的驼峰山，一边自言自语道："冬天快到了，天马上就要冷下来了。"我经常在他身边转来转去，用狡黠而捉弄的眼光看着他。他看不懂我的表情，有时会蹲下身来抱住我的头，喃喃地说："太岁啊，天就要冷了，我得抓紧时间了。"

　　我知道烂人抓紧时间想干的事，就是尽快谋害掉我的主子秦五常，然后赶在天冷以前去驼峰山里寻找米兰。驼峰山眼下之所以成了烂人的一个心病，不光是冬天渐近，山里的氛围越来越肃杀，越来越不易生存，而且更与最近发生在驼峰山里的一个变化有关：秦王镇斗狗界超级明星"独行杀手"神秘失踪之后，秦王旅游集团老总秦子义出于多方面的考虑，发布了重金寻狗的悬赏告示。一时间，大量冒险者深入驼峰山，以求能寻得"杀手"的线索而幸运揭榜。但进山者没有带回有关"独行杀手"的任何线索，倒是带回了许许多多令人匪夷所思的奇闻逸事。更令人没有料到的是，不但"独行杀手"没能找回来，而且狗儿失踪的事接二连三地多了起来。起初失踪的多是像"独行杀手"一样在秦王镇斗狗界具有声望的名贵斗狗，接着是普通斗狗，到后来连镇民家中豢养的看家狗都不断被列入了失踪者名单。狗儿莫名失踪事件让秦王镇人心惶惶，养狗人家更是如临大敌。有关狗儿失踪的原因版本众多，但无一能被确凿证据所证实。开始时，流行的说法是远离秦王镇的外界这几年狗肉吃香，价格飙升，便有一个专门盗杀肉狗的团伙定期来此作案。他们伪装成旅游者，天黑后乘人不备而用特殊的作案工具将狗儿猎杀，然后秘密运出秦王镇。后来又因为有人看见一条发疯的黄狗狂奔着跳入了深不见底的黄狼沟，便开始流传原来的狂犬病病毒发生变异，已经不再人犬感染,而只是犬犬感染,染病的狗儿的唯一症状就是自杀。秦王镇有名的人类自杀圣地黄狼沟,也成了疯狗们的首选……这些传言都与驼峰山无关,所以并没有引起烂人的关注。但从十月中旬开始,关于群狗失踪的原因却又有了新的传闻:那些失踪的狗既没有被人偷杀后做成狗肉,也没有在黄狼沟因发疯而跳崖自杀,而是都在驼峰山上活得好好的。"那些失踪的狗儿都投奔了自由世界,过起了无拘无束的幸福生活。"镇民们说这话时,似乎都带着一丝对无限自由的羡慕神色。这个传言之所以具有更广泛的流传性,是因为可供佐证的事实比比皆是:有一户秦姓人家豢养了六年的看门狗在失踪一周以后,于一个夜色朦胧的晚上重回故里,将一只新鲜的山羊腿默默地放在了主人的门前,然后深情地吠叫了三声后离开。闻声而起的主人追出去,在月光下看见了熟悉不过的自家狗儿远去的身影;有一户王姓人家养了四年半的狼狗,在没有主人授意的情况下,忽然独自闯进一个秦姓仇家的家中,咬伤仇家后便失去了踪影……在驼峰山中目睹成群结伙的狗群的进山者更是不胜枚举,有人甚至信誓旦旦地说,他在一处山涧中遇到了一队足有三十只之多的狗群,领头者正是失踪多日的"独行杀手"。关于狗们奔赴自由说越传越离奇,有人甚至将狗们这一行为上升到了"对生存状态反思和自觉"的高度。他们用证据表明,所有奔赴驼峰山的狗,皆是大型烈性犬,而没有一只观赏性的宠物犬,它们才具有对自由的渴望和叛逆的勇气。甚至有人相信,那些如今已经成群生活在驼峰山的狗,并没有变成一群无组织无纪律的野狗,而像揭竿而起的梁山好汉一样,以自己的方式在享受自由的同时,匡扶正义,替天行道。这种离谱的说法,源自发生在十月底的一起个案:很少在秦王镇惹是生非的驼峰山狗帮,夜里偷袭了一户人家,咬死了护院的家犬,偷走了所有的腊肉。而这户人家是秦王镇某区一霸,偷鸡摸狗,恃强凌弱,让街坊四邻都恨得牙根直痒痒。

即将到来的严冬和群狗出没的现状,让烂人觉得驼峰山已经成了一座人类的地狱,而他心爱的米兰此刻就云游在那遥远的山野里,这如何能让他无动于衷?所以看着远处的山色越来越苍黄,烂人的情绪就越来越低落。烂人的焦虑大概除了我之外无人能晓,包括整天找时间和他泡在一起的老蜜,对此也一无所知。从某种意义上来说,烂人眼下的焦虑与我脱不了干系。上次他在重阳节当日给饭菜里下毒,却因盛怒中的秦五常掀翻了桌子而未能得逞。在随后的几天里,他惶惶不可终日的原因不是因为后怕,而是对命运产生了怀疑:天下哪有这么巧的事,秦五常一辈子都没掀过几次桌子,偏偏在我要成全大事的时候掀了桌子?他郁闷了几日后,一不做、二不休地打算再次投毒时,却死活也找不到当时不知放在哪里的毒药了。烂人几乎把自己的小屋和有可能的地方掘地三尺,但还是没有找到那包毒药。他坐在床沿上喘着粗气,想哭的心思都有了。"这老王八蛋真的命不该绝吗?苍天啊,为什么?为什么?我想不通啊!"他一遍遍地捶着自己的头,望着我的眼神充满了沮丧和绝望。

其实他不知道,那包毒药就是被我偷偷叼去扔进下水沟的。

我到现在也无法分辨自己这样做的动机,到底是出于对主子的忠诚,还是出于对烂人的保护,或者是兼而有之?自从我知道是秦五常花钱买下我狗娘并当日下令将其杀害后,作为一只在秦王镇名声在外的走狗,理性告诉我不能将个人恩怨与自己的职业操守混杂起来,我选择了理解和遗忘,尽管要做到彻底的遗忘几乎没有可能。那天我从抽屉中翻出毒药叼着向外跑去时,内心非常矛盾:既有忠诚主子的理性要求,又有认贼作父的不甘;既有对烂人谋害主人的愤怒,又有对他代我复仇的感激。尽管我知道他要杀秦五常并不是为了我,而是有着自己不为人知的理由……

在此后的日子里，我看着烂人痛苦不堪的样子，同样心中充满矛盾。烂人极度痛苦的时候，总会默默地抱住我的头，让我觉得他把我当成了自己的依靠或同盟，心里更会萌生出一丝背叛的内疚。

对两个儿子的失望和对他口中那个所谓"活鬼"的提防，让秦五常外出的频率越来越少。他除了回正房睡觉、在小会客厅喝茶，或站在大沙盘前良久沉默外，其余大部分时间都耗在了秦府三号院中。有时候他甚至待在那座据说闹鬼的院子中整夜不出。每逢这个时候，作为走狗的我是最辛苦的，我须整夜蹲守在三号院与正院相通的后门处，一直等待着主人出来。十月底的夜晚已经很冷了，在皓月当空的清冷的午夜，寒意总能让我保持着彻夜的清醒。在秦府空旷而静谧的氛围中，我能机敏地捕捉到每一个细微的响动：巡院的藏獒慢吞吞的脚步声，鹿苑里梅花鹿打喷嚏的声音，烂人在小屋中整夜整夜的长吁短叹，门房里胖猪和瘦猴打牌九的赌博声……如果我听见了藏獒们梦魇般的压抑的呜噜声，便知道那一定是绿蛇又出现了。尽管那团梦幻般的绿色荧光总是神秘地出没无常，但这段时间里我还是发现了它活动的规律：它来自秦府三号院，那个被外界称为"凶宅"、秦五常不允许任何人踏入一步的神秘之所。

十月底的一天晚上，秦五常晚饭后又去了三号院。我仍然像往常一样，忠诚地蹲卧在后门处，等待着主子回来。到了后半夜，巡院的藏獒们又集体魔住了，在寂静的夜里发出一阵阵痛苦而压抑的呜噜声。我知道那条"黑暗之王"今夜又现身了，它无可撼动的神秘力量正操控着夜色中的一切。我听见烂人停止了叹息，悄悄地开门走出了屋子。我扭过头去，黑暗中烂人光着脚，一边左右四顾，一边蹑手蹑脚地向后门走来。他走到我身边时轻轻地摸了一下我的头，做了个"嘘"的手势，然后就沿着正院和三号院的界墙来回查看起来，在一处种植了枣树的院墙旁，他甚至试了试借树攀越的可能性。焦虑让这个年轻男人失去了应有的冷静和细心,他在夜色中看上去毛手毛脚的,很多动作与平时身手敏捷的他看上去都判若两人。

我蹲在原处没有动,但眼睛却一眨不眨地盯着他。我心里紧张极了,就连那次烂人带我去观摩斗狗比赛时,那血腥的场面都没能让我像现在这样恐惧。我犹豫不决,不知道自己到底该不该吠叫起来。我心乱如麻,既不知道吠叫是为了拯救主人还是警告烂人,也不知道保持沉默是为了成全烂人还是明哲保身……就在我紧张得身体都开始颤抖的时候,烂人却快速地原路返回了。他经过我身边时,俯身抱了一下我的头,那感觉就如同我是他的一个同谋。

天真的冷了,我长舒一口气,忍不住打了一个尿战。

31

十一月二日是个吉日,秦王旅游集团下属保健养生品新厂厂房上梁仪式选在这天举行。虽然现代建筑方式和风格与过去都有了天壤之别,但上梁仪式在秦王镇人心目中依旧非常重要,不能有一丝一毫的马虎。有细心人曾经做过统计,几十年来,在秦王镇凡发生过倒塌、失火、被雷劈、遭水淹等灾祸的建筑,细寻根源,都与上梁仪式的缺失或瑕疵有关。就拿最近的老人院失火一事来说,现在想起来,当年的上梁仪式就有瑕疵:仪式中最热闹的一环是"抛梁",由匠人们将糖果、花生、馒头、铜钱等物抛向四周,让前来看热闹的男女老幼争抢。"抛梁"结束后,按照规矩应该还有"晒梁"一环,就是众人退出新屋,让太阳晒一下屋梁。但老人院上梁仪式那天,由于是个阴天,众人一时图省事,便将这一环彻底省略了……养生品新厂是秦王镇未来的希望,所以上到镇政府和秦王旅游集团，下到普通镇民，对上梁仪式都非常重视，从半月前就反复琢磨、周到安排好了每一个环节。

这天上午的上梁仪式举行得非常成功，环节安排周密，参加者甚众，应该是秦王镇有史以来最热闹、规模最盛大的一次上梁仪式。如果要说有什么遗憾，那就是妙见寺的义满和尚的再一次缺席。事实上，不知出于什么原因，妙见寺与秦王镇的关系越来越疏远了。后半年来，秦王镇的一切重大活动，甚至包括重阳节这样爱老敬老的传统节日，义满和尚都是三请而不到，这让秦王镇的镇民心里充满了淡淡的忧虑和失落。

十一月二日下午，人们从新厂房上梁仪式带来的亢奋中还没有缓过神来，却又被另一件事搅得心神不宁。

这天吃中午饭的时候，人们一边享用着美食，一边听高音喇叭里有关新厂上梁仪式的报道。秦小卉用她那甜美亲切的声音，给广大镇民们勾画出了未来的美景：等明年新厂正式投产后，系列养生神品"千鸟丸"和"千鸟晶"将结束因紧缺而需要申购的历史，以充裕的货源供应市场，秦王镇的父老乡亲就像买盐买醋一样地随吃随买，那时的秦王镇，人人无病无灾，无忧无惧，健康长寿，将真正成为一处当代仅存的桃花源……人们像喝了一杯醇酒一般飘然欲仙，可当饭后一觉醒来，却发现秦王镇的大街小巷中，到处贴满了一张题为《黑老大和他的隐秘王国》的小字报。这张小字报是打印件，洋洋万言，以警世寓言体写成的内容可谓触目惊心：某朝末年，有一处远离主流社会、天高皇帝远的僻远孤地，原本民风淳朴，人们恪守公序良俗。但地方自治权渐渐为一心术不端的奸佞之人所攫取，该人表面上道貌岸然，背地里却杀盗淫妄，无恶不作。这个恶棍为了彻底控制该地，以救世主的身份自居，充分利用地理优势，切断人们与文明世界的正常交流。他甚至不惜花费重金遍寻邪恶秘方，谎称灵丹妙药骗人服用，以达到给民众彻底洗脑、对其俯首帖耳的目的……秦王镇的镇民们读完这张小字报，立即不约而同地叫了起来："这不是在说秦五常吗？所谓给人洗脑之药，一看就知道指的是'千乌丸'和'千乌晶'嘛。"

小字报没有署名，但人们立即就想到了秦乃迁。秦乃迁也不否认。他戴着那副片刻不离身的深色墨镜，悠然自得地出现在围观小字报的人群中。面对人们的询问，秦乃迁坦然地说："明人不做暗事，这么好的文章，秦王镇也只有我写得出来。"人群中有一个须发皆白的长者对他说："天下同姓是一家，你也是姓秦的，而人家秦五常又与你无冤无仇，你为什么总是一有机会就诽谤他？"秦乃迁却反问："从哪里能看出来我说的是秦五常？"老者说："这还用问，谁都能看出来你说的是秦五常嘛。"秦乃迁笑了："既然谁都能看出来说的是秦五常，那说明我写的都是大家公认的事实，何谈诽谤？"此话一出，一时倒弄得那位长者哑口无言。

其实秦乃迁万言文中陈列的所谓事实，大部分对秦王镇的镇民而言不过是道听途说。文章的杀伤力在于，它抛开事情表象，将深藏在背后的玄机挖出来呈现在了人们面前。就譬如拿"千乌粉"一事来说，文章中的描述为：有一年秋天，这个奸妄之人的儿子夭折，原配夫人因为悲伤而病入膏肓，在危急关头重金求得一民间偏方，夫人命是保住了，但从此对一切世事了无兴趣，就算好色的丈夫在自己的眼皮底下包养玩弄女人，也不闻不问，仿佛与自己毫无关系。妄人见状，深感此偏方乃神赐之物，便大加推广，服用了这一号称养生仙丹的当地人渐渐都发生了奇异的变化，一个个身体健康，红光满面，但却完全丧失了主见和思想，成了智商连婴儿都不如的呆傻者……这样的叙述让阅读小字报的人难免不陷入联想，秦五常的三子秦地瓜意外夭折后，其夫人一度病危，确实是被什么民间偏方治好的。治好后的老夫人撒手不再管任何事,曾经最忌讳的丈夫好色之为,也完全听之任之。而据传,"千乌粉"配方就是由秦五常无偿贡献出来的,谁敢确定它就不是那个民间秘方?而再往深里一想,人们不禁吓出了一身冷汗:过去看着老人院那些红光满面、一脸喜色的老人,在惊叹他们身体返老还童的同时,总觉得有一丝怪怪的感觉。现在看了这张小字报,大家立即就联想到了秦府老太太,联想到了变得像个弥勒佛一样的赵镇长,一下子就慌了神:"你还记得老人院那场大火吗?大白天的,为什么会烧死那么多人?是因为那些老人坐在活动室里,面对熊熊燃烧的大火和众人急促的呼喊,却像一群傻子似的面带笑容,眼睁睁地看着大火烧到了自己跟前。哎呀,这么一想,秦乃迁也许不是在信口开河啊!"

重阳节秦万里剁指宣布和儿子断绝父子关系后,秦乃迁更成了一匹脱缰的野马。他舍弃了对家庭和亲情的最后一点牵绊,将所有的精力和激情都投入了伟大的斗争之中。大街小巷中,随时都可以看到他单薄却傲然的身影。呼啸的北风里,随时都能听见他通过扩音器发出的铿锵呐喊。令秦王镇的镇民们大惑不解的是,这个饱一顿、饥一顿的男人,到底靠什么保持着如此旺盛的体力和斗志?而且即便成为一个无人照顾的孤家寡人,出现在人们面前的秦乃迁,依然随时随地保持着穿戴整洁、举止儒雅的读书人的形象,与秦王镇的土著们形成了醒目的对比。

秦乃迁选择在新厂上梁仪式这天张贴小字报,在秦王镇的镇民们看来这属于早有预谋。如果临时起意,是不可能把数千张小字报在一顿饭的工夫贴满大街小巷的。人们在弄清是秦王镇不少中学生替他四处张贴的事实后,忽然意识到,秦乃迁回到秦王镇不到一年,他在镇民心目中的地位虽然没有改观,甚至每况愈下,但他的不懈努力却也不无收获。如此众多的中学生冒着寒风无偿替他张贴小字报,就是这一收获的突出体现。秦乃迁常说:

"少年强则国强，同样的道理，秦王镇的希望在少年身上。"当时还总有人和他抬杠："好像谁没有年轻过，我们也是从少年时代走过来的。"但似乎到现在，他们才真正明白了秦乃迁的真意。许多人焦虑地去了派出所，愤怒地要求所长秦三大把这个搅屎棍抓起来："这狗日的唯恐天下不乱啊，得把他抓起来再判个三年五载的，否则秦王镇就消停不了。"秦三大说："现在是法治社会，你们以为想抓谁就能抓谁啊？"有人说："他这是败坏秦五常老人家的名声啊，给定个诽谤罪不是妥妥的？"秦三大说："一群法盲！先不说秦乃迁这小子现在学油了，在小字报上特意注明了'纯属虚构，请勿对号入座'的字样，就算涉嫌诽谤，诽谤罪也属于自诉案件，自诉案件懂不懂？就是必须秦五常来告，才有可能立案。"众人群情振奋地说："那我们去找秦大爷，他老人家再宽宏大量，也不可能容得下别人骑在自己的头上屙屎撒尿吧？"秦三大却说："你们省省吧，最近他老人家状况有些不对劲，我劝你们还是多一事不如少一事，免得拍马屁拍到马蹄子上。"众人于是很快忘记了来派出所的初衷，兴致勃勃地向秦三大打问起秦五常到底有什么不对劲、为什么会不对劲来。

新工厂上梁日的这场风波，让不少人担心，秦乃迁小字报上的内容不但有损秦老大的声誉，而且会给神奇养生品"千乌粉"系列的前景蒙上一层阴影。但结果却正如秦五常所言，"他秦乃迁这是给千乌粉做了一个免费广告"。人们对"千乌丸"和"千乌晶"所产生的一丝质疑，很快就被另一种判断彻底颠覆了：秦乃迁上次申购资格被全镇公投否决后，一直心怀不满，他在人家新工厂上梁日搞这一套，完全是出于个人报复心理。这使得申购的人数不但没有减少，相反成倍地增加起来。甚至有人说："就算真如他说的，我也愿意吃这灵丹妙药。身体健康，又憨乎乎不生烦恼，这难道不是人活着的最好状态吗？要主见和思想有个卵用！"

十一月三日上午，秦万里也出现在申购的队列之中。这个整日醉醺醺的家伙，逢人便自嘲地说："你们应该把申购的机会让出来，像我这样无儿无女的人，要想多活几年，只能靠吃药了。"

32

从九月开始，秦五常就常常闭门不出的原因，他说是自己碰见活鬼了。这个活鬼不但出现在他的梦里，而且也出现在他清醒的时候。我一直觉得这是秦五常的脑子因为衰老而出现了幻觉，让他无法分清现实和梦境。在此后的日子里，他每逢必须出席的活动，都让我寸步不离地守在他的身边。这个一生没有惧怕过任何事情的老人，变得疑神疑鬼，眼神不住地四处张望，仿佛他所说的活鬼随时都会出现在他的眼前。人常说有的人越老越怕死，有的人越老越贪财，主子的表现让我觉得所谓的活鬼只是他怕死的一个借口，因而每逢随他外出，他风声鹤唳的样子总会让我忍不住心生一丝鄙夷。

但十月的一天晚上，当亲眼看见那个活鬼的时候，我也彻底地惊呆了。

事情发生在重阳节那天。由于老人院院长秦世录在敬老宴上自作多情的安排，在秦王镇造成了"老人家病危"的猜测和混乱。秦五常只好紧急救火，他下午在镇广播台发表了重阳讲话，晚上又出席了为老人们安排的文艺会演。那天照例我一直紧随在主人身后，直到活动结束时，已经是夜里十点多钟。胖猪开车，瘦猴坐副驾驶，我紧贴主人蹲坐在他的身边。由于当时演出刚刚散场，镇礼堂附近的大街小巷到处都是拥挤的人群。车子缓慢地向东拐进木棉大道时，我惊讶地在人群中看见了一个熟悉的背影：是章鱼姑娘！我对她的体形太熟悉了，包括她上身那件猩红色的呢绒半长大衣，包括她鹅黄色的围巾，都是我再熟悉不过的。我回头看了看主人，却发现秦五常正靠在车座上，神色疲倦地在闭目养神。由于他平常总是用"会咬的狗不叫，会叫的狗不咬"这样的走狗标准鞭策我，所以在他身边时我尽可能默不作声。但回头朝我们车子张望的那张脸，让我再次确认那是章鱼无误，我在犹豫片刻后，还是"汪"的一声叫醒了主人。秦五常吃惊地睁开眼睛，看了看我，然后从我吠叫的方向往车窗外望了出去，章鱼姑娘那张面色惨白、目光幽怨的脸庞出现在他的视线中。秦五常立即双眼圆睁、面容扭曲地惊叫起来："胖猪，瘦猴，快看那是谁，你们俩能看见吗？"胖猪和瘦猴吓了一跳，等他们朝着秦五常所指的方向看过去时，也顿时变得脸色惨白。章鱼姑娘在混杂的人群中像播放慢镜头一般回过脸来，一头飘逸的长发在晚风的吹拂下飘然起舞，很快就消失在了前方一个拐弯处。

"怎么可能？！怎么可能？！"胖猪和瘦猴都目瞪口呆。

"快去追，不管是人是鬼，今晚都得弄个明白。"秦五常急得直拍车座。

胖猪和瘦猴急忙把车停在一边，下车就朝拐弯处跑去。我心中也充满了好奇，也想下车参与到追逐中去，但脸色苍白的秦五常却紧紧地搂住了我的脖子，我感觉到他的身子在颤抖个不停。很快胖猪和瘦猴就原路返了回来，他们一无所获，老远就朝秦五常摊了摊手。

在继续回秦府的路上，我完全没有料到，从他们三人的谈话中，居然无意间知道了一个惊天秘密。

刚才在人群中看见章鱼姑娘，着实令我吃惊不小。前段时间她在老人院火灾中葬身火海的重大新闻，以及秦五常为一个可招之即来、挥之即去的女人，居然会像少年一样梦遗，都让我对章鱼姑娘也已不在人世深信不疑。所以当她相隔如此之久忽然又出现在眼前时，我自然会有撞鬼之感。但我是一条冷静且理性的走狗，很快就从惊诧中恢复过来：既然章鱼姑娘在人间还活得好好的，只能说明所谓葬身火海、尸骨无存的说法是一种讹传。刚才看见章鱼姑娘曼妙的少女身姿，我估计这段时间她只去外地堕胎和休养了而已。但秦五常的话顷刻就否定了我的猜测，他沉着脸问道："你们说说，这是怎么回事？我撞见可不是一回了。"胖猪和瘦猴面面相觑，半天胖猪才一脸惶恐地说："真是活见鬼了。我们俩亲眼看着她从黄狼沟跳下去的啊。"秦五常说："你们俩也真真切切地看到了，太岁也看到了，总不可能是我的幻觉吧。我一辈子都没有信过鬼，那到底是怎么回事？"瘦猴说："是啊，看着也不像是鬼呀。可她真是当着我们的面跳下了黄狼沟。当时她哭哭啼啼地求我们放她一马，我嫌啰唆，本想一脚把她踹下去。胖猪当时说了，咱不杀人，时间有的是，让她自己决定，后来她就真的跳下去了。胖子那天闹肚子，在沟边屙完一泡屎后我们才回家的。老大，这事太诡异了，明天要不要去妙见寺问问义满和尚？"秦五常挥了挥手，瘦猴立即住了嘴。秦五常轻轻地叹了口气，自言自语地说："既然摊上事了，总会有方法解决的。"

我又一次感到震惊无比，而且程度远超刚才看到章鱼的身影时。从胖猪和瘦猴的描述来看，章鱼姑娘葬身深不见底的黄狼沟已经是不争的事实，难道刚才出现在人群中的果真是她的冤魂？果真就是秦五常一直念叨的那个"活鬼"？但更让我震惊的，并不是这件不可思议的神秘事件本身，而是他们三人不经意间透露出来的关于章鱼姑娘的惊天秘密：章鱼姑娘是被谋杀的，虽然威逼她绝望地跳下深渊的是胖猪和瘦猴，但毫无疑问的是，我的主人秦五常是毋庸置疑的幕后黑手。胖猪和瘦猴只是比我更忠诚、更没有脑子的另外两条走狗，他们能做的仅是唯命是从而已。尽管我还不知道秦五常要置章鱼姑娘于死地的原因，但想起曾无数次在床上狂蜂浪蝶般地销魂过后，像只蚁王一样巨大而肥胖的秦五常，用一双肥腻腻的大手轻抚着章鱼姑娘细腻而弹性的年轻皮肤，无限深情地说："宝贝，我会为你负责，我会安排好你的一生。"我还是无法相信，秦五常会以这样残酷的方式"安排"了章鱼姑娘。据说章鱼姑娘的父母从秦子义手中接过巨额慰问金和"见义勇为"的证书时，曾感激涕零地对秦五常表达了由衷的谢意，感恩他改变了出生于普通家庭的女儿的一生，让她成为一名永垂青史的英雄……我内心一阵躁动不安，想狂吠的欲望让我几乎失控。我望了望秦五常那张此刻已经恢复了平静的脸，最终还是保持了沉默。

　　夜已经深了，秦王镇一派静寂。车子穿过街巷向秦府驶去，引擎声在夜间响亮得有几分喧哗。过去每遇这样的情况，必然会引起一路的犬吠声。但今天夜里万籁俱寂，整个秦王镇像一片充满死亡气息的废墟。车子经过镇中心广场时，透过车窗，我惊讶地看见，被皎洁的月光照得惨白的广场中央，正聚集着一大群狗。它们身形各异，大小不等，足有三四十只之多。令我感到奇怪的是，这些狗儿整齐地分列蹲坐在广场上，安安静静，一声不吠，像是在参加一个庄重的集会。狗群前面有两只狗面向狗群，似乎在指指点点地说着什么。其中一只身形硕大，毛色在月光的照射下散发着神奇的亮光。开车的胖猪显然也注意到了这一幕，他咳嗽了一声，充满疑惑地自言自语道："这些狗都是从驼峰山来的，它们真的快成精了。"迷迷瞪瞪的瘦猴朝外看了看，咕哝了一声："这是狗司令在招兵买马吗？以后该不会秦王镇的狗都上了驼峰山吧。"

　　重阳节当晚慰问老人的文艺演出前后，目睹章鱼姑娘现身的显然不只我和秦五常一行。有多人声称在不同时段、在礼堂周围的不同地方见到了她,甚至有人说她曾出现在演出现场的后台上。关于章鱼姑娘现身重阳节的说法,虽然众说纷纭,版本众多,但人们的认识最终渐渐趋于统一:那些声称看到章鱼姑娘表情幽怨,甚至怒目圆睁的说法纯属谣言,如果目击属实,人们看到的一定是章鱼姑娘的英灵,而非一个冤魂。在熊熊大火中为抢救老人而英勇献身的章鱼姑娘,当然是含笑九泉的,怎么可能成为一个四处游荡的冤魂?她之所以出现在演出现场,是因为这个善良的外地姑娘依然情系秦王镇的老人们,特意赶在重阳节来表达自己的一份爱老敬老之情……当然,更多的人对一个死人的现身事件持否定态度,他们一听到这个传言,就满脸不屑地说:"都什么时代了,居然有人相信这样的鬼话!"

  对于没有利害关系的人,所有的流言都会像一团雾气,或一阵浓烟,很快就会消失在时间里。章鱼姑娘现身的诡异传说,在象征严冬正式到来的一场寒流之前,就已经没有任何人再提及了。但与章鱼姑娘之死密切相关的秦五常、胖猪和瘦猴,随着时间的流逝,却越来越深地陷入了疑虑和惊恐之中。他们三人对章鱼死而复生的疑虑是相似的,但惊恐各有不同:秦五常平生头一遭面对一个虚幻的敌手,穷其一生的经验居然都找不出一个应对之策。他变得更加足不出户,大部分时间都是独自待在三号院那座传说中的凶宅中。而胖猪和瘦猴的惊恐则来自主子对他们的信任危机。尽管两人一再信誓旦旦地向秦五常描述了章鱼跳崖的每一个细节,但他们从主子的眼神中还是看到了一丝怀疑,而这丝怀疑沉重得几乎让两人走向崩溃。

  十一月底,一场寒流袭击了这片偏远的大地,秦王镇的严冬如期而至了。

33

就在这场寒流来袭前几天的一个晚上，烂人给我做好晚饭后，端着食盆带我进了他的宿舍。屋子里已经生起了炉子，温暖的感觉让人昏昏欲睡。那段时间我和烂人都心事重重，脸色忧郁，沉默不语，看上去一副无精打采的样子。烂人把食盆放在地上后，就从抽屉里拿出一个用布裹得严严实实的东西来。他看见我没有食欲，而是好奇地抬头看着他，便说："是刀！别害怕，吃你的饭，跟你无关。"他层层打开包裹布，果然是一把两尺左右的藏刀。烂人从柜子底下摸出一个磨刀石，用空碗盛了水，"霍霍霍"地就磨起刀来。我想起他下毒的事，想起他晚上在三号院四周查看的事，明白无误地知道，烂人这是要孤注一掷，决定直接动手血刃秦五常了。此事要是放在以往，我肯定会急得抓耳挠腮，不管是出于忠于主子还是为保全烂人，都会想办法加以阻止。但自从意外得知章鱼姑娘死亡的秘密后，我内心被一种无法释怀的情绪折磨着，常常有一种从秦府逃离的欲望。我是一只走狗，是一只被秦五常豢养且器重的走狗，这种逃离的欲望总让我有一种背叛的羞耻感。所以看着烂人低头磨刀的样子，我心里一瞬间甚至冒出这样一个我过去从来都不可能想的可怕念头：如果烂人果真能杀了秦五常，我也就由此解脱了。

正在这时，我听见屋外传来一阵脚步声。是老蜜，伴随着脚步声越来越近，我闻到了一阵饭菜的香味。烂人沉浸在磨刀的执念中，直到老蜜在门口叫道："兄弟开门，我手占着呢。"他这才慌张地将刀子、磨石和水碗胡乱地收拾起来，走过去给老蜜开了门。老蜜双手端着一个方形食盘，里面放有四个盛菜的碟子、一瓶酒及酒杯碗筷等物。她将盘子放在桌子上，笑眯眯地说："兄弟，看你这段时间蔫头耷脑的，姐晚上刻意留了几个好菜，陪你一起喝一场。心里的话不敢憋着,说出来就好了。"烂人有些发愣地看着她,老蜜说:"咋?不欢迎我是怎么着?"烂人这才勉强地笑了起来:"怎么会,就是该我请老姐喝酒才对。"老蜜说:"你就别耍嘴皮子了,也不是我掏钱,咱们这都是托老板的福。"

这天晚上从八点多开始,老蜜和烂人一边推杯换盏地喝酒,一边有一搭、没一搭地聊着闲天。老蜜多次询问烂人到底遇上了什么烦心事,烂人都故意开玩笑说,不过就是周期性情绪低落,跟女人来大姨妈了一样。老蜜用暧昧而又有几分幽怨的目光看了他一眼:"你是和米兰分开时间太长,想女人想出毛病来了。"也许是情绪不佳的原因,过去颇有些酒量的烂人,和老蜜将她带来的那瓶"秦王特酿"喝完后,说话就有些大舌头了。老蜜见他又要从柜子里拿酒,赶紧拦住道:"兄弟,你已经差不多了,再喝就醉了。"烂人却说:"你是我姐不是?我今天就要醉,我有话想说,总不能跟太岁说吧,它是一条狗啊。我想跟你说……"老蜜见拦不住,也就只好由着他又打开了一瓶不知什么牌子的高度白酒。

烂人第二瓶酒没喝几杯,就彻底地醉了。老蜜乘着酒兴和他调情的话,他一概不接茬,而是不停地说:"你信吗,大姐?我要杀人。"老蜜只当他醉后胡言,便随着他说:"我信,你要杀米兰,杀掉这个抛弃了你的小狐狸。"不料烂人充满血丝的眼睛瞪得老圆,一字一顿地说:"我要杀的人是秦五常,是秦五常这个老王八蛋。"老蜜听后吓得浑身一哆嗦,她赶紧用手捂住烂人的嘴:"兄弟,酒喝得再多,这样的话也不能胡说。"烂人却说:"我说的不是醉话。你不是总问我一个大小伙子干吗要到这里来喂狗吗?告诉你,我就是为了杀他,他是我的杀父仇人啊!"老蜜一看这架势不像是随口妄语,赶紧起身将门关了个严实,回到桌边问道:"兄弟看来果然有话要说,你声音小点。到底为什么事?"

烂人一边继续喝酒,一边讲了一个让人难以置信的故事:秦王镇不明底细的人,都以为烂人是镇上秦兽医的独子。他十来岁的时候,兽医夫妻同时死于一场马车坠崖事故,他从此便成了孤儿,是靠吃百家饭、穿百家衣长大的。烂人说其实不然,从他开始记事起,兽医夫妻就一遍又一遍地给他讲述了自己的真实身世。原来烂人并不是兽医的儿子,他的父亲是来秦王镇做生意的一个谈姓外地人。烂人的母亲姓游,是百里挑一的南方美人。烂人刚一岁多那年,谈先生竟意外得知,家里的座上宾、当时秦王公司的老总秦五常竟然与妻子有染。即便生性优柔寡断,谈先生还是难忍心中这团怒火,他操起刀就打算去找秦五常拼命,结果却被自己的妻子舍命拦了下来。妻子一口咬定,是自己先喜欢上秦五常的,要杀要砍先冲着自己来。当天后半夜,谈先生在哭过一场又一场后,终于选择了悬梁自尽……兽医夫妇是谈先生的好朋友,几天联系不上,放心不下上门来看看,发现谈先生的尸体已经发臭了,尸水在地上流了一摊。而游姓女人却不知所终了,只有他们还不懂事的儿子在家里饿得奄奄一息。在烂人被没有生育能力的兽医夫妇收养的日子里,他们对他说得最多的一句话就是:"秦五常害死了你爹,我把你养大,没有别的任何目的,只希望你将来为你爹报仇。"他和米兰相爱这么多年,之所以既不结婚,也不要孩子,而是最终选择了分手,原因只有一个,那就是大仇还未报。

烂人头发凌乱,眼睛通红,说到激动处,他将刚才磨得寒光闪闪的藏刀拿了出来:"姐啊,不瞒你说,那老王八蛋确实命大,我几次下手都让他侥幸逃脱了。这次,我舍得一身剐,不信他狗日的还能逃出我的手心。"烂人一手举着明晃晃的藏刀,一手端着酒杯道,"姐,谢谢你这段日子对我的照顾。我如果能活下来，日后一定舍命相报。如果与狗日的同归于尽的话，那只能等来世了。"说罢，又一口气喝干了杯中的酒。老蜜已经被吓傻了，她结结巴巴地说："兄弟，你听我说……"但烂人立即打断了她："姐，别说话，啥话都不要说，来，喝酒！"

将近十点的时候，烂人和老蜜还在说话喝酒，我听见外面正房门"吱"地响了一声，知道主人秦五常又要去三号院了。长期的职业素养让我下意识地冲过去，熟练地拨开小屋的门闩，在黑暗中箭一般地冲到了秦五常的跟前，随同他一道到了与三号院相连的后门处。秦五常看我蹲坐下来，习惯性地摸了摸我的狗脸，然后肥胖的身子消失在了后门处。我想着此刻正攥在烂人手里那把寒光四射的藏刀，内心却平静得出奇。我觉得烂人所讲述的故事，似乎已经让我从内心里默许了他的决定，而放弃了对主人尽忠尽职的任何努力。我不断地想象着这样的场景：那个自幼在心里就被埋下了复仇种子的男人，在日后不久的某一个夜色中，借助那颗此刻就在我眼前的枣树翻过高墙，进入神秘莫测的三号院内，挥动锋利无比的藏刀狠狠刺向杀父辱母的仇人，一刀、两刀、三刀……鲜血从那具肥胖的肉体中喷涌而出，浸透衣服后汩汩地流向了地面。我想象着那个时刻主人的眼神，他会在弥留之际回头去找我——这条在他眼中忠诚无比的走狗吗？如果我当时在场，他会流露出怎样的眼神？迷茫、失望、怨愤、责备，还只是伤心和无助？这样的想象让我内心混乱不堪，我又有了在静寂的夜色中大声吠叫的欲望，虽然最终忍住了，但我知道自己骨子里依然没有达到主人对我所要求的走狗的境界。

夜已经很深了，烂人和老蜜还在说话喝酒。在冬日的寒风中，他们的声音时高时低地传进我的耳朵。此刻的秦府寂静无比，但一切细微的响动都被我尽收耳底。藏獒们疲倦拖沓的脚步声，厢房里厨子、仆人等粗细不匀的打鼾声，粮仓内一群耗子为琐事的吵闹声……秦府内唯一真正沉默无声的,只有那条出没无常的绿蛇,那条永远在黑暗中泛着一层阴冷荧光的独行者。此刻,我不知道它隐身何处,就如同我不知道自己的未来到底在何处一样。烂人此刻听上去已经烂醉了,他说话时已经完全没有了刚才的逻辑性和连贯感,嘴里不时发出一串语义不明的呜噜声。此刻老蜜反客为主,不断地劝告,甚至恳求烂人放弃这个可怕的计划。在苦劝无果的情况下,她最后甚至乘着酒劲生气地扇了烂人一个耳光,愤然说道:"即便秦老板是个活该千刀万剐的恶人,那也该把惩罚他的任务交给法律,而不是任由你来裁决。再说了,你父亲和秦老板之间的恩怨,秦王镇居然没有任何一个人知道底细,你怎么就敢肯定那不过是你养父的谎言?秦兽医和老板素有过节,倒是许多人都有所耳闻。"烂人此时早已是油盐不进,什么话都听不进去。他醉醺醺地反问道:"我拿你当姐,才给你说掏心窝子的话,而你……你居然给这样一个恶棍开脱……"他话还没说完,我就听见随着"扑通"一声沉闷的响动,随即传来杯盘落地的破裂声。不用问,此刻的烂人已经倒地不起,彻底成了一摊烂泥……

在长久的沉寂之后,我听见了老蜜在夜色中无助而伤感的低泣声。

34

十一月二日那张贴遍了秦王镇大街小巷的题为《黑老大和他的隐秘王国》的小字报,谁都知道秦乃迁是冲着被神化了的"千乌粉"系列产品去的,更是冲着秦五常本人去的。但秦乃迁又一次失算了,对所谓"灵丹妙药"的诋毁不但没能引发秦王镇的镇民们对"千乌丸"和"千乌晶"的抵制,反倒更激发了大众申购的热情,就连已经和他断绝了父子关系的秦万里,也执着地加入了申购的行列。小字报中除了对主人公"黑老大"热衷权力、疯狂敛财、打压异己、拉帮结派等恶行进行了猛烈抨击外,有关他欺男霸女等道德丑行的揭露更是触目惊心。这是全文中最吸引观众眼球的部分,有的人甚至兴奋地说:"太刺激了,比色情小说还要精彩!"文章中的"黑老大"对情色有着病态的迷恋,他依靠手中的权势和财富,几乎睡遍了当地姿色出众的女人,因而被人们暗地里称为"半条街"。这部分内容之所以吸引人,不光是因为"黑老大"是个阅人无数的老花贼,更在于文章中写了许多令读者颇为兴奋的御女奇招,其中最让人称奇的是这样一个细节:黑老大不但床上功夫了得,花样翻新,姿势百变,而且他身上带有一种天生体香。这种香味世间独一无二,不但闻之能让女人神魂颠倒、高潮连连,而且这种迷香会渗入女人的每一处肌肤,终生都不会散去。它就如同一枚鲜艳醒目的印章,让与黑老大有染的女人立即具有了明显的标记……不得不说秦乃迁确实是个有水平的文化人,本来在秦王镇民间里悄悄流传的有关秦五常与女人的段子,经过他那生花的妙笔一渲染,立即变得充满传奇性。但令津津有味地阅读小字报的镇民们没有料到,秦乃迁对秦王镇老大寓言式的情色描写,不但没有起到败坏其名声的效果,相反却意外地打乱了秦王镇许多无辜男人生活的平静,伤害了他们原本就异常脆弱的自尊。

事情的起因是一起原本普通的夫妻吵架:十一月三日,也就是秦乃迁贴出小字报的第二天,居住在镇南铁炉巷的一对夫妻秦小勇和贾凌然发生了一场惊动四邻的争吵。据说吵架的缘由就是因为秦小勇读了贴在巷口墙上的那张小字报。小字报上关于"黑老大"带有神秘体香的描写,让秦小勇对妻子贾凌然疑窦顿生。他以前就怀疑自己的漂亮老婆与秦五常有染,但一是苦于没有直接证据，二来秦五常财大势大，在秦王镇关系盘根错节，是跺一跺脚都会引发地震的人物，在自己的男人尊严没有被公然冒犯之前，还是睁一只眼、闭一只眼为好。但前一段他从外地出差回来后，家里出现的异常情况引起了他的警觉：并不太大的小院里，到处飘散着一股奇怪的味道。这种味道说香不香，说臭不臭，是秦小勇以前从未闻到过的。而更令他纳闷的是，这股陌生的味道无论采取清洗床单衣物、喷去味剂等方法都无法消除，似乎渗透在家里的每一件物品中。秦小勇疑惑地询问妻子，贾凌然的答复却总是模棱两可。她要么说可能是她新买的香水与化妆品串了味，要么说可能是水管在冬天开始反味了，要么说有可能是人到某个岁数而出现的特殊体味。问得勤了，贾凌然却先发了火："什么味道？就你狗鼻子闻得见。你整天疑神疑鬼的，究竟他妈的想干什么？"弄得秦小勇虽然心里疑虑未消，却也不敢再轻易多嘴。

六月三日这天，秦小勇去参加了公司新工厂的上梁仪式。等回到铁炉巷巷口时，他发现一群人围在墙边在看一张什么告示，便也凑上去看热闹。刚开始他打心眼里反感秦乃迁这个二货的捣乱行为，心想：你如果跟秦五常有个人恩怨，就私下解决，犯不上整天诋毁我们的新产品啊。"干乌丸"和"干乌晶"全镇没人说坏，你鸡蛋里面挑骨头，这是安的什么心？但看着看着，秦小勇的脸色却越来越变得乌青，小字报上有关"黑老大"身体带有天生迷香，且这种迷香会通过做爱渗透到女人每一处肌肤的描写，让秦小勇心头的隐痛忽然被人猛地戳了一下，顿时变成了无法忍受的剧痛。他越往下看，越觉得最近弥漫在家里每个角落且怎么都无法散出去的味道，就来自秦五常，来自小字报中被匿名为"黑老大"的秦五常！秦小勇没有看完，便从人群中挤出来往家里走去。他头重脚轻，心里乱成了一团麻。"不要相信那些鬼话,人家上面都写着纯属虚构,就是编来逗人玩的,哪里有这么神奇的事?老婆孩子都好好的,千万别为没影子的事乱来。"秦小勇一边走,一边谆谆告诫着自己。但刚踏进院门,那股最近像幽灵一般四处飘荡、让他心烦意乱的古怪味道,便浓烈地飘进了他的鼻孔,他觉得自己像一团遇到火星的煤气一样,瞬间便爆炸了。

当时儿子去幼儿园了,妻子贾凌然正在厨房里做饭。她今天心情似乎很好,一边做饭一边哼着轻快的歌儿。听见秦小勇回来,贾凌然刚抬头问候了句:"回来这么早啊!"便被脸色铁青的丈夫挥起手来,将刚做好的几盘菜从灶台上全部抡到了地上,噼里啪啦摔得粉碎。

贾凌然一下子愣住了。她看看秦小勇,又看看地上摔得稀烂的盘子和汤汁流得满地都是的菜肴,沉默了片刻倒冷笑起来:"有种!我一直以为你是个尿包,看来是我走眼了。"

秦小勇也愣在了那里。他在抡起胳膊将饭菜打翻在地的瞬间,瓷器落地时粉碎的脆响就将他从盛怒中清醒过来。他看着贾凌然的脸,刚才差点脱口而出的咆哮、谩骂和羞辱,竟然消失得无影无踪。此刻充斥着秦小勇内心的,除了后悔就是恐慌。他嘴唇翕动,却一句话也说不出。他似乎在等待着妻子的爆发,所以当贾凌然冷笑着夸奖他"有种"时,秦小勇更是彻底懵圈了。他嗫嗫嚅嚅半天,说出来的话却成了道歉:"老婆,对不起,你别生气啊。我浑蛋,我也不知道这是怎么了。"

贾凌然却像聊天一样平静地说:"我知道你怎么了,你不是怀疑我外面有人了嘛。好吧,说开了也好。你不是想听实话吗?那我就告诉你,绿帽子戴在你头上已经不是一天两天了……"

秦小勇说:"老婆,你骗人,你是在说气话。"

贾凌然又冷笑了一声:"一个已经决定不再把日子往下过的

人,你觉得还会有情绪说气话吗?怎么,还要我把相好的名字说出来吗?"说罢,贾凌然摘下做饭的围裙挂在了该挂的地方,连秦小勇看都没再看一眼,就朝厨房外走去。一度怒火万丈的秦小勇,此刻心里只剩下了巨大的惶恐。他忙不迭地一边追出去,一边央求道:"老婆,老婆,你别走,我错了,我给你道歉还不行吗?"贾凌然的愤怒终于被点燃了,她歇斯底里地冲着秦小勇的面吼道:"不行!道歉也不行,晚了。"

任凭秦小勇把好话说尽,贾凌然也不为所动。她三下五除二地将自己的衣服收拾进一口行李箱,提着就往门外走。尽管屈辱让秦小勇内心百般委屈,但自己失去妻子、儿子没有母亲的巨大恐惧,让这个男人此刻只有一个信念:无论如何都不能让妻子离开,否则好端端一个家就要散了。秦小勇追到大门口,扯住贾凌然手中的箱子,几乎快要哭了起来:"老婆,求你了,别走啊,否则下午儿子回来我怎么交代?求你了老婆,都是我混蛋。我不该对你猜疑,我他妈就是一个小心眼。求你了老婆……"此刻贾凌然的火气却上来了,她大声嚷嚷起来:"不是你猜疑,我就是偷人了,你倒是撒手呀!你不是老说屋里有一股味道嘛,你猜对了,那就是野男人的味道。撒手!你有点男人的样子行吗?"……正是吃午饭时间,夫妻俩的争吵声引来了许多端着饭碗的邻居。大家一边吃饭,一边你一句、我一句地劝解着两人。但贾凌然正在气头上,谁的劝也听不进去。她什么恶心说什么,什么能让秦小勇难堪说什么,听得围观者都无话再劝。秦小勇撒了手,眼泪流了下来,他说了句:"这日子怕真的是没法过了。"然后就默默地折身进了院门。众人都动了怒,冲着贾凌然道:"真是最毒莫过妇人心啊,你还在这里折腾,也不怕他寻了短见。"贾凌然见状也胆怯起来。她嘴上说着"谁怕谁,大不了一起死",却也慌慌张张地走回了院门。

这场闹得动静颇大的夫妻吵架，最终以秦小勇认尿道歉而平息了。但他们吵架的内容，却成了秦乃迁小字报中古怪描写的证据。人们甚至对贾凌然和秦五常是否真的存在私情已经毫不关心，而好奇心全部集中在了那传说中的神秘气味上。有的人甚至借口借钱借物去秦小勇家里，目的就是为亲自闻一闻那让人心痒得抓耳挠腮的气味。但去过那座小院的人都很失望，他们说院子中除了和普通人家一样庸常的烟火味，没有任何值得让他们夫妻如此大动干戈的神奇味道。

那段时间秦五常总是闭门不出，我不知道这件事有没有传进他的耳朵。我是在门房里听人聊天时得知有关神秘气味的传闻的，我当时差点"汪"地笑出声来。因为我知道人们正在疯传的所谓秦五常自带的天生体香，不过是我病态的尿臊味。那是章鱼姑娘让我落下的病根，每逢主人和女人做爱，我都忍不住会小便失禁。这种被秦五常定义为"特殊香味"的尿臊气，贾凌然家里有，秦访琴家里有，王觅香家里有，孙寡妇家里有……和秦五常有过鱼水之欢的女人家里都有，想想也许真的能凑半条街了。

35

十一月二十六日夜里，一场寒流席卷了这片遥远的大地。从北方凶猛涌来的强烈冷空气，让秦王镇的气温一夜之间骤降了十度之多。呼啸的北风之中，残留在树梢上的零星的枯叶悉数落下，徒留光秃秃的枝干刺向清冷的天空。远处的驼峰山草叶落尽，山色苍黄，位于半山腰的妙见寺的山门露了出来，飞檐斗拱，红柱黄瓦，异常醒目，仿佛故意在肃杀的季节里才刻意彰显自己的存在。

就在寒流来袭、严冬降临的第二天，一个突如其来的消息传遍了秦王镇：烂人被派出所抓起来了，罪名是涉嫌预谋杀害其雇主秦五常。

乍一听到这个消息，大多数秦王镇的镇民都无法相信。"冬天来了，谁又闲得蛋疼！"他们不屑地摇摇头，不约而同地认为这不过是无聊的谣言。但当天正午，在镇广播站新闻快播时间段，秦小卉的声音通过无处不在的高音喇叭，证实了这条消息的真实性。新闻只有短短几句话，既没说烂人预谋犯罪的动机，也没有抓捕的具体过程，在广大听众心中形成了更大的悬念。悬念往往是一切流言滋生的土壤，很快，各种有板有眼的关于烂人预谋杀人案的版本就开始四处传播。关于此案，人们最为困惑的问题集中在两个方面：一是烂人谋杀秦五常的动机何在？二是既然在预谋阶段，他是如何提前暴露自己的？人们用自己丰富的想象力给出了形形色色的不同答案。在流传较广的几个版本中，关于烂人预谋杀人的动机，有的说是因为他长期被克扣工资；有的则说是因为他漂亮的前女朋友米兰被秦五常侮辱；更有人简单地认为这不过是烂人突发了精神病而已。而关于杀人计划被提前发现的原因，有人说烂人有梦游的毛病，降温的那天夜里，他举着一把刀在秦府大院里四处乱走，而被值班的保安擒获；有的说烂人在一家小卖铺买刀时，反复询问店家说如果杀人，刀子到底是带血槽好，还是不带血槽好。店家由此起了疑心，便向秦三大进行了举报。秦三大感到事情重大，便派人秘密侦查，由此一桩预谋杀人案便浮出水面。更有离奇的说法竟然归功于我，说神犬太岁不仅是秦五常的一条忠犬，而且机敏过人，在烂人的异常行为中洞察了其意欲谋害主子的企图，于是向主子告发，一举粉碎了这一计划周密的预谋……

这些离奇古怪的说法，当然都不过是大众以讹传讹的结果。作为事件的亲历者，虽然我亲耳听说了他要谋杀秦五常的动机，但对于他的杀人计划是如何暴露的,我其实都不太确信。寒流来袭的前几天的一个晚上,老蜜来找烂人喝酒。那天烂人喝得烂醉如泥,一直昏睡到第二天中午才醒过来。他显然是喝断片了,在给我做狗食的过程中,一直显得心神不宁。他时不时轻声地咕哝道:"我该不会乱说了什么吧?唉,酒这东西真是误事啊。"在随后的几天时间里,他看上去忧心忡忡,心事明显比以往更重了。我开始觉得他这是刺杀秦五常计划即将付诸行动的前兆,但一连几天,他表现出来的都不是复仇前的亢奋和紧张,而是畏首畏尾的踌躇和疑虑。"该不会只是说得热闹,临了儿却又像个尿包似地放弃了吧?"看着他萎靡不振的样子,作为秦五常走狗的我,心里居然有一丝淡淡的失望。

十一月二十六日晚饭时分,我看见烂人拦住了从小饭厅送餐路过小屋的老蜜。他有些尴尬地寒暄了几句,然后看似随意地问:"姐,我那天喝多了,没说什么冒犯姐的话吧?"要是放在平常,老蜜一般会就势开些暧昧的玩笑,但那天她却一本正经地说:"没有啊,兄弟,你多心了,那天聊得很好,你没有说任何不该说的话。"烂人说:"我酒后总是爱胡说八道,任何酒话姐都别当真啊。"老蜜说:"放心吧,怎么会。"烂人看着老蜜走开的背影,眼神里的乌云般的抑郁似乎散开了一些。他抬头望望渐黑的天色,自言自语道:"米兰没有说错,我性格拖沓犹豫,想要干成大事,恐怕黄花菜都凉了。"

十一月二十六日夜里气温骤降,一场寒流将真正的严冬如期带到了秦王镇。第二天一大早,在如哭的风声和秦五常均匀的鼾声中,我听见秦府大门口传来一阵陌生人的骚动声。跑出去看时,却是一身制服的秦三大正带着三个警察在跟秦府保安低声说话。随后,如临大敌的一群人便向烂人的小屋包抄了过去。冒着冷风巡院一夜的五只藏獒从四周走了过来。面对秦府突然出现的这些陌生人，它们居然像看见了久违的老朋友，表情充满了愉悦和亲切的善意。而我看着秦三大和另外三名警察手里上了膛的手枪，心里竟然涌上一丝想冲进小屋去叫醒烂人的冲动。

烂人还在熟睡中。他被秦三大飞脚破门的声音惊醒时，几支乌黑的枪管已经抵住了他的脑袋。秦三大不费吹灰之力就从桌子的抽屉中找到了那把用布包得严严实实的藏刀，他把刀在已经被戴上了手铐的烂人面前晃了晃，说："知道我为啥抓你吧？"烂人迷茫地摇摇头："我知道你为啥抓我，但我不知道你为啥会知道要抓我。"秦三大却笑了："干不成大事的人，基本都会问这样愚蠢的问题。"烂人被带走的时候，看了我一眼，神色中有一种离别的凄凉，这让我想起了他和米兰分手的情景。我跟在他的身后走了几步，心中茫然不知所措。双手被铐在一起的烂人转过身来，弯腰在我头上轻轻地拍了拍："放心吧，太岁，我已经把你的食谱全部给老蜜教会了。"站在四周看热闹的藏獒们见状纷纷地吠叫了几声，听上去充满了嘲笑的口吻。藏獒们的叫声让我心里既愤怒又羞愧，因我知道它们不光是在对烂人落井下石，而且也是在嘲笑我作为一条走狗在内心对主子的背叛。

烂人出事让我忽然发现，自己竟然对他有着深厚的依恋。整个上午我虽然都尽忠地趴卧在秦五常的门口，但他在屋子里发出的鼾声第一次让我如此反感。我不由自主地又想起了我被他下令谋杀的狗娘，想起了不知因为何事被他下令逼死的章鱼姑娘，我曾理性告诫自己"吃人饭，谋人事"的信条在无力地瓦解，我觉得一种厌倦和憎恶的情绪开始在内心滋生。我甚至想起秦五常和许多女人偷情的事，都觉得是一种罪恶。而这在我过去看来，只不过是两情相悦的个人趣味而已。

也许是昨天晚上在三号院待的时间太久，到中午时秦五常也没有起床。该是吃午饭的时候了，我这才想起自己连早饭也没有吃。尽管仍旧没有一丝饿意,但我几乎是下意识地去了烂人的宿舍。我本以为那里会是一种人去屋空、让我充满怀念的气氛,不料进屋后才发现,老蜜正在里面收拾东西。我没有注意到别的,却一眼看见了装有我狗娘毛皮缝制的褥子的布袋。它被老蜜从烂人的柜子里翻了出来,此刻正和其他东西一起放在单人床上。我几乎想都没想,就扑过去一口将布袋叼在了嘴里。老蜜并不吃惊,她柔声细气地说:"太岁,放下,这是我送给烂人的。天冷了,他用不上,我正好拿回去自己用。"我望着老蜜,没有任何要松口的意思。老蜜见状,便伸手来拽,但她哪里是我的对手,我用力一摇头,她差点被我摔倒在地上。

向来笑眯眯的老蜜怒了,她指着我的狗头骂道:"不识人敬的东西!我知道那是你娘的狗皮,可你娘是老板花钱买的呀,甭说你娘,就连你也是老板的,小心哪天我让老板把你也杀了做成狗皮褥子。"说完伸手拿起手边的火钳子,瞪着眼睛喝道:"你个狗奴才,给我放下!我可不会像他们那样惯着畜生。"我冷眼望着老蜜,依然没有松口,而是龇牙咧嘴地发出了一声低沉的呜咽。老蜜被吓坏了。她一面慌慌张张地往外走,一边心有余悸地说:"怪了,这狗日的怎么看怎么像一头狼。"

尽管怀疑,但我终是不能确信,烂人计划暴露到底是不是老蜜告密所致。老蜜作为秦府多年的厨娘,我不怀疑她对秦五常的忠诚。但老蜜对烂人看上去发自肺腑的喜欢,让我也无法轻易相信她会置他于死地。老蜜走后,我在烂人空荡荡的小屋里若有所思地待了半天,这才叼着那个装有狗皮褥子的布袋,将它藏在了秦府西北角一个长期空置的柴房里。这是秦府正院与三号院最近的地方,大概由于绿蛇经常出没的缘故,秦府的人和动物们都很少光顾这里。

令我没有想到的是,我刚从柴房走出来,却听见老蜜满院子在"太岁！太岁！"地喊我的名字。我一直没有出声。等她走到后院看见我时，居然像跟刚才完全换了个人一样，满脸堆笑地跑过来抱住我的头，口吻颇有些讨好地说："好我的太岁，咱们刚才就算是自家人擦枪走火了。老爷刚才吩咐了，从今天起，由我这个秦府总厨同时负责你的吃喝，你要是瘦上一两都得唯我是问。走走走，我给你做好吃的去。"我没有动，依然用冷冷的眼光望着她。如果我是人，此刻我唯一想知道的，就是到底是不是她告发了烂人？如果是，她那样做的理由又究竟是什么？

昨夜来袭的一场寒流让气温骤降，一阵，让我感到浑身发冷。这寒意让我又想起了烂人，想起了他对米兰的惦念。他确信那个一年四季都看上去表情恹恹的美丽女人，从分手起就一直等待在驼峰山中，等待着自己完成复仇夙愿后两人的重逢。

36

冬天来了，天气一天比一天冷了起来。以旅游为支柱产业的秦王镇，又进入了一年四季里最萧条的时候。往年这种萧条和冷清是逐步的、递减式的，而今年却完全不同，随着一场寒流的到来，短短数日时间，本来远比往年同期繁荣的旅游业，却像气温的骤降一样，一下子就跌到了冰点。连通秦王镇和外界的长途汽车站班次锐减，原本熙熙攘攘的乌贼洞变得门可罗雀。那些游荡在大街小巷的外地人，如同满地的落叶一样，在这场寒流中被一夜之间刮得无影无踪。热热闹闹的镇街顿时呈现出一种令人无法适应的空旷。

其实，造成这种旅游人数锐减的原因，除了天气转冷之外，更主要的是一场寒流过后，让外地人趋之若鹜的"自然笑气"现象，也随风永远地消失了。

始于八月中旬的乌贼洞"天然笑气"现象,让今年秦王镇的旅游人口有了空前的增加。刚开始时,听到这一传闻的外地人,大多是怀着猎奇的心理来秦王镇的。那时秦王旅游集团由于是第一次碰到这种奇特现象,毫无经验,几乎只能被动地满足游客的要求。游客们呼吁增加夜场,他们便增设照明设施并成立应急机动队。游客希望带回"笑气"让远方的亲朋有机会分享,集团便推出了瓶装"笑气"、袋装"笑气"及压缩"笑气"供大家购买。后来渐渐有了经验,旅游集团便开始在宣传和深度服务上下功夫。他们先是印刷有关"天然笑气"的说明手册,将它包装成一种"来自上苍的无私馈赠",大肆渲染吸入这种神奇气体,不仅能获得醉酒般的愉悦感,而且不但没有任何醉酒对身体的伤害,相反,因为其含有许多罕见微量元素,对吸入者的身体具有非常明显的调理和保健功效。随后,旅游集团组织内部技术人员研发出了一种彩色雾剂。让寻找这种随机发生的"天然笑气"变得便捷而有趣。人们手持一管像发胶一样的东西,轻轻往空中一喷,如果遇到"笑气",无色透明的雾剂就会瞬间变成五彩缤纷的颜色……这样的深度开发,让寻找"自然笑气"成了乌贼洞旅游最受欢迎的项目,吸引来的外地游客成倍增加,一直到了天气渐凉的初冬,依然兴盛不衰。但一场寒流的到来,意外地中止了这一切。从十一月二十六日到十二月初短短几天时间里,兴致勃勃地来到遥远的秦王镇体验"笑气"的人,无一不是一无所获地沮丧而归。很快,秦王镇"自然笑气"消失殆尽的传闻不胫而走,秦王镇的外地游客就如同赶集的人群散场了一样,大街小巷几天之内就变得冷冷清清。

在"自然笑气"现象彻底成为历史的事实被确认以后,不光是秦王旅游集团上上下下为之痛惜,绝大多数镇民也是如闻讣告,打心眼里为秦王镇财政的巨大损失感到难过。人们在得知这个消息的时候，几乎是不约而同地想到了一个人，那就是妙见寺住持义满和尚！镇民们想起八月底他率领妙见寺一帮和尚那场无厘头的法事，立即找到了"来自上苍馈赠"不再继续的原因。众人立即起了一片骂声："自从这个秃驴当了住持，妙见寺简直就成了一座妖庙。现在才明白秦老大和那个秃驴不对付的原因，一个用尽毕生精力为民造福，一个施展百变妖法断人财路，你想想，这样两个水火不容、德如云泥的人，怎么可能尿到一个壶里？"

这样的想法，立即让笼罩着秦王镇诸如沮丧、忧虑、悲伤、愤怒等不良情绪找到了发泄的出口。对义满和尚、对妙见寺的怨恨像一场传染病一样到处滋生蔓延，随即各种过去被认为大不敬的行为频频发生。十二月初的时候，妙见寺功德箱里发现了许多冥币的事被披露以后，大众对此的反应不是谴责，而是当作有趣的笑料自娱于饭后茶余，甚至许多人公开表示支持："既然义满和尚对秦王镇的民生毫不关心，那他尽可吸风饮露、不食人间烟火了，所以捐公德也不必真金白银，冥币是最好的选择。"妙见寺本来就一直是一座香火衰微的寺庙，自从义满做了该寺的住持以后，由于他取消了门票，开光、焰口等法事活动也不再收费，大大降低了对信众供养的依赖。义满带领众僧在妙见寺周围开荒种地，粮食菜蔬基本实现了自给自足。这本是义满和尚为减轻信众负担之举，却一直被秦王镇的镇民误解为一种妙见寺与秦王镇的刻意疏远。再加上这几年义满和秦五常个人关系的不冷不热，使得妙见寺在秦王镇的存在变得比以往任何年代都处境尴尬。今年冬天"自然笑气"消失引发的对妙见寺的讨伐，在功德箱冥币事件后，变得越来越恃无恐起来。当某种习以为常的神圣性受到质疑、挑战和践踏后，被从众心理驱使的普通大众就会陷入一种摧毁这种神圣性的狂热。在这个冬天里，妙见寺遭遇了建寺数百年以来最为严重的危机：不仅香火日趋衰微，来自信众的供养几乎断绝，而且针对妙见寺和众僧人的敌对行为越来越多，甚至发生了往寺庙投掷秽物、喷涂侮辱性文字和毁坏寺院农田等无法原谅的严重事件。

腊八节这天，不断发酵的敌意终于演变为一场令人发指的暴行。

腊八节当天，妙见寺和许多寺院一样，有向秦王镇的镇民施粥的传统。放在往年，施粥活动都在妙见寺院内举行，先是举行祈福法会，然后施舍"福寿粥"和"福德粥"给众人，以取"增寿""增福"之意。由于眼下僧俗关系紧张，妙见寺很长时间门可罗雀，无论是出于改善与秦王镇的镇民关系的考虑，还是恪守佛职，义满和尚决定将施粥活动移至镇中心广场举行。腊八节当日，十数盆由妙见寺僧人种植的香谷和果实熬制的腊八粥，在两行铺着红布的桌子上摆得整整齐齐。身穿僧袍的义满和一众僧人，满怀诚心地立于桌旁，向每位路过的镇民分发热腾腾的香粥。不知是天气寒冷的缘故，还是最近的气氛让秦王镇民对妙见寺心存偏见，这天来广场领粥的人少之又少。在数量有限的领粥者中，也多是因各种原因暂时滞留秦王镇的外地游客、妇女和儿童。九点半左右，秦乃迁举着写有"乃迁之声"字样的横幅，手持扩音器来到了中心广场。他将横幅在广场一角拉好，然后来到粥点领了一碗热粥，站在一边呼噜呼噜几下就喝了个干净。他对施粥的义满和尚说："秦王镇是一块邪恶之地，感化是白花力气，唯有斗争和启蒙。"义满不置可否，只是平和地微笑着说："施主要不要再来一碗？"饥肠辘辘的秦乃迁本来还不好意思，闻言立即笑逐颜开，一连吃了三碗。秦乃迁正酣畅喝粥之时，粥摊旁却来了一群闲汉。他们不领寺粥，却围着秦乃迁起哄道："秦老师一肚子墨水，日子怎么混成了这等熊样，这跟叫花子有什么两样啊？"秦乃迁并不动怒地说："你们和我都是赤贫之人，唯一的区别是我是物质赤贫，而你们是精神赤贫。"其中一个身穿皮袍的壮汉闻言，立即吊起了脸子："你跟这些秃驴都一个屌样，都是说得比唱得好听。要不是一路货，怎么能混在一起呢。"秦乃迁说："你说我可以，请不要侮辱出家人。"义满双手合掌道："请勿动怒，腊八节乃佛祖成道纪念日，请众施主喝碗清粥，接受贫僧的由衷祝福。"那壮汉却根本没有理会，而是冲着秦乃迁道："哎哟喂，一个连亲爹都不管的人，倒孝顺起一伙外来的秃驴了。我就侮辱了，你能把老子怎么着？秦王镇人早就恨透这帮秃驴了。"说罢，居然从桌上端起一碗粥，直接倒在了义满的头上。众僧见状，立即围拢过来，一边替义满清理头上、僧衣上的腊八粥，一边义愤填膺地叱责着那个壮汉，僧俗对峙，一触即发。义满平静地制止了众僧，他顶着满头的米粒和汤水说道："嗔是心中火，能烧功德林。欲行菩萨道，忍辱护真心。"义满的平静和容忍，像一瓢冷水，浇灭了在所难免的一场冲突。寻衅的众闲汉也觉得自己的行为有些过分，便悻悻然地一哄散了……这件事在秦王镇传开后，一些老人气得胡子乱颤，他们忍不住骂了街："上门讨饭的叫花子，秦王镇人过去都能善待，现在世风日下，连施粥的和尚都敢羞辱了。伤天害理，伤天害理啊。"老汉们的骂声让秦王镇的镇民们近期的狂热有所收敛，他们自觉过分和理亏，针对妙见寺的敌对行为一时得到了有效遏制。

　　进入寒冷的腊月，秦王镇到处呈现出一副肃杀荒凉的衰败之相。大街小巷都冷冷清清的，看不到几个人影，与旅游相关的旅舍、饭馆和出售纪念品和土特产的商店，纷纷停止营业，关门闭店。乌贼洞别说早就中止了夜间游览，就连白天，售票处前都门可罗雀。寒冷似乎让一切都失去了活力，就连常年在秦王镇不断流布的各种传闻,这段时间几乎都销声匿迹了。腊月里能给秦王镇的镇民带来一丝新鲜感的,只有两件无足轻重的事:一是从腊月初开始,乌贼洞主洞口又开始飘起了白色的烟雾。据细心人说,飘烟的规模和发现的时间都完全与去年相同。二是那个曾因发疯而整日蓬头垢面、赤足而歌的外地作家的疯病治愈了。他又来到秦王镇,在距离乌贼洞不远的一处民居租了房子,又开始执着地探索那些神秘的洞窟,争取写出一本《乌贼洞的秘密》的续集来。

<h2 style="text-align:center">37</h2>

秦五常长时间闭门不出,引发了各种各样的猜测和怀疑。但鉴于他在秦王镇无可替代的地位和威望,这些猜测都只敢私下在小范围传播,根本无人敢公开谈论。秦王镇的镇民们越来越怀疑秦五常的身体出了问题,想一想如果秦王镇没有了秦五常,许多人都不由自主地涌上了一丝无所适从的伤感。在重阳节之前,关于秦五常罹患疾病的猜测就已经渐渐抬头。到了重阳节那天,镇老人院活动中老人们对秦五常的深情追思,似乎一下子坐实了坊间的小道消息,让镇民们着实紧张得不轻。但当天明显出于辟谣的目的,向来低调的秦五常反常地高调在镇广播上发表"重阳讲话",而且晚上又出席了为老人们举办的文艺会演。这立即让所有谣言不攻自破,人们悬着的心终于踏实了下来。

但自打重阳节之后,秦五常又长时间地消失在了秦王镇公众生活之中,甚至连养生品新厂房上梁仪式这么重要的活动,他居然既没有出席,也没有对外宣布任何缺席的原因,这在所有镇民们看来是极不正常的。于是,各种猜测又渐渐在私下流传。甚至有细心人从秦五常在重阳节的高调现身中看出了端倪:尽管秦五常在广播上的讲话听上去依然声若洪钟,但与他过去的沉稳相比,却透露着一丝慌乱。尽管在观看文艺演出时,他整个晚上都面带微笑,但细心的人还是从他的表情中读出了心不在焉和疲于应付。

"你们注意到没有,过去老大出门时,什么时候随身带过太岁,可最近这有限的几次出门,却都是狗不离身。这不是明摆的事嘛,太岁训练有素且机敏超常,带着它就是随时警惕身体有突发状况啊。"细心人说得有鼻子有眼,听他分析的人无不信服。

其实秦五常的身体没有任何毛病,这一点我心里比任何人都清楚。这个即将过七十大寿的老人,一生几乎就不知道生病是什么滋味。最近这段时间里,让他备受折磨的痛苦不是来自身体,而是一种可怕的心病,那就是他不知道如何应对的那个女活鬼。即便闭门不出,秦五常也时时刻刻如临大敌,似乎章鱼姑娘随时都会穿墙而入,或凭空从空气中现出原形,以一种让他手足无措的方式出现在自己面前。长久紧绷的神经不但让秦五常毫无倦色,而且目光越来越有神,在昏暗的光线中发出一种令人心惊的亮光。但他飘忽的声音和常常无端颤抖的身体,还是暴露了他内心的无助和慌乱。他有时会一边抚摸着我的狗头,一边自言自语地说:"我一辈子没怕过人,没怕过事,也没怕过鬼。有一次赶夜路错过了住店,又遇上大雨,我在野外一个烤烟楼子里住了一夜。烤烟楼里有人刚上了吊,我就睡在尸体旁边也照样鼾声大作。你说我能怕鬼吗?可是……太岁啊,我不是害怕变了鬼的章鱼姑娘,我只是老虎吃天,无法下爪啊。"发生在秦府的一系列意外之事,让我逐渐对自己的主子产生了反感和敌意。我已经不再轻易相信这个虚伪老人的标榜,因为门外任何风吹草动都能让他身子为之颤抖的狼狈相,早已明显无误地暴露了他的恐惧。

在这漫长而手足无措的等待中,秦五常放下身段去妙见寺找过义满和尚,也私下请镇上的巫师来秦府施过魔法,但一切都毫无效果。秦五常甚至说他有天晚上在秦府院子里散步时，章鱼姑娘在墙头上闪现了一下。他多次神经质地询问胖猪和瘦猴关于章鱼跳崖的细节，弄得二人成天提心吊胆，比主子还先尽快弄清这一不可思议现象的真相。

腊八节这天上午，秦五常在小会客厅里独自喝茶。我像往常一样蹲卧在他的身边，看似尽职，内心却充满了对现状的厌倦和对自己走狗生涯的怀疑。这时，胖猪和瘦猴却脚步匆匆地来到了小客厅门外。他们俩一改近日蔫头耷脑的样子，一脸喜色地说："老板，老板，我们终于找到答案了。"秦五常一看两人反常的表现，一下子就猜到他们所言何物，立即急不可待地说："快说说，到底怎么回事？"

胖猪和瘦猴确实带来了一个令人意想不到的答案。原来，两人在巨大的压力之下，决定哪怕去趟阴曹地府，也得把章鱼姑娘的事弄个水落石出。他们从秦子义处了解到章鱼老家的基本情况后，亲自去了一趟外地。通过和章鱼姑娘家人、亲戚及邻居等深入交流，他们居然真的挖掘出了一个被刻意隐瞒多年的秘密：章鱼姑娘还有一个双胞胎的姐姐，姐妹俩三岁的时候，母亲带她们去本地镇街赶集，一个不留神姐姐居然被人拐跑了……还没有听完，秦五常就烦躁地叫了起来："你们俩不就想说咱们见到的不是活鬼，而是章鱼失踪的姐姐呗。这也太牵强了。如何认定失踪的姐姐还活着？即便活着，和妹妹音信不通，她又如何能知道妹妹的事，而专程跑到秦王镇来装神弄鬼？我还没有老糊涂，连你们俩也想糊弄我。"胖猪赶紧说："您先别急，听我把话说完呀。她们家人确信姐姐活着，而且应该距离他们家不远，因为一直有误认她们姐妹的目击情报。我们敢确信找到秦王镇门上来的就是章鱼的姐姐，她应该是感知到妹妹出事了，所以来这里一探究竟。双胞胎之间有一种神秘感应，两个人能互相感知对方的经历，这是被科学家都肯定了的。"

胖猪和瘦猴看到秦五常仍然满脸狐疑，便把他俩在秦王镇和外地的调查过程做了详细汇报，并信誓旦旦地说："老板，您放心，我们一定找到章鱼姐姐并抓来见你，这只是时间的问题。如果办不到，我们任剐任杀。"听着听着，秦五常的脸色渐渐变得舒展起来。他思忖半天，问胖猪道："就算你们说得有道理，对我而言，时间也是问题，我总不能这样无限期地等下去吧？"胖猪说："过年这段时间，对任何家庭来说都是团圆的日子，我和瘦猴保证，不出正月把那姑娘带来见你。"

秦五常默许地点了点头，这段时间笼罩在他脸上的乌云渐渐散开。他看看胖猪，又看看瘦猴，眼神里露出了一丝欣慰。沉默片刻，他又恢复了昔日说话的镇静和极富主见："记住，正月结束以前，是人是鬼，都带来见我。如果真是双胞胎姐姐，那一定和章鱼一样，不会是个善茬，不是花钱就能解决的。这次，我要亲眼看着她从人变成鬼。"秦五常语音不紧不慢，但我却从他的眼神中看到了一闪而过的凶光。

胖猪和瘦猴领命而去了。秦五常站了一会儿，忽然失态地大声笑了起来："哈哈，我就说嘛，世间任何祸事，都是活人惹出来的。如果死人尚能复活，这样的好事哪里轮得到你，而早就应该是我儿地瓜了。"他喊来秦府管家，兴致勃勃地吩咐道，"我改主意了，后天我的生日不仅要办，而且要大办特办，热热闹闹地办。"管家说："我就说嘛，这可是您七十整的大寿，怎么可以不办。寿宴幸亏我让厨房做好了应急准备，只是每年给祝寿者要发的生日赠礼，我没有吩咐让人准备……"秦五常爽快地一挥大手："不用准备礼物，今年直截发钱。"

当管家开始给秦五常汇报生日安排的时候，我站起身来，灰塌塌地从小会客厅里走了出去。主子秦五常能从郁郁寡欢之中走出来，是当初他刚陷入这一状态时我最大的期望。这个愿望刚才被胖猪他们带来的消息变成了现实，但我没有了如愿以偿的欣慰。"秦五常要杀那个双胞胎的姐姐了。"这个念头在我心中挥之不去。我想起刚才在秦五常眼神中一闪而过的那丝令人心惊的凶光，想起他心情舒畅的高声大笑，恍惚间觉得他既非我曾充满亲切感和依赖感的主子，也不是那个我作为职业走狗理应效忠一生的对象，而是一个完全陌生的老人，一个虚伪奸诈、心肠歹毒的恶人。

我六神无主地去了秦府大院西北角那个空闲的柴房。我把那张用我狗娘皮毛做成的褥子叼出来，久久地将头依偎在上面。柴房里浓重的霉味，让我想起了秦瘸子那个逼仄凌乱的小院，让我想起了贫穷单调却不失快乐的童年。我狗娘此刻就与我脸贴脸地依偎在一起，不同的是她的皮毛一团冰冷，再也没有了昔日的温暖。我这么想着，便悲从心来，忍不住发出了一声长而压抑的低吠。

一阵脚步声从前院向这边走来，我听得出那是老蜜。我将狗皮褥子装回布袋，出了柴房向前院走去。老蜜看见我，有些气不打一处来地说："你不是太岁，你是太爷！我辛辛苦苦地给你做好饭不算，还得满世界找你，低三下四地央求着你吃，生怕你瘦下去一两……"没等她啰唆完，我冲她恶狠狠地龇了龇牙，不耐烦地"汪"了一声，然后毫不理睬地从她的身边走开了。

大概因为我一向是条沉默的狗，我的叫声把老蜜吓了一跳。她愣了片刻，一边从后面追过来，一边烦躁地嚷嚷道："你倒是去小屋吃饭啊。妈的，你和烂人一样，都是怎么喂都喂不熟的狗。老板对烂人多好，他却要杀人家。我对你掏心掏肺的，你居然想下口咬我。妈的！"

38

　　腊月十一日是秦五常的生日，也几乎是秦王镇的法定节日。

　　多少年来，每逢此日，整个秦王镇就会沉浸在一派喜悦祥和的氛围之中。秦五常一个人的生日，之所以能成为大众生活中的热点，都源自一个坚持了几十年的传统：生日当天，秦府在大门口的空场上设置规模宏大的接待处，让前来祝寿的镇民在账簿上登记姓名，然后领取生日赠礼。秦五常的庆生活动从一开始起，就严格规定不接受任何生日礼物，每一个祝寿的人，不管男女老少，不分亲疏远近，人人皆可空手而来，满载而归。这项活动之所以让秦王镇的镇民们趋之若鹜，是因为它成了大众实实在在的一项福利。不许带任何生日礼物，便杜绝了令人犯难的攀比之风，大家只需在秦府大门前按先来后到排列成行，在账簿上写上自己的名字，说几句祝福的话，然后领一份生日赠礼便可回家。秦府的生日赠礼并非象征性的小礼物，而永远都是一份让人惊喜的丰厚的收获。成箱的时令水果、价值不菲的电器、市面上难以入手的紧俏商品、来自远方的珍稀土产……年年花样翻新，次次让人心动。

　　今年的腊月十一日是秦五常的七十大寿，自然是秦王镇大众更为关注和期待的日子。早在数月之前，人们就开始猜测、议论值此重大寿辰，秦府会给前去祝寿的民众准备什么大礼。按照往年惯例，在十一月底左右，秦府准备的生日赠礼就会成为公开的秘密。但今年的情况有些反常，时间已经进入了腊月，有关庆生活动却连一点动静都没有。由于这段时间秦五常经常闭门不出，长时间消失在秦王镇的公共生活中，坊间有许多关于他罹患恶疾、健康状况出了大问题的流言，所以镇民们更是把目光紧盯在了这一天上。"如果秦府连这么重大的日子都顾不上，那只能说明坊间的一切传闻都所言不妄。"人们说这话的时候，其实早已经不关心来自秦府的生日馈赠，而是充满了忧患意识：万一传闻成真，没有了秦五常的秦王镇将会有怎样的未来？

腊八节那天，发生了几个闲汉在镇中心广场羞辱义满和尚的事。针对此类关乎公序良俗的重大原则问题，过去往往都是秦五常一锤定音。镇上一些白胡子老汉都出来骂街了，却依旧没有听到秦五常的任何发声。而此时距离秦五常的七十大寿，只剩下三天时间了，可秦府关于庆生的事，也如同被彻底遗忘了一般，听不见一丝动静……可就在大家越来越忐忑不安的时候，事情却再一次出现了完全的逆转：腊月九日下午开始，连着整整两天时间，镇社火队出现在了镇街上，他们踩高跷、跑旱船、舞狮子、耍龙灯、吹吹打打，走街串巷，风风火火，惹得沿途看热闹的人多得跟赶集一样。原本只有在正月里才出现的社火队，很快将一条消息传遍了整个秦王镇：今年逢秦五常老人家七十大寿，秦府将从生日当天起，在镇中心广场搭高台，唱大戏。登台者不但有本镇戏班，而且特意请来了外地戏班，名家荟萃，将连唱三天。除了这一鼓舞人心的消息，有关秦五常本次庆生的其他细节也逐一披露：秦府前依旧接受镇民祝福，发放生日赠品。今年赠品是更为实惠的现金红包，每份七百元，以博老爷子七十大寿的彩头。生日当天将不在秦府设宴，而是改在秦王镇最有名的饭店"松鹤楼"大摆酒席，除宴请亲朋好友和各行各业的头面人物外，还将邀请镇老人院的所有老人……消息传出，秦王镇如同过节一样喜庆热闹。一直对秦王镇命运心怀忧虑的人们，总算长出一口气，心里的那块石头终于放了下来。

腊月十一日当天，从八点开始，前来祝寿的人就在秦府大门外的广场上排成了长长的一列。临时搭设的帐子里摆了一溜长桌，上面放着用来登记的账簿和装满现金红包的纸箱。人们签名并写下祝福的吉祥话，然后欢天喜地地领取红包。秦府大门口一改往日戒备森严、人迹罕至的冷清模样，一时间，人来人往，笑语喧天，热闹非凡。

九点刚过，排队的镇民们惊讶地看见，秦乃迁从远处走了过来。他穿着一身干净却看上去有些古板的中山服，戴着一顶栽绒棉帽，鼻梁上架着那副深色墨镜。他依旧左手举着那个写有"乃迁之声"的横幅，右手拿着那个扩音器，永远都是那副踌躇满志的样子。"哎呀，这二货又来搅局了。今天是老人家七十大寿，就算有多大的仇，也不该选在这个日子扫兴啊。"众人表情厌恶，议论纷纷，秦乃迁俨然就是一个典型的大众公敌。令大家疑惑不解的是，来到秦府门前空场的秦乃迁并没有竖起横幅开始演讲，而是排到了祝福的队列之中。随着人群的蠕动，一步一步地走向了礼品发放点。

"哈哈，这狗日的居然有脸来领钱。"众人见状，不可思议地笑了起来。有些刚领完红包的人围到了他身边，用明显充满捉弄的口吻和他插科打诨起来。棺材铺老板王无量说："哎哟，我上次赔给你的扩音器还用着呢？你排什么队呀，直接开始演讲吧。怎么？尿了吧，你也知道今天闹事，恐怕就不会是扩音器被砸这么简单了？"秦乃迁淡然一笑，举了举手中的扩音器："还真得谢谢你，比我原来那个质量好多了。"人群中有个胖子问："先生大人，你都跟秦五常势不两立了，你真的好意思来领钱？"秦乃迁说："你说过多少遍了，我不是跟某个个人势不两立，我是跟现状和规则势不两立。"围观的人纷纷笑起来："看看，还没有领到钱，就已经嘴软了。"秦乃迁也懒得和他们费口舌，而是规规矩矩地排队到了桌前。他在账簿上庄严地签过名后，在众目睽睽之下，一笔一画地写下了一行娟秀的行楷：多行不义必自毙！

众人顿时惊呆了。在他们的想象中，这个与秦万里断绝父子关系后变得贫困潦倒的怪物,一定会为了七百元的丰厚红包,哪怕是违背初心,也会写几句祝福的话语。大家万万没有料到,他居然会写下如此恶毒的咒语。人们瞅着秦府管家,根本猜测不出他会如何应付这样意外的乱局。没想到管家看了看账簿,呵呵地笑了一下,递过红包说道:"谢谢,我代表寿星谢谢您的光临。"与对待其他人完全是一样的态度和礼节。围观者愣了,就连秦乃迁脸色也掠过一丝诧异的神色。众人忍无可忍地喊道:"管家!你大头背在后面弄事哩,你看还是没看,这小子写这么恶毒的话,你居然还说谢谢?"管家笑眯眯地摆摆手,对众人说:"老板交代过的,规则就是规则,一视同仁,不论亲疏,不分远近。"

如果事到如此,秦王镇的镇民们除了打肺腑里感念秦五常的仁慈宽容和大恩大德外,骂几句秦乃迁无良小人也就过去了。但没想到秦乃迁居然得了便宜还要卖乖,他会蹬鼻子上脸地将那个厚厚的红包装进衣袋后,就在空场一旁的大树上悬挂起横幅,打开扩音器,不管不顾地开始了他那让众人耳朵起茧子的演讲。他慷慨陈词地说,广大镇民应该擦亮眼睛,不要被发红包、看大戏这些小恩小惠所蒙蔽,这不过是秦五常拉拢人心之举,目的就是为了巩固自己在秦王镇的势力。我们今天拿到手里的钱,不过是他从我们身上刮去的民脂民膏……"妈了个×的!这不是吃了人家的饭,还往人家锅里屙屎嘛!过去没人揍你,是看在秦万里是个老实人的分上。现在你在秦王镇上没根了,还敢这么撒野?上,打这狗日的。"众人实在看不下去了,不知人群中谁一声吆喝,立即群情振奋,一伙人也不分姓秦还是姓王,一拥而上,将还在唾沫星子四溅的秦乃迁七手八脚地按倒在地,你一拳、我一脚地胖揍起来。秦乃迁干净整洁的中山装翻滚得一身脏土,掉在地上的眼镜也被踩成了碎片。但在一片野蛮的打骂声中,他并不求饶,而是发出一声叹息:"这就是秦王镇啊,我可怜的愚民。"秦乃迁的话激起了人们更强烈的反感，落在他身上的拳脚便更加密集起来……

　　如果不是秦三大听到消息后赶了过来，秦五常的生日很可能就变成了秦乃迁的祭日。秦三大喝散人群时，秦乃迁已经被打得鼻青脸肿，头破血流。他的帽子被踢飞了，眼镜被踩碎了，扩音器被摔烂了，衣服上除了尘土，还有被人啐上去的浓痰。散在一旁的众人还不甘心，一边谩骂，一边要求秦三大将这狗日的抓起来。秦三大"哼"了一声道："我看该抓起来的是你们！秦王镇是一个法治之地，打人犯法知道不知道？动手的都别走，一会儿都跟我回所里，把今天事情的来龙去脉都给我说清楚。"他走过去将秦乃迁扶起来，看着他那副狼狈不堪的样子，忍不住笑了起来："秦乃迁啊，秦乃迁，你真是把书都读到肚子里去了。人说好汉不吃眼前亏，你这不是找碴挨揍嘛。"秦乃迁虽然灰头土脸，但斗志依旧高昂，他说："我流的每一滴血，日后都将成为后人觉醒的眼泪。"秦乃迁的话铿锵有力，只是他一颗牙被打掉了，说话时有些漏风。

　　在派出所里，几个主要的打人者被罚向秦乃迁赔礼道歉，他们当天所领的生日红包也被当作医药费赔给了秦乃迁。上次棺材铺老板赔偿的那只扩音器又被人摔坏了，因为找不到具体的责任人，参与打人者平均负担，为秦乃迁购置了一只功率更大的扩音器。

39

　　进入腊月，随着天气越来越冷，秦王镇的旅游产业似乎也到了冬眠期。给秦王镇带来源源不断的游客和滚滚财富的"自然笑气"消失以后，乌贼洞祸不单行地又飘起了白烟。月初这种雾气一样的白烟开始从主洞口飘出的时候，众人并没有在意。大家想起了去年的情形，觉得这也许是一种新出现的自然现象，每年冬天都会发生，也都会在冬天结束以前自行终止，不值得大惊小怪。"即便像去年一样越来越浓，也没有什么大不了的，只要请妙见寺和尚下山做场法事。"镇民们这样想的时候，难免想起秦王镇和妙见寺的不睦，想起腊八节那几个浑人对义满和尚的羞辱，心里不由得会掠过一丝复杂的情绪。

往年冬天，既是秦王镇旅游业的衰落期，同时也会带动地下斗狗业走向低潮。游客少了，连同外界的长途车就少了，专程到秦王镇来参与斗狗的人自然也就少了。按说今年进入旅游淡季，斗狗比赛应该锐减才对。因为自从那条名为"独行杀手"的土佐斗狗莫名丢失之后，秦王娱乐集团虽然花重金悬赏，但"独行杀手"没有找回来不说，反而斗狗丢失之风像瘟疫一样在秦王镇蔓延开来。起初丢失的都是斗狗界的一线明星，接着是第二梯队，但凡是有点水平的斗狗丢失得没有多少了，连秦王镇的镇民家里养来看家护院的大型犬类，也跟风般丢失了不少。斗狗少了，尤其是重量级的斗狗极度稀缺的情况下，按说秦王镇地下斗狗比赛场数应该锐减，甚至停办才属正常，但事实却恰恰相反，在这个冬天里，地下斗狗居然反常地呈现出一副如火如荼的繁荣局面：在旅游淡季尚未到来之前，失踪潮让超级斗狗几乎绝迹，真正有点血性的斗狗也是一犬难求，而比赛尚未进入淡季，在无法削减比赛场数的情况下，只能降低对参赛斗狗的要求，于是矬子里面拔将军，那些过去根本就不入流的土狗也被标以斗狗的身份参加比赛。渐渐地，秦王镇地下斗狗"高端、正统、经典"的口碑很快被毁于江湖，曾经的参赛者几乎一水儿地和秦王镇斗狗界脱离了干系。但与此同时，斗狗比赛却从"地下"走到"地上"，从"小众"走向"大众"，从与旅游业同盛衰走向一枝独秀，长盛不衰。斗狗的门槛越来越低，是条狗就可以报名参赛，是个人就可以下注参赌。每天斗狗比赛的场数越来越多,到了节假日更是通宵达旦。不但镇街周边小型斗狗场如此,就连"白宫"这样奢华夜总会级别的斗狗场,也沦为了任谁都可随意出入的普通娱乐地。

面对有些人对秦王镇在斗狗界日落西山的无奈叹息,王氏娱乐集团高层却不以为然。在为应对新形势而召开的工作重心调整大会上,集团老总说:"请别忘了,我们是娱乐集团,不是文化大学。承载品牌创立和传播不是我们的职责,王氏娱乐的职责只有一个,那就是靠娱乐赚钱。"很快,集团就彻底改变了过去的经营理念,斗狗比赛很快就普及到秦王镇镇民的日常生活中,它不再是血腥残酷、你死我活的竞技,而成了打麻将、斗蛐蛐、摔纸牌一样的娱乐,成了普通镇民"小赌怡情"的工具。关于这种赌博之风的蔓延,秦王镇舆论自然划分为明显的两大阵营。大多数秦姓人认为这是世风日下的表现,而多数王姓镇民则对此拍手称快。由于那段时间秦五常原因不明地长期闭门不出,秦王镇没有了一锤定音的声音,使得舆论在很长时间内处于混乱状态。这种混乱状态在秦王镇是很少见的,不少秦姓镇民就是在这种主流意识缺席的状态下,加入了以王姓人为主的斗狗赌博、敷衍人生的阵营。"不得了,秦老大再不出面,秦王镇就要变成王姓人的天下了!"许多对前途充满忧患意识的秦姓人发出了一片惊呼。好在他们的精神领袖秦五常在七十岁生日那天满血复活了。他在寿宴上对秦王镇各方面的头脑人物们坚定地说:"这不是秦姓和王姓之争,而是人生态度之争,是秦王镇的前途之争,我们必须取得这场斗争的胜利。"

生日当天开始连续三天的唱大戏,拉开了秦王镇用健康有益的文化生活对抗斗狗赌博以赢得人心的序幕。秦五常一出手便大获全胜。在那三天里,绝大多数镇民都被吸引到了镇文化广场的戏台子下,而分布在镇子四周的多家斗狗场几乎门可罗雀。但很快,人们就对这种对抗变得漠不关心啦,因为发生在秦王镇的一件非常严重的事,吸引了几乎所有人的目光:乌贼洞冒白烟的怪异现象跟去年完全不同,情况变得越来越让人害怕起来。

一是白烟现象严重化的进度远比去年要快,从月初人们发现有淡淡的雾状的白烟从乌贼洞飘出,短短半个月时间,主洞口已经是白烟滚滚,近前如同置身云山雾海,万物莫辨。二是白烟现象发生的范围远比去年广阔,去年除乌贼洞主洞口外,最多也就是其余岔洞的出口有白烟飘出。但今年情况不同,除去这些洞口外,似乎整个驼峰山的每一寸土地都在冒着白烟。远远望去,驼峰山如同在虚幻的云海中时隐时现的一匹巨大的骆驼,神秘莫测,惊悚异常。白烟所散发出来的那股说不清是香还是臭的奇怪的味道,飘荡在秦王镇的每一个角落,让人们对祖祖辈辈熟悉的日常生活感到陌生和不适。到腊月下旬的时候,白烟现象已经严重到了让人惊诧的程度,即便在朗朗晴日之下,远处的驼峰山也无迹可寻,完全消失在了一团白色的云烟之中。如此迅猛的发展势头,让秦王镇的镇民们无法再冷静以待,大家不约而同地想起了一个总是被他们遗忘的地方:妙见寺!

"得赶紧请义满和尚下山了,你看今年这白烟,透着一股凶相。"众人三五成群地聚在一起,望着远处腾空而起的团团白烟,心里充满恐慌和忧虑。但一想起秦王镇和妙见寺的关系,众人难免有些心虚:总是到了用得着的时候,才想起临时抱佛脚,秦王镇人确实太势利了。尽管心有愧疚,可得病求医总是不可避免的事。秦王镇每遇大事,秦五常是人们心目中当仁不让的裁决者。但他与义满和尚的不睦是公开的秘密,所以此事镇民们不敢有劳于他。在众人的央求下了,秦王镇十几位德高望重的白胡子老汉组成了请愿团,带着拜佛的香烛、供品和给僧人们的供养物资,浩浩荡荡地前往妙见寺去请义满及众僧了。

一行人在白烟笼罩的驼峰山艰难行进，半天才找到隐隐约约的山门。拾级而上，进入妙见寺敞开的正门，眼前的情景却让请愿者大吃一惊：正殿、配殿、客堂、禅房、斋堂、寝堂等所到之处，皆空无一人。僧人们的日常用品，也都不留一物，到处空空荡荡，一派残败苍凉之感。驼峰山上的猴子和游狗早已经占据了整个寺庙，它们见到有人进来，龇牙示威，号叫恫吓，在昔日的清净之地听上去十分刺耳……十几位白胡子老人站在寺院中，他们看着用驴子驮上山来的成堆的供养品，如同看着行贿之物，一时间羞愧难当。

妙见寺成了一座空寺，义满和尚和众僧已经远走他方了。

关于义满和尚率众僧弃寺而去一事，秦王镇的镇民们在震惊之余，却对所有细节一无所知。没有人知道和尚们是因为何故、何日何时、何种方式离开妙见寺的。在人们的认知中，镇口的长途汽车站是连接秦王镇和遥远的外界的唯一途径，在班次已经减少到仅每周一次往返的情况下，一群形象醒目且携带行囊的僧人，如果乘坐班车离开，是不可能做到神不知鬼不觉的。而妙见寺之后，就是一望无际的莽莽大山，通向的是不可知的世界尽头，难道和尚们故意选择了一条不归之路？

义满和尚悄然离开秦王镇一事，虽然有些镇民不以为然，他们大大咧咧地说，那帮秃驴走了倒清净。秦王镇本来就是老大的地盘，顺者昌，逆者亡，他们也太不自量力了。但更多的人从空手而归的请愿老人们嘴里得知这一消息时，震惊得说不出话来，他们若有所失地愣在那里，冒上他们心中的念头不是伤心的义满和尚放弃了妙见寺，而是慈悲的佛放弃了秦王镇。"连一座庙、一群和尚都容不下，世界上除了秦王镇，还有别的地方吗？"他们想象着义满和众僧离别前回望妙见寺、回望秦王镇的眼神，愧疚感让他们觉得自己是个不可原谅的罪人。

年关将近，尽管喷烟现象越来越严重，尽管妙见寺成了一座香火不再的空庙，但这都不足以破坏人们欢欢喜喜过大年的好心情。镇中心的集贸市场上到处是购买年货的人，摩肩接踵，热闹非凡。人们虽然觉得今年乌贼洞的白烟透着一股凶相，但迄今为止，它并没有影响到秦王镇的日常生活。白烟带给人们唯一的不便，就是那股奇怪的味道越来越浓。购买年货的人们越来越难以通过气味来辨别食材的品质和新鲜程度，各种货摊前都能看到将一条鱼、一块肉或一捧花椒等商品放在鼻子前，使劲地嗅来嗅去的人们。

"反正和尚们跑了，着急也是白搭。等春天一来，白烟也许会自然消失，生活就会恢复正常。"镇民们只能自己劝慰自己，以免坏了过年的好心情。

40

腊月十一日秦五常七十大寿当天，秦乃迁在秦府大院门口被一群人围殴，弄脏并撕破了中山装，打掉了一颗门牙，并又一次摔碎了扩音器。在派出所调解下，他获赔三千五百元钱，正好以五个主要闹事者所领取的生日红包相抵。由于在混乱中不知扩音器被谁所砸，故秦三大判令所购新扩音器的费用，由所有涉事者均摊。秦乃迁本来就没敢指望赔偿，这个结果让他有些喜出望外。他在家里休整了三天，腊月十四日一早，便穿着缝补一新并洗得干干净净的中山装，再一次神采飞扬地出现在镇中心广场上。一连三天的大戏于昨天晚上刚刚结束，戏台尚未拆除，广场上到处是看客们留下的垃圾。秦乃迁并不急于开始演讲，他先是从附近一家小店里借来扫帚和撮箕，吭哧吭哧地忙了一个小时，将广场垃圾打扫干净后，这才开始在舞台上拉起横幅，不遗余力地开始了他关于秦王镇各种丑恶现象的控诉。新买的扩音器功率明显比过去那只强大,效果出奇之好。只是秦乃迁的一颗门牙被打掉了,以至于说话漏风,听上去有些口齿不清。

　　太阳出来了。广场上开始稀稀落落有了些晨练的人。他们一边甩胳膊踢腿,一边费力地从秦乃迁咝咝漏气的话语中辨别他演讲的内容。渐渐地,他们从中听出了异样:这个遭遇了众人围殴的叛逆者,像忽然开了窍似的开始宣扬暴力革命。他一改平日对现代性常识的普及和理性革命的主张,而开始推广一种"打碎重建"的极端思维。人们在他简直有几分歇斯底里的演讲中,不时能听到"烧啊杀啊打倒啊推翻啊"之类的字眼。"这小子八成脑子被打坏了,一个手无缚鸡之力的书生,还打打杀杀的,这不是太监喊着要上青楼嘛。"晨练者嘲笑地咕哝一声,权当他是在痴人说梦了。

　　但事实证明,秦乃迁的暴力主张远比过去有煽动性。他转变演讲策略仅仅一周,腊月二十一日就发生了一群中学生打砸镇广播站的事件。虽然事情的起因是几个中学生试图调戏秦小卉,但如果没有秦乃迁对这个主流媒体的污蔑和对暴力的倡导和煽动,就既不会有前因,更不可能有后果。这件事在秦王镇造成了很大的影响,它开始让人们对秦乃迁这个笑话一样存在的人刮目相看。"以前还真小看了这货!如果年轻人都被他带坏了,以后秦王镇岂不成了他的天下。"众人警觉起来,私下里难免抱怨秦五常以前对他的纵容,简直就是养虎为患。

　　从疑神疑鬼、如临大敌的状态中走出来的秦五常,不但恢复了对秦王镇运筹帷幄的常态,而且表现出一种过去少见的外露的强硬。当他听说秦乃迁的事后,打发胖猪和瘦猴去将秦三大请到了秦府。他询问了烂人案子的进展、秦王镇以斗狗名义赌博的现状、人们对义满和尚离开妙见寺的看法之后,重点谈了秦乃迁的问题。老人家说:"过去我们容他,是需要不同声音的存在,但现在他成为秦王镇潜在的真正威胁,我们岂能坐视不管?我不在乎他对我个人的攻击,但对秦王镇人们的攻击,我秦五常却永远都是眼里不揉沙子的。"他要求秦三大拿出一个"行之有效"的整治方案,近期再来向他汇报。秦五常说:"要依法办事,但法律是死的,而人是活的。这次看你的表现了,你也知道赵镇长的状况,现在完全成了占着茅坑不屙屎的人,秦王镇该有一个有魄力的新镇长了。"秦三大唯唯诺诺地去了。秦五常看着他的背影,却对胖猪和瘦猴说:"秦三大是个阳奉阴违的小人,在秦王镇没有谁比他更觊觎权力了。我怀疑赵镇长投毒案就是他所为,但不自量力的聪明人,往往吃亏也就吃在了聪明上。"秦五常意味深长地看了一眼胖猪和瘦猴,眼睛里又闪过一道让我一直为之忧心忡忡的凶光。

年关越来越近了,耐不住寂寞的孩子们已经零零星星地在镇街上放起了炮仗。这段时间里,我不但没有任何喜悦或兴奋可言,而且内心的压抑和厌倦与日俱增。我想着去年年前任汪馥带着我狗娘来到秦府的样子,仿佛就在昨天一样。但此刻我的狗娘成了一张狗皮褥子,就被我藏在那间废弃的柴房里。我想起了那个并不待见我的章鱼姑娘,想起了她背地里给男朋友打电话的甜蜜模样。而此刻那样一条鲜活的年轻生命,却变成了尸骨无存的游魂。我并不知道秦五常要害她性命的原因,但从秦五常的表现和偶尔的话语之间,我猜测与章鱼姑娘的意外怀孕有关。如果情况属实,那更是一桩一尸两命的罪恶。"不出正月,我们保证把那姑娘带来见你!"想起胖猪对秦五常信誓旦旦的保证,想着章鱼那个无辜而可怜的双胞胎姐姐,有可能尚未弄清妹妹的死因,自己便会像妹妹一样不留一丝痕迹地消失于这个世界,我的郁闷和担心便又加深了一层。

在整个腊月里，背叛与忠诚，宽恕与复仇，理智与感性，许许多多的问题在我内心纠结着，我觉得自己一天天在走向崩溃。

大年三十终于到来了。早在两天之前，当管家请示年夜饭的安排时，秦五常说："你去通知小麦和高粱，今年年夜饭不聚了，省得吵架。你备些酒菜和两个人的餐具，七点整送到三号院门前。"大年三十整个下午，秦五常都独自待在三号院里，我则像往常一样，一直蹲守在后门门口。当天风很大，干枯的树枝在风中一边摆动，一边发出凄厉的哨声。我猜不透秦五常古怪的安排，也不知道他要和谁一起吃年夜饭。我被自己内心一个念头折磨着，举棋不定，愁肠百转。一周之前，当这个念头从我脑子里冒出来时，吓了我一大跳。但它从此却挥之不去，像一块黑色的巨石一样越来越沉重地压在我的心上：我要咬死秦五常，咬死这个我曾发誓要终生效忠的人！因为只有这样，正在酝酿中的一个或数个杀人计划才有可能终止。

我几乎忍不住想要狂吠的欲望，但在吹着哨声的狂风中，我最终还是保持了沉默。

七点钟，当秦府管家带着几个下人端着盛有酒菜的盘子来到后门时，我一直狂跳不止的心镇静了下来。管家按响了门铃，秦五常开门出来，就在他一趟一趟地往屋子里端酒菜的当儿，我终于毫不犹豫地闪身进了秦府三号院——这座传说中闹鬼的深宅，在院中一座影壁后藏了起来。我听见管家礼节性地给秦五常拜年的话说过之后，随即传来了"咣当"一下关门的声音。秦五常缓慢而拖沓的脚步进了正房最中间的那间唯一亮着灯的屋子。天色已经黑了下来。我环顾四周，这是一座规模只有正院一半的宅院，由正房、东西厢房和倒座房构成，院中也有影壁、花园、池塘和树木。不同的是，这里一切有生命的东西都已经死亡，树木枯死，池塘干涸，一排排锁得严严实实的屋子里散发着浓重的腐败味道。这不过是一座普通的宅院,我没有看出它有任何的神秘。我脚下悄无声息地朝着正房那间亮着灯的屋子走去。令我自己都感到吃惊的是,即将发生的事并没有让我有害怕的感觉,我甚至连一丝紧张都感受不到。过去面临压力或纠结,我总是忍不住狂吠的欲望。但今天我如此自然、如此得心应手地选择了沉默……

屋子里只有秦五常一人,他盘腿坐在一张炕桌前,一边往摆在一起的两只酒盅里倒酒,一边喃喃自语地说:"儿啊,你要是活着,今年刚好四十岁,是我真正成为秦王镇老大的岁数……"秦五常愣住了,因为他看见了从门口无声走进来的我,他心目中最称职的走狗。秦五常在短暂的惊诧过后,像原谅一个犯错的孩子般轻柔地责怪道:"太岁,任何时候都不要踏进这座院子,我郑重其事地跟你说过的。"我没有吱声,只是望着他,龇着嘴露出了满口的獠牙。秦五常笑了笑,但我看出了他脸上掠过的一丝惊慌。

"太岁!"秦五常显然震怒了,他厉声喝道,"退下,反了你了,小心我杀了你炖成一锅狗肉。"

我沉默着,只是用愤怒的眼光死死地看着他。此时,箭已经在弦上,任何事也不能阻止我射出去的决心了。我已经义无反顾,尽管我也不知道这究竟是背叛之箭、正义之箭,还是复仇之箭?一道冰冷的绿色的荧光从我的余光中游过,我知道那条神秘的绿蛇又现身了。但此刻我已经无暇把目光投向它。在我的注视之中,秦五常表情变得疑惑和紧张起来,他怀疑地说:"你……你不是太岁,你是一条狼……"我不等他把话说完,猛地扑过去咬住了他的脖子。在他身体剧烈的颤抖中,我感觉自己的牙齿刺穿了他的皮肤,一股腥气的热血在我嘴里汩汩流淌。秦五常,我的主子,在他咽气的一刹那,我听见他的喉咙里发出"咕咚"一声,像是有什么话想说而没有来得及说出来。

我从三号院掩好后门出去的时候，正值午夜时分，爆竹声响遍了大街小巷，整个秦王镇沉浸在除旧迎新的喜庆氛围中。我刚走到院子中央，老蜜老远跑了过来："太岁，你跑到哪里去了？你再不好好吃饭，老板又该批评我了。"

我冲她吠叫了一声。大概是鞭炮声太响，老蜜并没有听懂我的轻松和亢奋。

41

大年初一，一个让所有人目瞪口呆的消息，在不时响起的爆竹声中，传遍了秦王镇的每一个角落：秦五常死了，秦王镇的老大去世了！

除夕夜我一宿未眠。终于自主完成一件大事的亢奋，让我有一种浴火重生之感。秦五常那具血淋淋的尸体就摆在秦府三号院内，那是我由一条走狗蜕变为斗犬的证明。我还没有来得及考虑后续的行动，这件事第二天一早就被秦府巡院的保安发现了。他们看见三号院与正院相连的那道门大开着，府上的几只藏獒和我居然在自由地出出进进。这是秦府从未有过的光景，自从三号院建成后，这道门除了秦五常进出时，永远都是紧闭着的。由于三号院不允许任何人踏入一步，察觉到异常的保安立即通知了镇派出所。

秦三大和一队警察到达秦府的时候，已有家里的很多人围在门口。秦三大让警察拉起了警戒线，下令任何人不得擅入，然后带着两名亲信进入了现场。我站在那间摆放着秦五常尸体的正房门口吠叫了一声，秦三大便会意地直截奔这间屋子来了。他看见俯卧在一大摊血泊中的秦五常，蹲下身在他脖子上探了探脉，脸上露出一丝不易觉察的兴奋。他伸手将尸体的眼皮合上，说：

"死了！"秦三大并不急于勘查现场，而是从尸体上摸出一大串钥匙，逐一打开了所有紧锁的房门。令我和三名在场警察惊诧万分的是，正房、东西厢房和倒座房的十数间屋子里，都被堆积如山的物品填充得满满当当，各种盒子、箱子和袋子，大大小小，横七竖八，几乎连下脚的地方都没有。这些东西明显很久没有人动过了，上面积了厚厚一层灰尘。秦三大打开其中一只鼓鼓囊囊的麻袋，里面居然是成捆成捆的钞票。这些钞票不知在这里沉睡了多少年，都已经变软变烂，上面长满了绿色的霉斑……"果真是死不瞑目啊！"秦三大感叹着，声音因为激动而听上去有些发抖。

那天上午，警察封锁了三号院，一排警车停在自从建成后就几乎没有人光临过的正门口，运走了包括尸体在内的所有"证物"。我看着秦三大指挥警察把那些大麻袋往车上抬，便愤怒地冲他吠叫了几声。秦三大看了看我，口吻中充满嘲笑地说："太岁，你主子死了，被家里的藏獒咬死了。会叫的狗不咬人，会咬人的狗不叫，秦五常看走眼了，你啊，不过是一条会叫的狗。"

秦五常被秦府所养的藏獒咬死的事，成了过年期间秦王镇的惊天新闻。人们一点也不能明白，那些被豢养多年、素以忠诚骁勇闻名的藏獒，为何会蹊跷地咬死自己的主人。"疯了，一定是疯狗病发作了。"人们实在想不出别的解释，固执地认为这是席卷秦王镇的那场疯狗病的余孽在作祟。而秦府三号院，那座传说中闹鬼的凶宅、秦老大的秘所，以及多年来在秦王镇讳莫如深的秦三少爷的死因，也被负责勘查县城、侦办命案的秦三大悉数揭秘：据调查，秦家三公子秦地瓜的确不是因病而夭折，而是跳了黄狼沟自杀身亡的。地瓜自绝，乃出于孝心。因其自幼聪颖，独得秦五常宠爱，并以他为标杆常常训诫小麦和高粱。两个本来就贪财的兄长由此心生嫌隙，觉得日后家财必悉数被三弟霸占，因而屡屡在家里寻衅挑唆，闹得鸡犬不宁。秦地瓜为之终日郁郁寡欢，他愧于一切纠纷都因自己而起，心想也许只有自己一死，家庭方可恢复和睦，父亲才能心情畅顺，思虑良久，最终跳黄狼沟了断了生命……至于三号院的各种离奇传说，不过是以讹传讹罢了。秦五常之所以不让任何人踏入半步，是因为那是他与亡子游魂独处之所。老人家一直固执地相信，尸骨无存的爱子秦地瓜的游魂，就生活在这所他生前连一天都没有居住过的院子里……

就在全镇人为秦老大暴死三号院的消息震惊之时，秦乃迁却到处散布消息说，三号院其实是秦五常的秘密金库，这个守财奴将终生暴敛而来的所有财富，都存放在了此处。院子里不仅安装了电网，而且还养了毒蛇，以防任何人对这些不义之财的觊觎。秦乃迁充分发挥他丰富的想象力，绘声绘色地说，秦五常平生所爱只有两物，一乃金钱，二乃女人，这也是他之所以绞尽脑汁掌控秦王镇的动力所在……秦乃迁不合时宜的表现激起了一片骂声："真不知道天下还有没有你这样的毒舌，究竟有多大的恨，让你往一个死人的身上泼粪？"但斗士秦乃迁并不为汹涌激愤的舆情所动，他声称有人目睹多辆警车从秦府三号院运走大量物品，强烈要求公布物品清单，给秦王镇广大人民群众一个明明白白的交代。正月正是一年中最闲的时候，一群放假在家的中学生整天追随在秦乃迁身旁，四处奔走，大声疾呼。

"这条疯狗，真是逮谁咬谁啊！秦老大宽宏慈悲，不跟他较真，他便以为秦王镇没人敢惹他了。"镇民们心想，秦乃迁跟派出所叫板，这回算是撞到秦三大的枪眼上了。就在人们等着看笑话的时候，秦三大却一改昔日的强硬，态度随和地亲自出面，在镇广播上对秦乃迁的所有质疑做出了回应：所谓多辆警车从三号院运走大量物品，纯属误解。警车确实不少，但大多数是为了运送前去现场探勘的警员。公布现场物品清单的要求是合理的，今日就可以公共的形式示众。为了消除广大镇民的疑虑，在征得秦府同意后,即将开放三号院,供大众随时参观。秦三大最后表达了个人的愤慨,说秦五常一生生活简朴、大公无私,所有对他老人家的不实指责都属于诽谤……秦三大说到做到,在回应之后的第三天,盖有派出所公章的清单就张贴了出来。大到尸体,小到毛发,事无巨细,详细罗列。而镇民们怀着好奇的心情,走进曾在他们印象中神秘无比的三号院时,呈现在眼前的不过是一个破败不堪的普通大院:树木枯死,池塘干涸,十数间空荡荡的房子里,只有一些破旧不堪的家具,有的房间甚至家徒四壁,一无所有……

眼前的情景让许多人落泪了。大家眼前不约而同地浮现出这样一幅画面:空荡荡的院落,静寂无声的长夜,在正房一间屋子中,秦五常老人家枯坐在昏暗的灯下,回忆着和爱子曾共享过的昔日时光,禁不住流下一串伤感的眼泪……这是一个可怜的老父亲的形象,孤独悲伤,无助得令人动容。而他又是人们心目中秦王镇精神领袖的形象,意志坚定,精神强大无比。这两种形象相互交叠,让秦五常既像神又像人,既庄严神圣又亲切无比。前来参观三号院的镇民们哭了,他们婆娑的眼泪中有深深的感动,但更多的是对一个时代终结的哀伤。

正月里乌贼洞里喷冒白烟的现象更严重了,但秦五常死亡这一突发事件,让一切与之无关的事都变得无足轻重。在震惊和哀伤过后,人们所有的注意力都集中在了秦五常的葬礼上。这在秦王镇上真可谓是一场世纪葬礼。尽管老人家生前向来低调,但秦王镇根据广大镇民的强烈愿望,还是善意地违逆了秦五常在世时"死后葬仪从简"的愿望,成立了由镇政府、各界权威人士及镇民代表组成的治丧委员会。从安葬日期、葬礼内容到流程、规模和雨雪天等应急方案,组委会都做了详细的安排。从大年初一开始,秦王镇的广播里一直哀乐低回,秦小卉用伤心欲绝的声音,随时给镇民们汇报着治丧委员会的工作进展。

葬礼于正月十四日举行。由于义满等所有和尚的集体出走，妙见寺成了一座失去功用的空庙，以至于无论是下葬日期的卜选，还是常规葬礼上必有的宗教法事，一律去繁就简了。但这一点也不影响葬礼的盛大和隆重。正月十四日，秦王镇万人空巷，几乎全部集中在了镇中心广场上。原定由赵镇长主持的葬礼，不知何故临时换成了秦三大。秦所长没有穿警察制服，而是一身黑色的中山装，显得肃穆庄重。他手捧厚厚一沓长达数十页的悼词，深情地缅怀了老人家为秦王镇操劳的一生。读到动情处，秦所长数度哽咽，惹得台下一片低泣之声。甚至在宣读悼词长达一个多小时的过程中，发生了好几起镇民因过度伤心而晕厥在地被急救车送去医院的紧急事件……

葬礼上，许多人都曾担心秦乃迁这个招万人恨的家伙到现场来搅局。但他并没有现身，众人总算松了一口气："这货还不算太缺心眼，今天要是敢在这样的场合下大放厥词，估计非得让众人捶成肉泥。"但葬礼当天晚上，镇广播上播出的一条新闻，立即让人们恍然大悟，几乎不约而同地认定此事系秦乃迁所为。新闻播报中，秦小卉用沉重的语调说："就在整个秦王镇沉浸在悲痛气氛中的时候，居然有丧心病狂的犯罪分子蓄意放火，企图烧毁正在建设中的养生品新厂房。幸亏镇消防队发现及时，扑救及时，大火仅烧毁了与厂房相邻的老人院部分，而新厂房完好无损，不会影响到预定的开工生产日期……"

当听到"千乌丸"和"千乌晶"的生产不会受到任何影响时，镇民们都长长地舒了一口气。"你们还记得秦乃迁给秦五常写的祝寿话是什么吗？多行不义必自毙！他这是写给他自己的。"大家在幸灾乐祸的同时，心里却也有些疑惑：葬礼让秦王镇万人空巷，秦乃迁放火怎么那么巧就被镇消防队员发现了呢？

42

这是一个干燥无比的冬天,直到天气渐暖的早春二月,也没有落过一片雪或一滴雨。干燥让流感频发,以至于镇上大大小小的医院都人满为患。

自从正月初三从秦府跑出来以后,我已经在镇街上流浪快一个多月了。恢复自由身的兴奋和快乐,很快就被摆在面前的现实击得粉碎:身为走狗时所拥有的优渥生活一去不返,在寒风凛冽的冬日里,我食不果腹,居无定所,没有几天就变得狗毛脏乱,瘦骨嶙峋,完全没有了昔日高大威猛的体面形象。但真正摧残我的并非物质的匮乏和生存条件的恶劣,而是来自秦王镇人对我的态度:秦五常的拥护者们都认为我是一条不称职的走狗,没有能担负起护卫主子的神圣职责,辜负了一份厚重感人的信任。而少数在内心对秦五常怀有恨意的人,却认定我是狗仗人势的豪门鹰犬,是恶人秦五常的忠实爪牙。我像一只过街老鼠一样被人人喊打。冬天秦王镇的大街小巷里,经常能看见我夹着尾巴仓皇而逃的狼狈身影。

乌贼洞滚滚而出的白烟,不但烟量越来越大,而且变得越来越具有沉重的质感。这些白烟已经不像当初那样会随风飘散,而是凝聚成团,久久都无法散去。散发着一股古怪味道的白烟被风吹到秦王镇,像弥漫的大雾一样将整个镇街团团笼罩了起来,不见天日,阴晴莫辨。人们的视界越来越窄,即便是迎面走来的熟人,往往都会因为看不真切而擦肩而过。这种状况给我提供了保护,免于遭到人们的追杀,也让秦王镇各种昔日见不得光的东西沉渣泛起,不但以斗狗为名的赌博活动日益兴盛,而且诸如妓院、烟馆等早已绝迹多年的行业都开始出现在秦王镇上。

与白烟现象对人们造成的困扰相比,这种日渐沉沦的社会风气更让许多镇民忧心忡忡。秦五常去世不足一月,镇广播站还在每天播送缅怀他的各种文章,一种蓄意妖魔化他老人家的传言就开始到处流传:住在铁炉巷的秦小勇和老婆贾凌然最终还是离婚了,原因依旧是他们家里那股永远无法消除的令人生疑的味道。离婚当天,贾凌然当着秦小勇的面公然宣称,秦乃迁小字报上的内容完全属实,没有半点文学夸张。她身上的味道确实来自秦五常,她是那个神一样存在的男人曾千宠百爱的女人。秦小勇痛快地扇了贾凌然一个耳光:"谢谢你,谢谢你在老东西死后才告诉我实情。"不知是出于对秦五常的怀念和崇拜,还是出于对贾凌然这样一个风情万种的女人的羡慕,秦王镇随后有不少女人,声称自己身上也有那种代表不寻常爱情的传奇味道……在这样的背景下,居然有一种名为"常香"的香水在市场上开始流通,让许多春梦不醒的男人趋之若鹜,为得到它不惜一掷百金。

　　世风日下的不堪现状,让有些人不由得想起了秦乃迁。觉得眼下才是他应该出面演讲的时候,针砭时弊,弘扬正气,把那些丑恶的陋习彻底从秦王镇上清除掉。但这个念头刚一浮上脑海,他们就无奈地发出了一声叹息。秦乃迁那个曾经永远不屈的斗士,此刻已经是一只被拔光了毛的公鸡,连打鸣的机会都没有了。发生在秦五常葬礼当天的那场火灾,正如心明眼亮的广大镇民所认定的一样,经过秦三大为首的专案组的缜密侦查,秦乃迁以纵火嫌疑人的身份被批捕。据说秦三大去家里抓人时,秦乃迁正迷迷糊糊地在床上睡觉。秦乃迁指着站在秦三大身边的秦万里说:"葬礼那天,我因为感冒,一直在家里睡觉。你问他,他可以做证。"秦三大说:"他是你爹,有利害关系的人不能做证。"秦乃迁说:"他已经和我断绝父子关系了,我们没有利害关系。"秦三大笑了:"你真是把书读到肚子里去了,血缘关系说断绝就能断绝吗?"一旁的秦万里却厌恶地说:"赶紧抓走吧,我不会给他做证。"秦三大说:"你也许是个正派人,但就是太不识时务了,放着好日子不过,干吗非要跟一个秦王镇较劲呢。"秦乃迁苦笑了一下,一字一顿地说:"我是无罪之人,就算被判纵火罪而蒙冤坐牢,不管多少年,我还会回到秦王镇。"

我承认自己没有秦乃迁的义无反顾,那段时间我陷入了痛苦的纠结之中。咬死主子秦五常,我以为自己终于浴火重生,完成了从一条走狗到斗犬的蜕变,获得了绝对的自由和尊严。但秦王镇冷酷的现实给了我当头一棒。我不但要忍饥挨饿,风餐露宿,而且还要承受着来自几乎所有人的唾弃、攻击,甚至追杀,不折不扣地成了一条惶惶然的丧家之犬。我整日穿行在白雾弥漫的镇街上,对未来的日子一团迷茫。从那条名为"独行杀手"的土佐斗犬失踪开始,越来越多的狗凭空消失。秦王镇除了那些养来把玩观赏的宠物狗,连看家护院的土狗都踪影难觅。关于狗们都上了驼峰山,在那里建立了一个既不必卖身求荣也没有血腥搏杀的自由世界的传说,常常让我既羡慕又迷茫:不是走狗,也不是斗犬,那我该如何定位自己的身份?

进入三月,天气渐渐暖和起来。乌贼洞的喷烟现象,不但没有像去年那样渐渐消失,而且滚滚白烟遮天蔽日,让秦王镇和驼峰山完全沉陷在一片云山雾海中。据说那个一直探究乌贼洞奥秘的疯子作家,发布了驼峰山不久将毁于一场火山爆发的警世恒言。但秦王镇人对这一切已经习以为常了,听到这个断言,他们不但没有任何惊慌,而且轻松地笑了起来:"作家的疯病还没有治好,如果真要毁灭,一个外人能整天乐呵呵地待在秦王镇?"

关于大毁灭的传言也没有吓倒我。但我并非不信,而是这个可能的断言终结了我的纠结。我几乎在听到的那一瞬间就做出了决定:我要上驼峰山!我要奔赴那个传说中狗们的自由世界,我要去寻找那个整天表情恹恹的美丽而冷漠的米兰姑娘,我要赶在随时可能发生的毁灭之前,不再纠结所谓的身份认同!

  我整理了一下满身脏乱的狗毛,拖着瘦骨嶙峋的身子向驼峰山走去。我惊讶地发现,面对一个全新的未知世界,我居然没有像过去那样,一紧张就有吠叫的欲望……

2019年7月12日初成于北京寓所